炊出好運道

3 完

商季之 著

風文創 1254

風文創 1254

目錄

第四十六章

這個問題的答案，在小食肆即將結束營業，準備打烊的時候，終於送到了鍾菱的面前。

鍾菱抱著手臂，靠在櫃檯前，滿眼不可思議的看著和唐之玉一起，踏著夜色走進店裡的……媒人。

「哎呀，這就是鍾姑娘了吧，我這裡給妳說了一門好親事。」

鍾菱簡直要氣笑了。唐之玉之前非把她趕出唐家，這會兒又要打包把她嫁給別人。

那媒人顯然不是一般人，她一點也不顧鍾菱的臉色，張嘴就說個沒完，直把男方誇上了天。「那位可是個大人物，家境厚實，英俊瀟灑，又有文采，嫁過去之後也不用妳伺候公婆，這麼大個院子，直接就當家作主了啊！我就沒見過比這更好的條件了，誰嫁過去誰享福啊！」

鍾菱甚至認真的思考了一下，京城裡哪有這樣的青年才俊。思來想去，不用伺候公婆，家中有錢，又生得好看的，好像只有祁珩一個。

但是祁珩會找唐之玉帶人上門來說媒嗎？

鍾菱輕咳了兩聲，她隨手拿起茶盞抵到唇邊，開口打斷媒婆的話。「容我冒昧問一句，妳說的這個大人物是……」

媒婆眼前一亮，脊背都挺直了幾分，她昂著下巴，驕傲的大聲道：「是陳王殿下！」

鍾菱這一口水剛喝進嘴裡，全都嗆進了氣管裡。溺水的窒息感堵住了嗓子，鼻腔痠脹發麻，鍾菱攥著拳頭抵住胸口，咳了好半天才緩過來。

她如此費盡心思的離開唐家，不就是為了躲開嫁給陳王的命運？怎麼兜兜轉轉，還是被唐之玉打上主意了？

那媒人對鍾菱的反應非常不滿意，她責怪道：「妳應該覺得知足才是，妳這樣的出身，能進王府，也是殿下寬厚仁愛。」

陳王怎麼看都和「寬厚仁愛」這個詞扯不上關係吧。

媒人見鍾菱沒反應，三兩句話又把自己說興奮起來了。她掏出兩張紅紙，直接遞到鍾菱面前。「妳看，你們的八字也合適得很，簡直是天造地設的一雙妙人兒啊！」

鍾菱嘴角抽搐了一下，她抬手制止了媒人的動作，扭頭看向一直沒有說話的唐之玉，語氣冷靜道：「這到底是怎麼回事？」

店裡的燭光明亮，將唐之玉那不悅的神情照得清清楚楚。

唐之玉的臉色有些蒼白，在燭光之下顯不出一絲血氣。她怔怔的盯著鍾菱看了一會兒，方才不情不願的開口。「這是陳王殿下的意思。」

這是和前世不一樣的地方。

前世是唐之玉費盡心思，要把鍾菱往陳王懷裡推去；結果這一世，鍾菱拚命逃離唐家，卻讓陳王直接越過唐家，看上她了。
這和白天的那一齣事情串在一起，鍾菱一下子就明白了怎麼回事。她雖是一個平平無奇的小掌櫃，但畢竟也是和祁珩他們關係不一般的，尤其是如今陛下要光復赤北軍，而鍾菱的爹又剛好是個赤北軍將士。
各種因素結合在一起，導致陳王不能像對待普通人家的姑娘那樣，把鍾菱強行擄回府，所以他找上了唐之玉，畢竟唐之玉和鍾菱怎麼說都有一段姊妹緣分。
瞧著唐之玉的臉色，鍾菱猜，陳王給她的壓力應該還挺大的。
如果唐之玉白天的陷害成了，而鍾菱若是真是一個十來歲的、剛及笄不久的小姑娘，那她在走投無路，揹負罵名的情況下，還真有可能會覺得陳王是個很好的選擇。
這畢竟是當朝唯一一個藩王，陳王出手闊綽，雖說上了年紀，若是忽略他眉眼間的戾氣，那容貌也還算是可以的。
鍾菱曾經確實是這樣想的。
然而光鮮之下的黑暗和腐敗，鍾菱是在當上陳王妃之後，才真的看清楚了。
她長嘆了一口氣，朝著唐之玉道：「唐大小姐請回吧，我這小門小戶的，不敢高攀。」
她的語調平淡，不卑不亢，一點也沒有把這件事情放在心上一般，好像談論的，根本不是她的婚事。
這樣的冷漠，讓唐之玉十分惱怒。

她最討厭的就是鍾菱這樣的態度，從小就很討厭。

討厭這個莫名其妙出現在家裡的小姑娘；討厭因鍾菱赤北軍遺孤的身分，吸引走眾人的目光；更討厭鍾菱清冷的眉眼；討厭她與年齡不相符的成熟和懂事；討厭她早就清楚自己的位置，一點也沒有染指唐家家產的意思。

站在鍾菱身邊，唐之玉總覺得自己市儈。因此她費盡心思的打壓鍾菱，想看看這樣的人跌進泥土裡，會是一副什麼模樣。

當鍾菱按照唐家的規矩，準備接手一間鋪子的時候，唐之玉終於忍無可忍的出手，拿走了鍾菱身上的玉章，找到了她的生父。

只可惜，鍾菱並沒有和她的那個殘廢爹一起被困在泥濘裡。

因此當陳王表現出對鍾菱的興趣時，唐之玉的內心是複雜的。她一方面覺得陳王妃這個名頭便宜了鍾菱，一邊又滿懷期待的想看鍾菱嫁給一個年紀足以給她當爹的男人。

她想看這樣清冷的鍾菱，捲入名利場後，又能否保持清醒。

「鍾菱，妳以為這事，是妳不想就可以不要的嗎？」唐之玉抬起目光，眼眸裡有寒光閃爍。

鍾菱像是沒有感覺到那份惡意一般，坦然的和唐之玉對視。「我有心上人了。」

唐之玉輕蔑的笑出了聲。「妳現在說著不敢高攀陳王殿下，怎麼，在等著祁珩祁大人來娶妳嗎？作妳的白日夢去吧，祁國老能讓妳這樣的人進門？

「陳王殿下的手段，想必妳也有耳聞。妳從了陳王殿下，還用得著每天幹著燒火做飯的事情？那可是滔天的榮華富貴，是妳守著這家店，幾輩子都賺不來的錢。

「妳就算不為自己考慮，好歹替妳那個殘廢的爹爹考慮吧。就算是光復赤北軍又如何，當年的無名小卒，如今能攀到什麼高位？妳倒不如從了陳王，也好給妳爹謀劃謀劃……」

聽唐之玉提及鍾大柱，鍾菱有些不悅的皺起了眉。

她可以無視唐之玉對她的冷嘲熱諷，畢竟曾經也聽得多了，但是她不能無動於衷的聽著唐之玉辱罵鍾大柱。小食肆的這些家人們，始終是鍾菱心中的底線，不容觸碰的底線。

「妳——」

鍾菱剛開口，便有一道低沈的聲音，在她的身後響起，蓋過了她的聲音。

「我不需要靠把女兒送給別人，來給自己的前程鋪路。」

不知道什麼時候回到小食肆的鍾大柱板著一張臉，邁步走到鍾菱身前，隔絕了唐之玉陰毒的目光。

鍾菱剛好站在鍾大柱的影子裡，像眼前突然立起了巍峨大山，遮擋住一切的風雨。

她有些詫異的扭頭，看向了不知道什麼時候走到她身邊的阿旭。

一定是阿旭去把鍾大柱叫回來的！

鍾菱眉尾一揚，揮舞著拳頭就往阿旭肩頭砸去。阿旭縮著腦袋，乖順的挨下鍾菱輕飄飄的拳頭。

家人來了之後，鍾菱一下子就鬆懈了下來，重新變回那個懶懶散散的小食肆掌櫃。

但是唐之玉卻在陡然間感到了壓力倍增。

鍾大柱早已不是唐之玉半年前見到的那個鍾大柱了。他好像甩開了這十年來攀附在他身上的泥水青苔，抬頭側目的瞬間，都隱約顯露出當年的鋒芒來。

「我家小菱的婚事，不煩勞唐大小姐費心。」鍾大柱瞥了眼悶不吭聲站在一旁的媒人，沈聲道：「沒有哪個好人家會在夜裡找媒人上門的。」

他的聲音低沈，砸得那媒人晃了晃，低著頭不敢和鍾大柱對視。

「我沒有聽說哪家說親的，直接越過女方父母的。」鍾大柱的目光如炬，漫不經心的掃向了唐之玉。「更何況，那陳王的年紀要大上小菱將近兩輪，這就是妳們口中的良配？」

媒人縮著腦袋，瑟瑟發抖，不敢抬頭。

眼前的鍾大柱就好像活閻王似的站在那裡，眼神雖然冷淡，但對視上一眼，直教人覺得他要將人扒皮抽骨一般，脊背一下子竄上了一陣寒涼。

唐之玉畢竟年輕，也剛接手唐家生意不久，面對這樣極強的壓迫感，她定了下心神，方才開口道：「我本是好意，那陳王妃的位置畢竟珍貴，妹妹若是願意，也算得上是高嫁了。」

聽聞「高嫁」二字，鍾大柱冷哼了一聲，他沒有回頭，只是喊了一聲「鍾菱」。

鍾菱便立刻停止和阿旭說話，站到了鍾大柱的身邊。

「妳想當陳王妃嗎？」

鍾菱一點也沒猶豫，斬釘截鐵的大聲回答道：「不想。」

當陳王妃還不如擺攤賣煎餅，就是回赤北村種地，也比當陳王妃來得強。

鍾大柱毫不客氣的下了逐客令。「聽到了嗎，她對這個位置沒有興趣，二位請回吧。」

這話沒有留下一點轉圜的餘地，鍾大柱直接將這件事情的可能性，徹底封死了。

唐之玉的臉色更加難看了，她恨恨咬著牙，心裡有滔天的不甘，卻無從發洩。她邁出小食肆的時候，回頭看了一眼正在和阿旭說話的鍾菱。

鍾菱嘴角的笑意，扎得她眼睛生疼，她緊緊攥著拳頭，恨得咬牙切齒。

如果知道陛下有光復赤北軍的打算，她一定不會替鍾菱尋回生父！

阿旭很快就交代了，鍾大柱確實是他偷偷去找的。他擔心唐之玉要來強的，而小食肆根本沒有戰鬥力，鍾菱會吃虧。

「出了這事妳都不跟我說？」鍾大柱斥責道：「這多危險妳知道嗎，如果他們來硬的怎麼辦？」

鍾菱本來想狡辯幾句，但是礙於鍾大柱神情嚴肅，最終還是不敢開口。

鍾大柱嘆了口氣，操心道：「妳這叫我怎麼放心出遠門啊？」

「沒關係的，過幾天韓師傅就要回來了。就算祁珩和祝子琛去忙會試了，京城裡還有錦繡、陸青他們在呢，您放心好了。」
鍾菱可不希望鍾大柱因為她，而放慢了重建赤北軍的速度。她央求了半天，再三保證以後若有類似情況，絕不自己一個人謀劃做決策，方才讓鍾大柱勉強安下心來。
夜色已深，鍾大柱便不趕回赤北村，今日就在京城裡歇下了。
在鍾菱轉身合上小食肆後門的時候，鍾大柱就站在她的身後。
恰有雲層遮住了月亮，那清冷皎潔被濃稠的漆黑所取代。在一片漆黑中，鍾大柱的聲音雜著呼嘯的風聲，像是從很遙遠的曠野傳來。
他問：「妳覺得祁家那個小子怎麼樣？」
鍾菱落鎖的動作一頓，她驚訝的轉過身，眨眨眼睛，試探的答道：「我覺得他……還行？」
唐之玉帶著媒人上門，鍾菱面不改色；鍾大柱隨口問了一句祁珩，鍾菱徹夜未眠。
第二天一早，鍾大柱便起身去赤北村了。
而鍾菱頂著黑眼圈，掙扎了好久才爬起來。等她到後廚的時候，阿旭已經和宋昭昭一起清點好屠戶送來的肉了。
看見鍾菱那無精打采的表情，他們二人看向鍾菱的目光都有點擔憂。
「姊，他們今天不會再來了吧？」
鍾菱睡眼惺忪的打了個哈欠，胡亂擺了擺手，含糊道：「不可能會來的，昨天白天的事情一傳開，多少眼睛盯著店裡呢。」

正如鍾菱所預料的那樣，今日來吃飯的客人比昨天還多。

尤其是昨日在現場目睹那場鬧劇的食客們，他們基本都站在鬧事者那一方指責過鍾菱，在事件反轉之後，鍾菱又一點也沒跟他們計較，甚至還給了優惠。

大多數人有些過意不去，踏出店門就誇起鍾菱來，說她貌美又聰慧，早已看透了對方的詭計，耐心等對方自己露出馬腳。

總之，就是將鍾菱誇得天花亂墜。

尤其是那些舉人，他們大多和同鄉居住在一間客棧裡，經他們這麼一說，便讓沒來小食肆吃過飯的人心生出了幾分好奇來。

鍾菱在後廚忙得像個陀螺似的，一刻都不帶停，連午飯都顧不上吃。

這些事，全是宋昭昭在店裡聽來再轉告給鍾菱的。

鍾菱順勢將一早畫好的「狀元套餐」海報，給貼了出去，提前預熱一下。

現在後廚人手不夠，她壓根兒不敢開始做新菜。

將鍋裡香氣撲鼻、色澤紅亮的櫻桃肉盛出鍋，鍾菱有些疲倦的扶著灶臺，望著油亮亮的漆黑鍋底愣神。

正所謂由奢入儉難，鍾菱早就被韓師傅慣壞了，她之前每天只需在後廚做她的招牌菜，再練習一下刀工，琢磨一下新菜，節奏極其舒適。如今鍾菱重新當回主廚，才知道這強度實在是太大了。

韓師傅究竟什麼時候才能回來啊嗚嗚！不管怎麼樣今年一定要給韓師傅加工錢！

京郊碼頭邊，提著兩個陶罐的韓師傅突然打了兩個噴嚏。

韓姨關切的上前詢問。「怎麼了，受寒了嗎？」

韓師傅騰出了一隻手來，揉了揉鼻子，沒有作答。

「我看是有人在罵師兄呢。」周蕓提著小包裹，腳步輕快的走了過來。

總算是緩過來的韓師傅咕噥道：「誰能罵我啊。」

周蕓攤了攤手。「那可說不好。」

「行了行了，快走吧。」韓師傅張望了一眼候在碼頭旁的一眾馬車，招呼道：「小鍾一個人在後廚，肯定忙不過來。」

韓姨掩著嘴笑道：「提前了這麼多天回來，不知道小鍾看到我們是什麼反應呢。」

「不只是提前了這麼多天，可還給她帶來了大驚喜呢！」

闊別多日的京城依舊寒冷，但迎面吹來的風不再如隆冬時那般冷冽刺骨。光禿枝頭上灰撲撲的小包，預示著春天即將到來。

當韓師傅三人敲響小食肆的後門的時候，鍾菱正在切菜。

她擦著手，滿臉疑惑的去開了門。在看見門後那三張熟悉笑臉的一瞬間，鍾菱沒控制住的尖叫了一聲，她興奮的跳了兩步，直往韓姨的懷裡撲。

「你們怎麼提早回來了啊！」

韓姨沒有兒女，乍一下被鍾菱抱住，愣了一瞬之後，有些難以控制的熱淚盈眶。

她輕輕拍著鍾菱的脊背，笑道：「惦記著你們呢。」

韓師傅在一旁解釋道：「是師父他老人家知道了小蕓的事情，決定也來京城，因此催促我們趕緊回來，這不是剛到家歇下沒幾天，又馬上返程了。」

鍾菱猛地抬起頭。

韓師傅的老師，周蕓的父親，那可是一位精通紅白案的大廚啊！

「他老人家聽說小蕓回來了，還在京城開了一家糕點鋪子，說什麼也要來京城養老。」

周蕓自從一意孤行的要嫁給那個窮酸秀才，便和家裡斷了聯繫。哪怕是和離之後，也不敢回川蜀，這才到了京城。

而她這一趟回家，感觸頗多。

印象裡那個不苟言笑的父親老了，不再是記憶裡永遠說一不二，板著臉的樣子了。他的脊背彎曲了下去，那顛得起大鍋的手，也搬不動重物了，那從前嚴苛的目光，終究是溫和了起來。

周蕓哭得上氣不接下氣，她也是這個時候才知道，她嫁出去後，她爹給她送過好幾次的銀子，但全部被她那個人渣前夫給截下來了。

知道這件事情後，周蕓更是追悔莫及。

好在一切都還來得及。

鍾菱這才注意到，周蕓整個人的氣質有了翻天覆地的變化。

她原先很在意臉上的胎記，非常的沒自信，只要開口說話就不自覺的縮起肩膀。那些沈重的過往壓在她的身上，在她心裡，認為自己始終是一個犯了錯的人。

而這一趟返鄉，總算是將這枷鎖解開來了。看著眼前挺直脊背的周蕓，鍾菱有說不出的感動。

她揉了揉鼻子，緩解著鼻尖的酸澀。「盧玥已經安排人把隔壁裝修好了，先吃個飯，一會兒去看看？」

因為要接周蕓的父親來京城，他們再和鍾菱一家擠在一個院子裡，就有點不合適了。在返京的路上，周蕓已經和韓師傅商量過了，他們也得在京城買個小院子才行。

聽聞隔壁糕點鋪子的消息，周蕓鬥志十足的把行李往院子裡一放，大步邁進了廚房。

後廚裡正在備晚上的菜，灶臺上擺開一排大大小小的碗。

韓師傅瞥了一眼案板，刀隨意的放在案板上，刀刃邊，是一塊肥瘦相間，層理分明，漂亮得好似寶石一般的火腿。

從火腿邊緣表皮泛白的痕跡，不難看出，鍾菱糾結了很久要如何落刀。

「火腿？這是要做什麼？」

「醃篤鮮。」

鍾菱正在掏麵粉準備揉麵，聞言扭頭解釋道：「陳王的手下差人來說，他晚上要來吃醃篤鮮。」

「啊？」

韓師傅有些不解，他才離開京城多久，怎麼鍾菱一向厭惡的陳王都要來小食肆吃飯了？而令他更疑惑的是醃篤鮮這道菜。「現在京城已經有春筍了？」

提到春筍，鍾菱頗為無奈的指了指牆角堆放在一起的冬筍。

「冬筍還沒吃完呢，春筍應該是有，但是太臨時了也沒地方買，就湊合用冬筍吧。」

周蕓舀了水開始和麵，她隨口問道：「菜單上有醃篤鮮這道菜？」

「沒有。」鍾菱搖頭。「但是眼下正是和陳王關係敏感的時期，也不好隨意拒絕他作為食客的要求。最主要的是……他真的給了很多錢。」

醃篤鮮這道菜，鍾菱本來就準備在開春之後上的，既然陳王給了這麼多錢，給他超前試吃一鍋，也不是不行。

韓師傅沒回來的時候，鍾菱還有些忐忑，她怕自己做得不好吃，讓陳王抓著這個機會，把她店給砸了。

還好韓師傅提早回來了。鍾菱瞬間沒了壓力，背著手聚精會神的觀摩學習韓師傅做菜。

醃篤鮮需要文火慢燉，既然陳王晚間要來用餐，現在這個時間，必須要燉上了。

韓師傅剛下馬車，行李還堆放在院子裡呢，立刻就上崗了。這邊鍾菱立刻沈浸式進入學習狀態了，周芸接手了麵粉，開始和麵。

韓姨也不急著去收拾行李，她在後廚裡，輕聲細語的和宋昭昭聊著天。

高湯是一直溫著的，周芸從菜筐裡挑選了兩顆白菜，動作俐落的下了麵。

在韓師傅三人吃飯的時候，鍾菱一直在鍋前盯著火。

那火腿的味道，是越燉越香，濃郁醇厚的香味伴隨著咕嚕咕嚕的聲音，緩緩飄蕩開來。坐在灶前的鍾菱首當其衝，她明明已經吃過晚飯了，但此時被這香味勾得口中生津，直嚥口水。光是聞著，都能想像出那湯入口時的鮮香美味。

在小飯桌上吃麵的韓師傅一直盯著灶，他指揮道：「火腿本就有鹹味，妳先嚐嚐鹹淡，再看看要不要加鹽。」

鍾菱掀開鍋蓋，在被濃郁的蒸氣撲了一臉後，她拿起小勺喝了一口。

湯底不似想像中的那般濃郁，反而看起來有些透亮清淡，但是一入口，鍾菱就下意識瞪大了眼睛。

伴隨著滾燙溫度的，是極致的鮮美。火腿的鹹香蘊藏著時間的醇厚，而新鮮排骨的鮮美帶著一股鮮活勁。就好像三月的江南雨後，在簌簌的下雨聲中，化身成了一顆筍，猛然從泥土裡冒出來的那一瞬間，呼吸到空氣中的濕潤新鮮。

雖然用的不是春筍，但鍾菱很確信，這就是獨屬於春天的鮮美。

韓師傅看著鍾菱陶醉的誇張表情，問道：「怎麼樣？」

「非常完美。」她說著，又往鍋裡添了一小勺鹽。

「那妳加鹽幹什麼？」

「我吃的話夠了，但是陳王不行，他年紀大了，口味重。」

若是把人比作菜的話，那陳王一定是飯桌上重油、重鹽的那一道。

韓師傅還以為鍾菱要整陳王呢，鍾菱端著砂鍋出去的時候，他還有些擔心，忍不住探出頭去看了幾眼。

京城誰不知陳王囂張跋扈，他穿著一身金絲銀線的衣裳，往店裡一坐，周圍交談的聲音都小了許多。

這讓鍾菱深刻意識到了，設置獨立包廂的重要性。

有點出乎鍾菱意料的是，陳王好像真的是來吃飯的，沒有一點要搞事情的意思。

雖然小食肆剛開業的時候，他還發表過頗為輕蔑的評價。短短半年時間過去，他坐在曾經嫌棄萬分的小店裡，吃著曾經覺得上不得檯面的人做的菜。

陳王越平靜，坐在櫃檯後面盯著他的鍾菱心裡就越不安。要知道，能讓陳王這樣囂張跋扈的人，沈下心來對待一件事，那他是真的認真了。

鍾菱的手指無意識的揉搓著帳本的一角，眉間的溝壑越發深邃了。

陳王不會是來真的吧……

一直到陳王喊了一聲「掌櫃的」，鍾菱才回過神來。

「聽聞昨日，妳姊姊惹妳不快了。」

鍾菱愣了一下，才反應過來，陳王說的姊姊，是唐之玉。

只見陳王身邊的小廝立刻取了一個木盒子出來，恭敬的遞到陳王面前。

陳王取出一支紅瑪瑙簪子，輕輕放到鍾菱面前。他微微笑著，放緩了語氣道：「這是本王給妳的補償。」

這低沈刻意的語調，讓鍾菱原地打了個寒顫，手臂上起了一片雞皮疙瘩。

陳王在搞什麼東西啊！有沒有人來救救她啊！

第四十七章

鍾菱可以接受陳王瞪著眼睛罵人，也可以接受他陰陽怪氣的冷嘲熱諷，甚至鍾菱寧願陳王現在揚手砸了小食肆，都好過這樣輕聲細語的和她說話。

陳王院子裡不缺女人，他總是和顏悅色的和新來的美人說話，等過了幾天，新鮮感散去之後，便又拋在腦後了。

此時站在小食肆的店裡，鍾菱卻覺得眼前的畫面有些恍惚。

她好像變成了記憶裡陳王帶回府中的那些美人，她從一個冷眼旁觀的觀眾，變成了她們之中的任意一個。

沒有人比鍾菱這個曾經的陳王妃更清楚那些被陳王帶回府裡的美人的下場，一旦陳王的新鮮感過去，再貌美的姑娘都會變成一件物品，或被冷落到徹底遺忘、或被當作玩物轉送給別人。

這樣的姑娘，鍾菱見過太多了。

就像陳王現在看鍾菱的目光一般，雖滿眼溫柔，可一絲都未達眼底，那看似憐香惜玉，滿是愛意的目光之下，是毫無尊重的、赤裸裸的打量。

見鍾菱愣在原地不說話，陳王只當她是受寵若驚、感動得說不出話。

他雖喜歡強取豪奪，卻也喜歡困住弱小稚嫩的小動物，給她們一點甜頭，再嚇嚇她們，好生的玩弄一番，看她們露出驚恐害怕的神情來，又天真單純的把一顆真心送上來。

他對鍾菱的反應非常滿意，準備點到為止，起身離開。

身處巨大恐懼之中的鍾菱，被陳王起身時投下的影子嚇了一跳。

見陳王想走，鍾菱顧不上店裡其他食客了，她一把抓過簪子，忙追了上去。「請您收回這禮物，我不能要。」

陳王腳步一頓，臉上浮現出了幾分難以置信。他的語氣有些不悅。「就當是飯錢，妳拿著。」

「飯錢您的人已經給過了。」說話之間，鍾菱已經追到了店外。

陳王在侍從的攙扶下上了馬車，隔著車窗，他低垂下目光，看向鍾菱。

清泠月光落在少女的眉眼之間，她的眼眸像是兩汪清泉，乾淨透亮，一下子將陳王心中的火氣，澆滅得乾乾淨淨。

她雙手捧著的紅瑪瑙簪子，折射著月光，散發出微小但奪目的光亮。

陳王從鍾菱的手掌中，拿起那一支簪子，問道：「妳真的不要？」

鍾菱哪敢要啊！

她搖頭的動作格外堅定，開口更是擲地有聲。「我不要。」

在鍾菱已經做好準備，迎接陳王的怒火的時候，陳王卻只是輕飄飄的瞥了一眼鍾菱，順著她的話應道：「好。」

這回輪到鍾菱傻眼了，這還是陳王嗎？那個一不順心就對她動手，順帶破口大罵的陳王嗎？他對府裡的美人，原來都是這麼包容的嗎？

只見陳王捏著簪子，手腕發力，那簪子上的一星璀璨殷紅在空中劃出一個悠美的長弧，最終撲通一聲，落進小食肆門口的水渠裡。

他冷笑了一聲，看向鍾菱。「妳不要，就扔掉好了。」

說罷便屈指叩了叩車窗，趕車的小廝得了令，馬車緩緩行駛。

看著陳王府那豪華馬車遠去，鍾菱忍不住小聲罵了一句。「神經病。」

陳王向來陰晴不定，但眼看一個年紀將近可以給她當爹的男人，展現自己「霸道」的、說一不二的愛意，這福氣還真不是每個人都享受得了的。

在確定陳王走了，不會再折返之後，鍾菱才提著裙襬走回店裡。

在路過溝渠的時候，她低頭看了一眼。那支簪子，沈在水底下，水光波動，讓那熱烈璀璨的紅瑪瑙，鍍上了一層清冷的寒意。

鍾菱剛踏進店裡，大半食客的目光便齊刷刷的落在她的身上。

人類的本性就是湊熱鬧，這在哪個時代都是一樣的，而且店裡有幾個從開業就來的老食客，他們已經和鍾菱處得相當熟了，也知道鍾菱性格好，大方又客氣，總是掛著笑。

因此他們也不藏著掖著，只是壓低了聲音問她。「怎麼回事啊鍾姑娘？」

鍾菱笑嘻嘻的擺擺手。「沒事沒事，哪有什麼事啊。」

這話說出口，他們自然是不信的，但是其中一個年輕的公子臉上顯出幾分擔憂，卻還是小聲的叮囑道：「陳王不好惹，若是碰上了處理不了的，可以找我幫忙。」

這個公子鍾菱認識，是現任吏部侍郎家的公子，他父親還真在朝堂上有幾分話語權，他能說出這樣的話，就絕不是隨口一提。

鍾菱驚訝了一瞬，感動的情緒一下子就湧了上來，填滿了她的胸腔。

千言萬語，鍾菱脫口而出的只有一句極為認真的。「多謝胡公子。」

那位公子同桌的友人紛紛響應，他們多少知道朝堂的動向，出聲支援鍾菱，不僅是因為和她的交情，還是察覺到皇帝要整治陳王的苗頭。

鍾菱的小食肆有幾分特殊，不僅得過御賜，聽聞有人還見到過太子殿下，保不齊聖上本人也來過呢。

就是因為這個傳聞，食客們頗喜歡在小食肆吃飯，邊談論些民生大事。

鍾菱並不知道這件事情，但她很喜歡這種吃飯的時候交流的氛圍，便沒有多想。

在一眾安慰鍾菱的、詢問瑪瑙簪子的聲音中，有一個極其突兀的問題，突然冒了出來。

「剛剛陳王殿下吃的是什麼啊，好香！」

此話一出，小食肆裡都安靜了一瞬。

眾人似是反應過來了似的，嗅了嗅空氣裡殘餘的香味，紛紛回味了起來。「真的！」

「什麼啊？是菜單上沒有的菜嗎？」
「真的好香啊！」
鍾菱乘機宣傳了一番醃篤鮮，可架不住這一桌的食客實在是太熟了，鍾菱最後被他們磨得沒辦法，只能從後廚的伙食裡扣了一碗下來，端給他們。
這幾個官宦子弟，和祁珩、汪琮很像，大多是父執輩身居要職，但是他們並沒有什麼架子，和他們相處還是比較舒服的，他們並不會因為自己擁有高過他人的財富地位，和享受過更高等的教育而自恃高人一等。
鍾菱忍不住就想起了祁珩。
一開始見面的時候，若不是鍾菱靠著前世的經驗，認出了他的身分不一般，還真要被他騙過去了。畢竟誰敢相信，祁國老的孫子，削皮洗菜的活都能幹得這麼俐落自然呢。
祁珩現在應該很忙，春闈將近，他作為主考官，還要統籌全局。
因此，陳王這事，鍾菱準備等會試結束，祁珩得空後再跟他說，免得他被關在貢院的這幾日又胡思亂想。
「小鍾，沒事吧？」鍾菱回到後廚的時候，韓姨和周蕓齊齊圍了上來，關切的詢問她。
「沒事，他就是送了我支簪子，我沒要，他扔門口水溝裡了。」
鍾菱是篤定陳王不敢當眾在小食肆對她下手的，畢竟她有祁珩和他背後的祁國老、陸青的禁軍、作為赤北軍將士的父親這三重關係。

雖然陳王在京城多年，但是陛下有心改革，那這三重關係，想要動哪一層，陳王都得掂量掂量才行。

鍾菱有恃無恐，因此為了安撫韓姨她們，她把話說得極其輕描淡寫，只是囑咐了大家，不要去撈那簪子，就讓它沈在那裡，不用管就好。

她是真的不知道陳王丟掉的那一支瑪瑙簪子的價格，還是幾日後，盧玥離京前，最後一次來和周蕓交接隔壁糕點鋪子的事情，隨口告訴鍾菱的。

糕點鋪子即將開業，招牌和小食肆的招牌一樣，也是柳恩題的字。不一樣的是，上一次提招牌，是祁珩求來的，糕點鋪子的招牌，則是柳恩聽說之後，主動送的。

他老人家就好這一口糕點，聽聞要開糕點鋪子，是舉雙手贊同的。

而一直不怎麼表態的祁國老，雖然沒有說什麼，還是在柳恩題的「鍾記糕點鋪」旁，蓋了一個他的私人印章。

柳恩和祁國老是踩著正月的尾巴，在昨日離京的。鍾菱去送先前說好的耐放小食時，還和柳恩上演了一齣爺孫難捨難分的孝順畫面。

「妳不知道嗎？那支簪子，價值百兩銀子。」

盧玥抱著一大包紅棗夾核桃，從上面挑了一個最大的，塞進嘴裡，含糊道：「連我都聽說了，不少人還特地去看呢。我看店門口的溝渠，說不定還能成為一個著名景點呢。」

百兩銀子！

鍾菱狠狠的被震撼到了。

不愧是陳王啊，在如今各行各業欣欣向榮的情況下，當今聖上是以身作則的推行節儉，比如小食肆在火災裡立功，賞銀也只有二十兩。

而陳王這一出手，就是百兩銀子的一支簪子。實在是……怪不得陛下要對他出手啊。

見鍾菱有些愣神，盧玥打趣道：「怎麼，後悔沒要？」

「怎麼會。」鍾菱笑道：「是在慶幸沒要。」

「妳倒是清醒。」

盧玥從侍女手裡拿來了一袋銀子，交給鍾菱。她此番回江南，需一、兩個月，而糕點鋪子即將開業，就需要鍾菱和周蕓多花心思照看著了。

盧玥在臨走前，回頭看了一眼小食肆和糕點鋪子的大門，又忍不住囑咐鍾菱。「會試在即，京城裡魚龍混雜，祁珩又不在，妳要多加小心。」

鍾菱站在小食肆的門口，認真且鄭重的點頭應下。「一定。」

馬車緩緩駛離小食肆，盧玥靠著車窗，撐著下巴回頭看著小食肆和鍾菱逐漸消失在她的視線裡，不知為何，她總有些放不下心。

京城的繁華和熱鬧下，似是藏著詭譎多變的風浪，似是隨時都有可能會陷入狂風驟雨之中。

鍾記糕點鋪開業的時候，並沒有做很多的宣傳。

不是鍾菱不想，而是她實在是沒有太多的精力。

韓師傅一回來，鍾菱立刻就把菜單翻了個新。春闈主題的菜譜，不是難在做法，而是難在起名，起名一定要吉祥喜慶，才會讓人有想點的慾望。

豆腐切片後，排成一圈階梯狀，倒入摻了鹽的蛋液水，上鍋蒸熟後，頂上綴上一塊蒸好的肉餅，拼上圍成一朵花的蝦，這叫做「蒸蒸日上」。

還有「步步高陞」，其實就是油燜筍。

松鼠桂魚已經改名叫「魚躍龍門」了，那清蒸魚也有了一個「力爭上游」的新名字。

韓師傅從川蜀回來之後，給鍾菱露了一手醬大骨，當場擁有了新名字「棟梁之材」。

還有將鮮蝦剁碎搓成蝦球，插上一片片洗淨的百合，叫做「錦上添花」。

總之在上了一批時令菜的同時，鍾菱乘機將一些成本高的菜，還有要在隔壁賣的糕點，全都撤了下去。

隔壁糕點鋪的裝修也相當有意思。

店內隔成了兩半，一半是一個延伸到窗外的窗口，小晴的阿娘在這個窗口，販售直接帶走的糕點；而另一半的店裡，則放了小圓桌，供食客們在現場吃糕點。

為了不讓店裡顯得太狹窄，特意在外帶糕點的那一邊，開出櫃檯式的窗口，既可以展示糕點的種類，也開闊了店內的視線。

除了小食肆之前常規販售的棗泥酥一類的糕點，荷花酥和桃花酥都是限量販售的。而周蕓的麵果，按照鍾菱的意思，是先不賣，留一手以後再販售。

因為她想到了更適合會試期間販售的糕點——定勝糕。

這個名字，一聽就很吉利！而且關鍵是，這個名字不是鍾菱胡謅出來的。

定勝糕起源於江南一帶，是用粳米粉和糯米粉混合，在模具中定形後上鍋蒸，造型兩頭大而中間收束，可能和糕點師傅的模具有關係。

鍾菱在試吃的時候，越看越像銀錠子，越發覺得手裡的定勝糕更加美味了。

糕裡添加紅麴粉，染成紅色，就顯得更加喜慶了。餡料用的是周蕓獨家的豆沙餡，香糯綿軟，甜而不膩，不僅好看，味道也相當不錯。

鍾記糕點鋪開業，瀰漫的糕點香，就是最好的宣傳。

鍾菱找鍾大柱幫忙，訂製了一排放置糕點的竹架子。竹架子呈傾斜階梯狀，可以展示出糕點的樣子。光是一排淺紅色的定勝糕往窗口那麼一放，配上一旁鍾菱寫得龍飛鳳舞的「定勝糕」三個大字，就足夠吸引人了。

「我有點緊張呢。」

周蕓一早就起來準備糕點了，這會兒和鍾菱一起布置好了店鋪，她站在店門口，有些感慨的望著這像模像樣的鋪子。

鍾菱剛將兩盆她並不知道名字的綠植挪了個位置，此時正撐著腰擦汗。「緊張什麼啊，等他們來嚐過之後，就知道京城裡有妳這個白案師傅，是京城人民的福氣。」

周蕓被她逗笑了，忙催促道：「快回去添衣裳吧，可別凍著了。」

剛剛收拾的時候，鍾菱嫌褂子太厚實了，扔在了後廚，此時一閒下來，風一吹還真覺得有些涼意。

糕點鋪有一條通往二樓的樓梯，而小食肆的後廚裡也有一條樓梯，兩邊的後廚沒有完全打通，而是開了互通的門，方便交流。

來日等二樓裝修好的時候，鍾菱想要在店裡也開一個門，方便小食肆的食客上二樓。以小食肆現在的來客量，光是一樓一層，已經有些不夠了。

開二樓，勢在必行。

因為上了新菜的緣故，鍾菱不敢離開後廚，她一直在店裡和後廚來回跑，及時收取反饋意見。

鍾菱的食肆，一開始就是以新奇出名的，因此食客們的接受度還是相當不錯的。

也有一些思想略微保守的食客，雖無法忍受鍾菱的創新，但對韓師傅的正宗川蜀名菜念念不忘，無奈捂著眼睛，也還是隔三差五的進來吃上幾次雞豆花或是開水白菜。

鍾菱一開始還有點擔心那些面生的舉人們，會覺得她這菜單譁眾取寵。

但她到底還是低估了小食肆的名氣，前有「御賜」之名，後有「陳王擲千金」，門口還懸掛著柳恩的題字。

就算是有人想說什麼，可各地的舉人們遠道而來京城，終究是不敢說出口。而所有的偏見，在將菜吃到嘴裡的時候，都會煙消雲散的。

「步步高陞」鮮美爽口，醬香濃郁，非常的下飯；而「棟梁之材」，不僅看起來豪爽，口味也是大開大合的形象。

來參加會試的舉人，思維能力本就極強，細細想想，也覺得這名字不算誇張，名副其實。

送走了第一波客人之後，鍾菱總算是鬆了一口氣。她這才抽出空來，去隔壁糕點鋪子看一眼。

這一看，讓她嚇了一跳。

糕點鋪門口已經排起了隊，鍾菱忙從後廚過去，見周蕓蹲在灶前忙著調試火候，便一把抓住了小晴。

「生意太好了，第一批定勝糕已經賣完了，剛端出去的已經是第二鍋了。」

小晴的額頭上沁著汗水，她的眼睛亮亮的，喜悅都從眼尾裡躍了出來。

「哦還有奶茶！奶茶賣得太好了，這一鍋快要見底了。」

奶茶是連著竹筒杯子一起賣的。

純奶茶五文、奶茶杯子四文，加糯米圓子的話，就是十文。奶茶杯子和吸管都可以重複到店使用，第一次買了，以後再來的時候，就可以省下一點了。

在京城裡的孩子都能湊一湊，隔三差五來鍾菱這裡買糕點分著吃的經濟情況看來，這奶茶，算不上昂貴，一半人家可能會猶豫一下，但不至於消費不起。

而且糕點鋪開業的活動，就是定勝糕買五送一、奶茶免費送杯子。

鍾菱換過奶茶配方了，總不能一直用祁珩家的祁門來煮奶茶。

她特地從江南來的茶商那裡，收購了一批茶葉。之後，應該會有更多的茶底可以選擇，祁門奶茶可能也會回到菜單上，但目標消費者可能會變成在二樓坐著閒談的食客們了。

鍾菱忙捋起袖子，去幫小晴煮奶茶。

她實在是低估了周蕓的手藝和小食肆的名聲了。

小食肆只是忙兩個飯點，但是糕點鋪不一樣，糕點鋪全天都有生意。在小食肆過了飯點之後，糕點鋪還在排長隊，韓師傅也顧不上休息，去給周蕓打下手了。

一鍋定勝糕需要的時間並不長，但是架不住每個人都買上三、五個，一下子一鍋就沒有了，其他人只得在門口等著。

在排隊的人裡，鍾菱看見了陳王身邊的小廝。

陳王身邊的人，多少和他一樣，是有些囂張跋扈、目中無人的，此時擠在隊伍裡，他的臉色並不好。

鍾菱只當自己沒看見，並沒有要給他開後門的意思。

為了防止食客們等得太久，鍾菱還發了號碼牌，請了一部分人到小食肆坐著，以免他們因為等待太久而情緒不好。

而在知道奶茶活動持續三天，定勝糕買五送一的活動一直都有之後，也有食客選擇明天早點來。畢竟他們還有自己的事情，不像一些大戶人家，可以讓小廝在這裡慢慢排。

鍾菱忙前忙後，一邊協調店前過長的隊伍，一邊在後廚看看能不能再騰出一口鍋來。

忙到最後，她徹底癱坐在店門口的長椅上。

有相識的熟客看見了，還笑著朝她道一聲。「小鍾掌櫃生意興隆。」

鍾菱費勁的抬手抱拳，雖有氣無力但是真誠的道謝。「借您吉言啊！」

太陽逐漸西沈，陽光斜斜的灑落在地上，將每個人的影子都拉得很長。

鍾菱抱著抱枕，蓋著這溫熱的光，眼皮越發沈了下來。在來來往往進店排隊的嘈雜聲音中，她就這樣沈沈的睡過去了。

可能是太忙碌的緣故，意識突然脫離了沈重的肉身，輕飄飄的在一片黑暗中緩緩上升。

不知為何，她突然夢到了曾經在陳王府的時候。

她夢見了那個陳王搶回來的書生的妻子，那個清澈溫和的女人捧著鍾菱的臉頰，眼淚簌簌的落下。

她說：「妳不該被困在這裡，我們要一起去看看外面的世界。」

「我們去那裡看看吧！」

完全相同的一道聲音，似是跨過時空，穿過了記憶，此時此刻和回憶裡的話交疊，在耳邊響起。

鍾菱猛然驚醒，在西沈的橙色夕陽中，她茫然的環顧四周，在旁人詫異的目光中，尋找著記憶裡的身影。

不可能啊，為什麼她會聽見書生妻子的聲音？他們應該是參加三年後的會試啊！

鍾菱抱著抱枕，怔怔的愣在原地，久久不能回神。

在鍾菱視線不能及的地方，一對年輕的夫妻攜手行走在人群中，他們的身後，跟著一個小少年。

那女子歸攏了鬢邊的髮絲，輕聲道：「沒想到花了這麼久時間，才定下客棧。」

男子柔聲笑著，攬過了她的肩膀。「畢竟是特殊時期，有地方落腳，已經不錯了。」

他們二人在細聲細語的交流，那小少年卻有些心不在焉。

他扯了扯男子的衣袖，詢問道：「阿兄、阿嫂，聽說剛剛那個排隊的糕點鋪子有三天的活動呢，明天我們早點來好嗎？」

「小語想吃那定勝糕，還是喝奶茶啊？」

小少年笑了笑，有些不好意思的看向了男子。「我想讓阿兄去考試前，能吃上一塊定勝糕。」

女人掩嘴笑著應道：「那我們明天早些去吧。」

第四十八章

第二天一早，鍾菱帶上了宋昭昭和阿旭，去了一趟赤北村。

大部分匯聚在赤北村的將士們，今天就要啟程去樊城了。

不同於韓師傅他們回川蜀，川蜀與京城之間的水路航線已經相當的成熟，因此他們才能在短短一個月內往返。

但樊城本就處於地貌崎嶇的山溝之中，地勢險峻。而且在十年前那場戰役後，已經徹底成為一座被廢棄的城了，就連周圍的村鎮百姓也都已經搬離得差不多了。

此行想要找到一些經歷過當年事件的人，還是有些困難的。

鍾菱已經做好鍾大柱一時半刻回不來的準備了，所以她給鍾大柱收拾的行囊，格外的豐富。

看著那近乎要將鍾菱肩膀壓垮的行囊，鍾大柱沈默了。

他成親後，每每出征，妻子總是萬般放不下心，就連足衣都要雙份的塞，說是要防止意外發生。

在樊城的城牆上一別後，鍾大柱再也不需要出征，他甚至不用出遠門，也就不需要收拾行李了。

見鍾菱手忙腳亂的介紹著東西的分類，又將那些實在裝不下的吃食，分給周圍的叔叔、嬸嬸們，這畫面，讓鍾大柱覺得有些恍惚。

鍾菱跑了一圈之後，又在背簍裡掏了半天，神神秘秘的揣著什麼，塞給鍾大柱。「出門在外，得多備點錢。」

反正應該也不會有人會想不開去搶劫鍾大柱一行，鍾菱就把銀子裝在一起給鍾大柱了。這一兜的銀子，沈甸甸的，數目還不少。「妳不是要裝修二樓？」

「這個不急，我打算等你們回來再安排。」鍾菱一邊說著，一邊從背簍裡拿出一雙手套。「我做不來針線，這是昭昭做的。一路騎馬，要注意安全。」

對鍾大柱來說，一隻手騎馬，問題並不大，但是鍾菱擔心了好幾天，思來想去，拜託宋昭昭趕製了一只能護住手心的手套出來。

當年叱吒風雲的將軍，除了剛剛成親那陣子，就沒有在出征前被這麼仔仔細細的叮囑過。

他低斂著眼眸，認認真真聽著鍾菱的話。

一旁的其他將士們，目光中有些驚訝和好奇，忍不住往他們這邊看來。

等鍾菱說完後，鍾大柱的眼中泛起了一絲不捨，他抿了一下嘴唇，沈聲問道：「有什麼想要的嗎？我給妳帶回來。」

聞言，鍾菱咬著手指，思索了一下。「途中應該會經過瀘縣吧，聽聞那裡盛產核桃，桃酥尤其好吃，我想嚐嚐！」

「好。」鍾大柱一口應下。

他想要擁抱一下面前的小姑娘，最終卻只是克制的伸手，揉了揉鍾菱的腦袋。不捨的情緒反覆的拉伸、延長，像細細的繩結，繫在了鍾菱的身上。

他看著鍾菱，有些艱難的開口道：「等我回來。」

孫陽平知道，為什麼一向果斷的鍾大柱，會在此刻，這般的放不下。

將軍此行，是要給鍾菱的生父收殮屍骨，等他們回來後，鍾菱就會知道，將軍和她沒有血緣關係了。

不管鍾菱會是什麼反應，鍾大柱都已經做好了最壞的打算。

吃完村民為赤北軍將士們準備的湯圓，送走鍾大柱一行後，鍾菱匆匆忙忙的趕回小食肆。

今日是元宵節，不僅小食肆裡賣湯圓，隔壁的糕點鋪，也有賣「乾湯圓」。

鍾菱得帶著宋昭昭和阿旭，趕回去搓湯圓。

「我覺得鍾叔今天有點奇怪。」回城的路上，宋昭昭思索了一會兒，提出了疑惑。

阿旭立刻附和道：「我也覺得有一點，今天師父的眼神，就好像他和姊姊再也見不到了一樣。」

「嗯？」原本蜷著休息的鍾菱，抬起頭來。「有嗎？」

她今天一早起來，就覺得身子特別累，尤其是腰，痠脹得厲害。能在眾人面前維持住笑意，已經分走了她大半的精力了。

「我和爹相認之後，這是頭一次分別，我也有點不習慣呢。」

儘管知道鍾大柱是赤北軍的將士，但是鍾菱還是有些放心不下。

聽她這樣說，阿旭和宋昭昭就沒再多問了。

只是宋昭昭一直盯著鍾菱那越來越奇怪的坐姿，在馬車即將停下時，她湊上前去，小聲問道：「姊，妳不舒服？」

鍾菱摸摸後腰，點了點頭。

宋昭昭沒說話，但是等鍾菱進後廚想要搓湯圓的時候，馬上就被韓師傅趕了出去。

韓姨和周蕓也不讓鍾菱進去，無奈，她只得去門口的長椅上坐著了。

京城如今人流量很大，鍾菱需要一直盯著風向變化，才能保證小食肆在會試期間，順利賺錢。而坐在門口，除了能夠打聽消息之外，還能給人帶來很大的滿足感。

糕點鋪門口永遠有等候的人，和小食肆進進出出的食客，這些，都意味著今天生意很好，能賺錢！難怪小說裡的總裁都喜歡在樓上俯瞰自己的商業帝國呢。

確實很爽！

鍾菱坐了一會兒，宋昭昭給她端來了周蕓做的紅糖豆沙湯圓。

這一小碗糖水捧在手裡熱呼呼的，湯圓雪白可愛，甜滋滋的香味圍繞著鼻尖輕盈的躍動著。鍾菱不急著吃，她捧著碗，笑呵呵的和剛好進店吃飯的熟客打了個招呼。

今日街上大多都是一家人攜手同行的溫馨場面，風中帶著一些春天的氣息，吹得人心裡泛起陣陣漣漪，止不住的心潮澎湃。

鍾菱舀起一勺紅糖豆沙，感受著在舌尖蔓延的溫暖和甜意，這一刻無比的平淡日常，但卻讓鍾菱幸福得想要落淚。

上天似乎感受到了鍾菱的情緒，像是要彌補上一世的遺憾一般，悄然將一份大禮，送到了鍾菱面前。

她在碗裡找到了芝麻餡的湯圓，認認真真的吹涼之後，一口塞進嘴裡，感受著溫熱甜蜜的芝麻餡在嘴裡散開，鍾菱滿足的仰起頭。

就在目光晃過面前人流的一瞬，她的脖頸一瞬間僵住了。

她的目光隔著人群，和一道如水一般溫柔的目光相接。

耳邊的喧鬧和嘈雜聲，鍾菱一點也聽不見了。她怔怔的捧著碗，視線水光矇矓，但她依舊能清晰的看清那人的面容。

眼前的畫面逐漸與記憶裡的片段重疊，耳邊清晰的響起了那帶著笑意的聲音。

我們要一起去看看外面的世界。

「怎麼了？」

見妻子停下了腳步，青年關切的低頭詢問。

他的妻子輕輕搖了搖頭，抬手拭了眼角。不知為何，她看見坐在食肆門口的小姑娘時，有一種莫名熟悉的感覺，眼淚竟不自覺的就湧了上來。

跟在他們身後的小少年驚喜的開口道：「阿兄，那家食肆的招牌，好像是柳恩大人的字呢！」

青年聞言，將視線從愣坐在門口的鍾菱，上移到招牌上。在看見柳恩的印章後，他的眼中閃過了一絲驚訝。

「阿嵐，我們中午就在這間食肆吃飯好嗎？」

就算他不提，青年的妻子也會這樣建議。自己應該是是第一次見到這個小姑娘，但是那種熟悉的感覺，讓她忍不住想要親近對方。

瞧著這一家人往小食肆走過來了，鍾菱慌亂的抬起衣袖擦了把臉，隨意的把碗一放，站起身來，將他們三人迎進店裡。

「我叫鍾菱，是這間食肆的掌櫃。」

雖不知道她為什麼突然自我介紹，但是在那青年沒有反應過來的時候，女人笑了笑，開口道：「我叫林聽嵐，這是我丈夫溫謹言，這是弟弟溫書語。」

鍾菱雖然對他們三人一樣客氣，但是說話時，是一直盯著林聽嵐看的。

兩人的目光相交，有一種說不出的親密。

還是鍾菱先收斂了思緒，笑著掩飾自己的失態。「聽口音，您是從江南來的吧。」

「是啊。」

溫謹言滿臉驚訝的看著妻子和鍾菱交流，等到鍾菱點完菜，三步一回頭的回到後廚後，他忍不住開口問道：「妳和這鍾掌櫃認識嗎？」

「不認識。」林聽嵐抿了一口茶水，輕笑著搖了搖頭。「但是我覺得她身上有一種很熟悉的感覺，很親切。」

溫謹言和溫書語對視一眼，從彼此的眼中都看到了不解。

尤其是溫謹言，他甚至從鍾菱和妻子那親密無間的對視中，察覺到了一絲的危機感。

鍾菱失魂落魄的回到後廚，叫宋昭昭給林聽嵐那桌送三杯奶茶，自己則走到案檯前，準備開始揉麵。

韓師傅對鍾菱突然開始做陽春麵，只是好奇了一瞬。但是他再抬頭的時候，驚訝的發現鍾菱的肩膀顫抖得厲害，他忙放下手裡的菜刀，三步併作兩步的走到鍾菱面前。

鍾菱雖然手上動作不停的揉著麵，但她的表情已經完全失控了。她癟著嘴，眼眶的紅暈染到臉頰上，眼淚撲簌簌的落下，落在麵粉中。

「小鍾，怎麼了？」韓師傅驚恐的握住鍾菱的肩膀。

他的話，徹底擊碎了鍾菱最後的一絲堅強。鍾菱淚眼朦朧的抬頭看著韓師傅，嘴角一垮，哭出了聲音。

她在韓師傅慌張的目光中緩緩蹲下身，最後尚存的理智讓她還記得自己剛剛在揉麵，鍾菱用手臂抱著頭，將臉埋進膝蓋裡，徹底陷進了回憶中。

她沒想到自己這麼快就能再見到林聽嵐。

那個對鍾菱報以善意，到最後一刻都相信著自己的丈夫會來救自己的林聽嵐。

林聽嵐曾多次向鍾菱描述過她的丈夫和小叔子。她笑著告訴鍾菱，她的丈夫是怎麼樣的愛她，小叔子是怎麼樣的可愛懂事，他們一家雖然不富有，但是一直過得非常非常幸福。

鍾菱在她死去之後，也無數次的設想過，得是怎麼樣的場景，才稱得上「非常非常幸福」。

今天，她終於看見了。

鍾菱端著陽春麵出來的時候，已經平復了心情，除了眼眶還有些泛紅，沒有什麼異常的地方。

林聽嵐沒有點菜，她說了忌口後，請鍾菱安排。

考慮到他們在路上奔波了許久，新來乍到京城，定是有些不適應，鍾菱便打算做一桌江南菜，陽春麵、素燒鵝、魚羹，這也都是小食肆的招牌菜了。

巧的是，鍾菱昨日在煮茶葉蛋的時候，突發奇想的試做了茶葉雞。

茶葉雞也是江南名菜，鍾菱用的是龍井茶。

龍井與紅茶不同，每年的新茶價格高昂，尤其是明前龍井，貴如黃金。以鍾菱現如今的財力水準，自然是買不起的；但是她從江南來的茶商那裡，收購了一批陳年的龍井，用來品茶是差點意思，但是用來做菜卻是足夠的。

將整隻雞浸泡醃製在香料和龍井茶水中，入味後，撈起茶葉，雞肉與醃料水一併送入鍋中燜煮，使茶香浸潤到每一絲雞肉之中，待到雞的表皮呈現出油亮的茶色，便可熄火。

這道菜最具靈魂的地方在於浸泡過的茶葉，將茶葉瀝乾之後放入油中，用小火煎香，澆到茶色的雞上。伴隨著熱油淋上雞皮時所發出的誘人滋滋聲，激發出的獨特茶香味也蔓延開來。

雞肉燉得軟爛，用筷子撥開油亮的外皮，肉質飽含汁水，只需輕輕一撥便可輕鬆挑出骨頭來。因為醃製的時間夠久，每一口雞肉都伴隨著清爽沁人的茶香味。

這本是鍾菱打算在春闈之後，推出的招牌菜，此時卻毫不猶豫的端了出去。

上一世在陳王府的時候，鍾菱給林聽嵐做過一些清淡的吃食。在林聽嵐喝粥的時候，鍾菱答應過她，有機會一定要給她做一桌的大魚大肉。

雖然和想像中有些不同，這次見面，實在是太猝不及防了；但是鍾菱還是極其認真的，親自將每一道菜端上桌，並給他們介紹了一遍。

「想不到在京城還能吃到這樣好吃的江南菜。」溫謹言微微頷首，給予了極大的認可。

「剛聽那年輕掌櫃說，都是她做的，還真是令人欽佩。」林聽嵐隨意的點了點頭，她喝了一口糖粥，思緒卻飄到了很遠很遠的地方。

鍾菱給他們每個人都送了一樣小食。

給要參加會試的溫謹言的是定勝糕；給小少年溫書語的，是蘸著熟糯米粉，奶黃餡的乾吃湯圓；而給林聽嵐的，則是一碗糖粥。

前世在陳王府的時候，林聽嵐被折磨得傷痕累累，十分虛弱。

鍾菱只敢讓她喝兩口粥補充體力，而白粥寡淡，在韓師傅的建議下，鍾菱撒了一層白糖在上面。

當然如今端給林聽嵐的這一碗，不是尋常白粥，添加了茉莉花茶，湯底清淡，再將大米煮到開花。雖然乍聽有些奇怪，但是細細品來，在甜味後，有淺淡的芳香。

林聽嵐慢慢喝著粥，不知為何，不管是素未謀面但教人莫名覺得親切的鍾姑娘，還是這有些奇怪的甜粥，都讓人感到懷念。

像是有什麼東西，輕飄飄的滑過記憶，將一切都串聯在一起，但又轉瞬即逝，教人看不清真相。

林聽嵐下意識的回頭看了一眼。

鍾菱正撐著下巴，坐在櫃檯，她眼眶的紅還沒有褪去，目光幽遠，似是也沈浸在思緒中。

見林聽嵐看過來，鍾菱立刻回過神，朝著她走過來。「您……有什麼問題嗎？」

林聽嵐抬起目光和鍾菱對視，杏眼之中含著淺淺的笑意。她柔聲開口。「鍾姑娘，我們是不是在哪兒見過啊？」

鍾菱一怔，她強行壓下翻騰而上的情緒，扯出一個燦爛的笑容，輕輕搖了搖頭。「我爹是赤北軍的將士，我小時候隨軍，之後被京城唐家收養，去年夏天才回到親爹身邊。」

有一絲失望在林聽嵐的眉眼間閃過，這是她第一次離開江南，來到京城。照鍾菱說的成長軌跡，她們之間是不曾有過交集的。

似是反應過來自己有些冒昧，林聽嵐臉上浮起一抹淡紅，她忙開口朝著鍾菱道歉。「我只是覺得，看見妳……有一種很親切的感覺……」

鍾菱猛地抬起頭來，眼眶中有淚水在打轉，她攥緊拳頭，哽咽道：「我也是！」

眼看著她們已經開始姊妹相認了，溫謹言輕咳了兩聲，有些不自然的插話。「鍾姑娘的父親是赤北軍的將士？」

鍾菱抹了把眼淚，抬頭看向溫謹言。

這個上一世的狀元，在奪魁後長跪不起，只求用一切換為愛妻報仇的男人。這是鍾菱第一次見他，眉目俊朗，儒雅俊秀，渾身上下散發著浩瀚的書卷氣。

嗯？不對……

這不是那日廟會的那個青年嗎？

鍾菱的注意力一直在林聽嵐身上，此時和溫謹言對視，才反應過來。

而溫謹言此刻也認出了鍾菱，那日廟會，鍾菱被蘇錦繡抓著化了妝，和今日素面朝天的樣子還是有些不同的。

「原來是姑娘。」

溫謹言微微一笑，迅速的向林聽嵐解釋了那日在廟會發生的事情。

他們一家剛到京城的時候，一直在臨時安排的京郊驛站落腳，一直到前幾日才到京城裡的客棧入住，也因此這才和鍾菱碰上。

林聽嵐聽完後，小聲感嘆道：「看來我們和鍾姑娘，是真的有緣分。」

聽她這樣說，鍾菱反應極快，立刻接道：「那姊姊平日多來小食肆坐坐好嗎？」

這請求有些突然，讓林聽嵐一下子有些反應不過來。

還是溫謹言輕輕握住了她的手，輕聲勸道：「我得溫書了，過幾日便不好出門，總不好要妳也跟我一起整日待在客棧裡。妳既和鍾姑娘投緣，來坐坐，多走動走動也好。」

那日廟會一見，加上鍾菱赤北軍家眷的身分，已經讓溫謹言放下大半的警惕了。

他雖看起來年輕，但能夠在這般年紀便考中舉人，絕不是靠死讀書。

他很瞭解自己的妻子，林聽嵐對鍾菱是有些上心了，而鍾菱的反應雖然奇怪，眼中的灼熱卻沒有一點惡意，倒像是下一秒就要哭著認親了一樣。

反正，不像是壞人。

溫謹言並不太擔心即將到來的會試，他反而更擔心自己閉關溫書和考試時，林聽嵐要如何消磨時光。如此看來，在這小食肆裡會友，倒是個不錯的安排。

溫謹言沒有反對，倒是有點出乎鍾菱的意料。

她前世的死亡，和溫謹言多少有點關係。

雖說是他咄咄逼人的要陳王給出一個交代，讓陳王無法及時收尾，這才把陳王妃鍾菱直接推出去揹鍋，但是歸結到底，都是陳王作下的惡。

溫謹言和鍾菱，都是苦命人。

鍾菱不僅不討厭溫謹言，甚至她在死前，還是有點佩服他的。畢竟，金榜題名後，溫謹言沒有被榮華富貴迷了眼，而是回頭去尋自己的髮妻，他沒有辜負林聽嵐的堅持和信任。

鍾菱沒有和溫謹言打過交道，雖然從林聽嵐口中知道的那個溫謹言，是溫柔可靠的，但是能夠在極短的時間裡，說動陛下對陳王動手，溫謹言絕對不簡單。

鍾菱的計劃裡，林聽嵐必須長時間待在小食肆裡，起碼不能去其他地方吃飯，因為在前世，林聽嵐就是在外吃飯的時候，被陳王看上的。

但是事情已經和上一世不一樣了，誰也不知道會怎麼樣發展下去。

鍾菱詢問了一下，原來他們本來趕不上此次會試，但是祁珩在年前提出，調動各地人馬，優先將參加會試的書生送到京城來。

上一世，很可能沒有這一條政令，溫謹言在路上耽誤了時辰，沒能趕上會試。

提前了三年進考場，溫謹言能不能當上狀元還不好說；但前世將林聽嵐和溫書語擄走的陳王，如今可還是在京城裡囂張跋扈，鍾菱不可能讓這樣的事再發生了。

林聽嵐的死，對她觸動極大。

重活一世，她治了鍾大柱的傷，讓他重新振作了起來，投身進重建赤北軍的工作中。她幫助了韓師傅，救下了身患重病亡故的韓姨，還讓周蕓重拾了夢想；宋昭昭、阿旭的人生，也因此得到了改變。

她也看清了唐老爺子的真心，徹底放下了唐家。

鍾菱唯一放不下的，就是林聽嵐。

鍾菱是個沒有在愛裡成長的小孩，在唐家雖有榮華富貴，但在唐之玉的排擠之下，多少還是過得不自在；進了陳王府後就更不用說了，陳王府裡根本沒有溫暖。

鍾大柱逢年過節送來的農產，是他沈默的表達關心。可那個年紀、那個環境下的鍾菱，尚且讀不懂這厚重含蓄的感情。

而林聽嵐對鍾菱毫不掩飾的感謝，才讓鍾菱第一次那麼直接的感受到了善意。

在溫書語已經身死，林聽嵐被折磨得傷痕累累，已經虛弱到咯血的地步，她本該和陳王妃站在對立面的，但是她沒有指責、沒有謾罵，她接受了鍾菱的好意，並且告訴鍾菱——

「這不是妳的錯。」

連那個時候的韓師傅都並非對鍾菱毫無保留，甚至在最開始的時候，將對陳王的恨意轉嫁了一部分到鍾菱身上。

但是林聽嵐不一樣，她在生命走到最後的時候，依舊保持著清醒和通透。她並未因為屈辱而怨懟憤慨，反而成為照進鍾菱生命裡的一束光。

如今的鍾菱，生活在愛裡，有無數人關心她，愛著她；但是前世不一樣，前世的她孑然一身，活得迷茫而痛苦，揹負著陳王妃這個頭銜帶來的辱罵和恨意。

林聽嵐對鍾菱來說，實在是太重要了。

她像是江南初春的溪水，洗淨了鍾菱一身的疲憊；也是因為林聽嵐堅持著溫謹言會來救她，才讓後來被關入天牢的鍾菱，偶爾也會想起被她拒絕了的鍾大柱。

林聽嵐等到了她的丈夫，而鍾菱也等來了她的爹爹。

雖然鍾菱一開始做的準備，是三年後能將溫謹言一家徹底保下來，但是既然一切都提前了，雖然她如今能應對的手段並不充分，但哪怕拚上性命，她也一定會保護林聽嵐，不讓前世的慘劇再次發生。

陳王府。

「你說，鍾菱的糕點鋪今日還是大排長龍？」

「是。」

陳王輕笑一聲，懶洋洋的看向了一旁正襟危坐的唐之玉、唐之毅姊弟，他似笑非笑的瞇著眼睛。「還有五日，便是會試的日子了，這麼好的機會，你們打算如何將功折罪呢？」

第四十九章

林聽嵐也不是扭捏的性格，當天下午，在溫謹言閉門苦讀時，她便帶著溫書語來找鍾菱了。

在和鍾菱再次碰面之前，林聽嵐還有些忐忑。

雖然這種靈魂深處的熟悉教人心生暖意，但在京城人生地不熟的，她又只和鍾菱見過一面，多少還是教人覺得有些不安。

但是一切的猶豫，在見到鍾菱的那一刻，全都消散不見了。

鍾菱似是也沒想到林聽嵐來得這麼快。

她正在糕點鋪門口，和阿旭商量著給門口的大盆栽換個位置，看見林聽嵐走過來，鍾菱眼前一亮，拉著阿旭就迎了上去。

溫書語乖巧的仰頭喊了一聲。「鍾姊姊。」

上一世，鍾菱對溫書語的最後印象，停留在那滴著血的破草蓆上。

溫書語和他兄長一樣，身上有著溫雅的書卷氣，看著文文弱弱，白淨乖巧，是那種逢年過節一定會被長輩誇讚的孩子。

他的五官雖稚嫩，卻也能看出長大後的容貌，定不會比他的兄長差。這麼好的孩子，不應該落到陳王和唐之毅這樣的畜生手裡。

鍾菱看向溫書語的目光，不由得就多了幾分憐惜。

溫書語從小接觸最多的，就是像他兄長那樣的書生，這是他第一次見到像阿旭這樣，精瘦銳利的同齡人。

既然是同齡人，鍾菱便將溫書語交給了阿旭，讓阿旭領著他去玩。這兩個孩子，一個從文，一個習武，在這個年紀多交流，能開闊視野。

但阿旭似乎並不是很高興的樣子，他沈著一張臉，頗為不情願的牽著溫書語的手，朝後院走去。

「阿旭。」鍾菱看著少年的背影，有些不放心的喊了一聲。「帶弟弟去看看蒸蛋和湯圓，再去找昭昭，我剛做了一批梨膏糖。」

阿旭有些小情緒，是沒有安全感的小孩子本能的占有慾。

而鍾菱叫阿旭領著溫書語去看小狗和小貓，給這孩子一個主人的身分。

赤北軍的將士們教給阿旭的第一課，就是責任感，有這份身為小主人的責任在身上，阿旭雖然不高興，也還是會照顧好溫書語的。

而且這麼大的小孩子，不熟的時候難免會有敵意，但是稍稍相處一會兒之後，馬上就會玩在一起了。

更何況，鍾菱是有私心的。雖然不知道鍾大柱之後會安排阿旭走哪條路，是加入重建後的赤北軍，還是跟著陸青在禁軍磨練兩年；但不管怎麼樣，一定都將走武將這條路的阿旭，能和作為狀元胞弟的溫書語交好，等於未來在朝廷上有自己的人脈了。

這對阿旭來說，絕對有好處。

鍾菱的這些小心思，阿旭現在還想不到，他臭著一張臉，帶著溫書語去後院看小狗。

蒸蛋本就是大型犬，長得飛快，此時已經現出幾分威風凜凜來。

看著溫書語眼中閃著亮光，喜歡得緊，但又膽怯的不敢上前的模樣，阿旭心裡莫名有些得意，之前的彆扭瞬間少了許多，他牽著狗繩，將蒸蛋引到溫書語面前，有些傲嬌的揚了揚下巴。「摸吧。」

現在雖然不是飯點，但是鍾菱給林聽嵐端了碗桂花酒釀圓子，一邊和林聽嵐聊幾句，一邊在翻看帳本。

帳本原來是韓姨在看的，但是韓姨這幾日身體不適，頭昏腦脹的不舒服，鍾菱忙催促她去休息，接手了帳本。

其實鍾菱和宋昭昭一樣，對數字並不敏感。之前擺攤時的小帳她還能記得清楚，可小食肆一天的流水，足夠讓她算得焦頭爛額。

但是帳必須每天盤，這樣才能按照食客們點單的喜好和意見，及時更換菜單。

林聽嵐嚥下嘴裡的小湯圓，抬起目光，鍾菱正一手握著炭筆，另一隻手苦惱的抓頭髮，面前本子上密密麻麻的數字，這應該是帳本。

「怎麼了？」她輕聲問道。

「啊？」鍾菱抬起頭，眉間的皺痕來不及舒展。「抱歉抱歉，剛剛看到這一段帳，怎麼也算不對。」

鍾菱的心算能力不怎麼樣，這一筆又一筆小額的數字相加，稍不注意便會出現問題。而且她不會用算盤，也不敢輕易使用加減符號和運算公式，以免引人懷疑。

林聽嵐問：「能給我看看嗎？」

話說出口後，林聽嵐便後悔了。帳本對任何一間商家來說，都算是相當機密的。

她剛想要解釋自己沒有別的意思，只是想要替鍾菱分擔煩惱，但是還沒等她開口，鍾菱已經大大方方的將手裡的帳本掉了個頭，遞到林聽嵐面前。

想說的話一下子全嚥了回去，她下意識的接過，目光順勢落在鍾菱圈起來的那一行上。

溫家在江南有一間小書鋪子，林聽嵐嫁進溫家後，鋪子一直在她的手中管著，因此，林聽嵐是會管帳的。

和鍾菱的不善算數不同，她看了兩眼後，腦子裡自動就從鍾菱算到一半的數字，順著捋了下去。她沒有抬頭，下意識伸手去拿算盤，卻摸了個空。林聽嵐這才反應過來，自己是在京城，而不是家中的小書鋪裡。

但是鍾菱已經站起身，連跑帶跳的去拿了算盤，用雙手遞到林聽嵐的面前。她的眼眸彎彎，眼裡蕩漾著笑意，眼底有一絲絲的討好。

讓林聽嵐忍不住想起，溫書語寫不完課業的時候，也總是這樣看著她。

她勾起唇角，接過鍾菱手裡的算盤。

林聽嵐的手很好看，修長白皙，指尖撥著褐紅色的算珠，碰撞出清脆的聲響。她的動作很熟練，格外的有節奏感，像是一首悅耳的無名樂章。

尤其她接手的，是在鍾菱眼中無比艱難的帳本，鍾菱得以忙裡偷閒的吃上兩口酒釀圓子，那算珠相碰的聲音在她聽來，宛若仙樂。

等林聽嵐處理完最後一筆帳，抬起頭時，猝不及防的對上鍾菱滿眼的崇拜和喜悅。

「怎麼了？」她將帳本和算盤遞還給鍾菱。「妳看看。」

鍾菱掃了一眼數字，和昨日的對比了一下，在確定並沒有太多的起伏變化後，她便放心的合上帳本。「太厲害了！我算半天都算不明白，姊姊這麼快就算好了！」

鍾菱這一聲「姊姊」，叫得林聽嵐心中一軟。她低斂眼眸，用勺子輕輕撥了撥碗中的酒釀，笑道：「妳也是心大，這帳本隨意就敞給別人看了。」

林聽嵐怎麼算是別人呢，她可是到死的時候，都還想著幫鍾菱如何逃離陳王府的人。

鍾菱沒有開口解釋什麼，她只是笑笑，糊弄了過去。

處理完帳本之後，鍾菱覺得自己肩上一下子就輕鬆起來。她收拾好帳本，看向林聽嵐。

「吃烤雞嗎？」

後廚那個一開始用來做糕點的小烤爐，在糕點鋪裡搭起更具規模的爐子後，便被鍾菱徵用了。

林聽嵐對鍾菱的手藝本就很好奇，也就沒有和鍾菱客氣，只當是鍾菱想要變相的感謝她幫忙算帳。

就在鍾菱準備合上小食肆的門時，一道有些眼熟的身影，連跑帶跳的趕在門關上前，進了小食肆。

在看清楚這個咋咋呼呼的大高個的長相後，鍾菱像是炸了毛似的，往後退了兩步，滿眼警惕。「現在還不是營業時間！」

鍾笙聞言便皺眉先要罵人，但他在開口前似是想到了什麼，克制的鬆開了拳頭。「我就想吃點東西，我會給錢的！」

雖說是請求，但他說這話時，頗為硬氣的掏出了銀子。

鍾菱有些頭疼的撫額。「但我有客人在。」

也不知道鍾笙這段時間是經歷了什麼，他沒有張口閉口就要砸店，也沒有出言威脅，而是假意抹著眼淚看向林聽嵐，哀求道：「姊姊，好姊姊，求求妳了，能不能讓小鍾給我口飯吃啊！」

陸青到底對他做了什麼，好好一個紈袴幾天不見怎麼變成無賴了?!

鍾菱強行克制住要踹鍾笙的衝動，咬牙切齒的道：「你別嚇著人家。」

鍾笙沒聽鍾菱的，反而是更加努力的演了起來，滿口漂亮姊姊、神仙姊姊的哀求著。

林聽嵐不知道眼前這個人是怎麼樣的一個混世魔王，她的性子本就溫軟，偏偏鍾笙的那張臉頗有欺騙性，這麼看著還真的滿可憐的。

無奈，鍾菱只好和鍾笙約法三章，要他保證自己不拆後廚後，才將他放了進來。

雞是早就處理好的，後廚也有特地用來裹著食物烘烤的泥土。

鍾菱和林聽嵐在一旁給雞裹上泥土，而鍾笙一進後院，就被阿旭攔了下來。

雖然阿旭已經知道了鍾笙上次砸店的舉動並非針對小食肆，但這孩子還是有些記仇的；而鍾笙，也是有點孩子氣在身上。

兩人迅速開始過起了招，和上次不同的是，小狗烝蛋正是最好玩的年紀，見自己的小主人和別人打起來了，牠迅速的朝著鍾笙撲了上去。

這雞飛狗跳的場景，一直到叫花雞出爐，烤得黝黑的土塊被砸開後，那誘人的香氣，讓還在打鬧的人一下子就停了手，紛紛圍到鍾菱身邊。

雖然鍾笙極力爭取，但是雞腿還是到了阿旭和溫書語手裡。

泥土裹住了雞肉的全部汁水，鍾菱將雞腿遞過去的時候，順著雞肉的紋理，油亮的汁水直往下淌，惹得鍾笙在一旁直嚥口水。

在場的姑娘們吃得都不多，阿旭和溫書語都還是個孩子，因此，最後這隻雞，大半還是進了鍾笙嘴裡。

「你不是在宮裡嗎？陸青去哪兒了啊？」鍾菱洗了手，問向正低頭啃雞架的鍾笙。

「陸青有事，顧不上管我。」鍾笙抬起頭來，咒罵道：「他大爺的，他要把我送去山溝裡盯陵園的修建，我就趕緊跑出來吃頓好的。」

既然要重建赤北軍，那一定要先安葬戰死在樊城的將士們才是，鍾笙作為鍾家唯一的血脈，被發配去監工，也是合情合理。

鍾菱眨了眨眼睛，看向鍾笙的目光中，多了些不懷好意。「我這裡還有些小吃，能儲存一段時間，很適合帶在路上吃，你要不要？」

對財大氣粗的鍾笙來說，鍾菱開的價，四捨五入就是不用錢。他闊氣的掏出銀子，在鍾菱的默許下搜刮了一遍後廚。

在幾人分食完叫花雞後，韓師傅也來後廚，開始備菜了。

鍾菱想要留林聽嵐吃晚飯，但是因為林聽嵐出來的時候，沒有和客棧裡溫書的溫謹言打招呼，在一番溝通之後，林聽嵐打包了一份豬腳飯，準備帶回去給溫謹言做晚餐。

吃飽喝足的鍾笙還沒有走，他聽到豬腳飯三個字後，眼睛發亮，亦步亦趨的跟著鍾菱，顯然是想要接著再吃一頓。

阿旭看了他一眼，沒說什麼，繼續去洗菜了。

晚上的豬腳飯，是韓師傅一早就燉著的，湯汁濃郁，豬腳軟爛，筷子輕輕一撥就穿透香軟的豬皮，實在是太下飯了！

鍾菱在飯上放了山藥和白菜，澆上一勺濃郁油亮的湯汁，再將豬腳單獨用一個碗打包，裝進食盒裡。

在她打包豬腳飯的時候，一旁的鍾笙已經就著豬腳，吃了兩碗飯。

自從知道鍾笙的身世後，鍾菱就對他寬容了許多，甚至特意留心觀察鍾笙的反應。她有些懷疑，鍾笙是故意裝成紈袴，刻意壞了自己的名聲，來掩蓋鍾家獨苗這個一定會惹人注意的身分。

反正，他只要不亂來就行。他吃東西的時候，像一隻大狗，看起來還是挺無害的。

「那我陪聽嵐姊和書語回客棧了啊。」鍾菱提起食盒，朝著院子裡正在清空第二碗飯的鍾笙道：「你是偷偷溜出來的，吃完就早點回去，不然陸青找不到你，會擔心的。」

鍾笙輕哼了一聲，可能是吃飽了心情好的緣故，他並沒有反駁鍾菱。

溫家下榻的客棧離小食肆並不算遠，只需要步行半炷香的時間。

夕陽已經徹底消失在天邊，天色逐漸黑了下去。傍晚的風帶著一絲暖意，舒服得教人直瞇眼睛。

鍾菱和林聽嵐並肩，聊著些輕鬆的話題，腳步輕快。

溫書語捧著奶茶，跟在她們身後，有些好奇的打量著周圍的店鋪。他這一下午和阿旭玩得很開心，眉眼間的神色都比往常鮮活許多。

林聽嵐看了眼溫書語，笑著和鍾菱說道：「小語是真的玩得開心，他很少笑成這樣過。」

鍾菱乘機央求道：「那明日還和書語來小食肆坐坐嘛。」

就在她說話的時候，身後傳來了一片驚呼聲。

鍾菱扭頭看去，只見一輛馬車橫衝直撞，相當霸道的在街上行駛著。

她下意識的拉了一把溫書語，又擋在林聽嵐身前，避開馬車行駛的路線。可待到那馬車駛近的時候，鍾菱的臉色陡然就陰沈了下來。

她來不及考慮林聽嵐的想法，拉著她和溫書語就往人群裡去，匆匆忙忙的像是在躲什麼。

那是陳王府的馬車！

然而，越是怕是怕什麼，就越會來什麼。

鍾菱拉著林聽嵐和溫書語，腳步匆忙的拐進一條無人的小道，剛鬆了一口氣，靠著牆準備和林聽嵐解釋怎麼一回事的時候，一聲低沈的、似笑非笑的聲音，在鍾菱身後響起。

「鍾姑娘。」

鍾菱猛地一顫，脊背上瞬間爬滿了冷汗。

陳王那目光，像是獵人尋得了獵物，教鍾菱緊張得直犯噁心。她像是一隻受驚的小獸一般，竄到林聽嵐前面，眼中滿是警惕的看著眼前的人。

「陳王殿下。」

陳王似笑非笑的看了一眼鍾菱，目光落在林聽嵐身上時，眼中閃過毫不掩飾的驚豔。

他是在馬車上，瞥見了林聽嵐的側臉，而被吸引過來的。那驚鴻一瞥，教他久違的有些心動。

他從未在京城見過這樣的女子，清朗溫潤，並無大戶人家小姐的貴氣，但卻清麗俊逸，像是天邊的雲，那一份仙氣，教人忍不住想要靠近看看。

只是沒想到，鍾菱也在這裡。

鍾菱對陳王是何等瞭解，在看見陳王的目光時，她的心便徹底沈到了谷底。

陳王這是看上林聽嵐了。

一切，兜兜轉轉，好像什麼都沒辦法改變。

鍾菱死咬著牙，眼中閃過了一絲狠戾。

林聽嵐雖然不知道到底是怎麼回事，但是陳王赤裸裸的打量，讓她覺得很不舒服，因此她順從的站在鍾菱身側，也繃緊了神經。

陳王身後的青年輕笑一聲，輕蔑的看了鍾菱一眼。「我說，妳別這麼緊張行嗎，姊姊。」

「唐之毅。」鍾菱冷冷開口道：「你想要幹什麼？」

陳王抬了抬手，制止唐之毅。他笑咪咪道：「鍾姑娘不要緊張，本王只是想要邀請你們到王府裡坐坐。」

「可我若是不想去呢？」

鍾菱太清楚陳王的心思了，在外或許還有一線生機，一旦被帶進陳王府，那便是真的重新踏入地獄了。

她的話一點也不客氣，惹得陳王不悅的皺眉。

「我警告妳，不要敬酒不吃吃罰酒啊！」唐之毅撩起袖子，惡狠狠的往前走了幾步。

陳王背著手，陰沈沈的看著鍾菱，顯然是默許唐之毅的行為。

陳王府的馬車還停在巷子口，也不知道有多少人在外面守著。

鍾菱輕嘖了一聲，她迅速的回頭看了一眼身後的路，小聲道：「等等妳帶著書語，從後面跑，別管我！」

巷子裡很安靜，她的話在場的人都聽得見。

唐之毅嗤笑了一聲。「還想走呢，想都別想。」

在他冷笑著邁步上前的一瞬間，鍾菱的心，被吊得高高的，她已經挪動腳步，抬起了手臂，做好逃跑和格擋的雙重準備。

就在這千鈞一髮之際，一聲中氣十足的厲喝響徹整個小巷。

「你個龜犢子、王八蛋！」

伴隨著這一聲罵響，唐之毅被一道高大身影一腳踹飛出去，在鍾菱面前摔了個狗吃屎。

第五十章

「鍾笙?!」

鍾菱已經做好魚死網破，拚上犧牲自己讓林聽嵐逃走的準備了。

不管怎麼樣，就算鍾大柱不在京城，但祁珩現在還沒有進考場，怎麼也能把她救出來。

但是她是真的沒想到，在他們出門前，還在店裡吃豬腳飯的鍾笙會出現在這裡。

「鍾笙……」陳王低斂眼眸，對面前的青年恨得咬牙切齒。

他確實能在京城裡橫著走，但是鍾笙卻是他暫時動不得的人。

這廝現在還住在宮裡呢，聽說是被禁軍統領陸青看著的。眼下正是重建赤北軍的關鍵時期，皇帝還盯著鍾笙，在這裡起衝突，可不就是又給了皇帝動他的藉口。

陳王還要考慮一下自己能不能動鍾笙，但是鍾笙可是一點也不在乎，他光腳的不怕穿鞋的，索性就囂張到底。「陳王又在這裡幹些見不得人的事情了？」

陳王指著他的鼻子怒罵道：「你個紈袴！」

鍾笙坦然的攤手，跨過還在地上哼哼的唐之毅，擋在鍾菱身前，義正辭嚴道：「我是紈袴，但是我可幹不出強搶民女這傷風敗俗的事來。」

雖然他的表情欠揍了一點，但是他說的，卻是實話。

鍾笙雖然紈袴，但可沒害過人，在外面做出損害他人財產的行為後，甚至會第一時間給予賠償。

陳王眼看著那仙子一般的姑娘就在眼前，但硬是被鍾笙攔在身後，恨不得將鍾笙撕碎，卻還是理智尚存的，帶著唐之毅離開了。

他就是臨時起意，瞧見了仙子一般的人才跟過來的，若是知道鍾笙在，他定要多帶些人馬來才行。

唐之毅一瘸一拐的跟在陳王身後，頗為不甘的道：「殿下……殿下，就這樣算了嗎？」

他在看見躲在林聽嵐身後的少年時，就已經挪不開眼了，見陳王如此輕易的就放棄，唐之毅幾乎要咬碎了一口牙。

他一開口，像是在陳王的火氣上澆了一潑油。

陳王一甩袖子，怒喝道：「那你想怎麼辦，你去把鍾笙攔下來？」

唐之毅被這火氣嚇得一顫，瞬間清醒了許多，他顫顫巍巍的躬身請罪。

「等到春闈的時候，她們一個都逃不掉。」

「這幾日妳就待在食肆裡，別出去走動了，起碼在食肆裡，他不敢輕舉妄動。」

鍾笙撿起被丟在地上的食盒，朝著鍾菱道：「陳王喜歡來陰的，他之前就是這樣搶掠別人家的姑娘的，妳千萬不要掉以輕心。」

鬆了一口氣的林聽嵐才恍然明白過來，陳王是衝著她來的。

林聽嵐臉色難看，她不過是尋常人家的女子，哪碰到過這樣的事情啊，若不是溫書語還緊緊握著她的手，她都想靠著牆緩一緩，消化這突如其來的驚嚇。

「這是我的問題，鍾姑娘，我不能再去小食肆了。」

鍾菱和鍾笙商討著先送林聽嵐和溫書語回客棧，聽到林聽嵐的話，鍾菱忙制止道：「不可以！」

陳王已經看到林聽嵐，並且很明顯的起了心思。

鍾菱身後有錯綜複雜的人際關係，小食肆更是有御賜的名聲在，陳王不敢輕易對鍾菱下手。但是在溫謹言成為狀元之前，林聽嵐一家一旦對上陳王，就是待宰的羔羊。

鍾笙也明白其中的關係，他護送著幾人往外走去，朝著林聽嵐正色道：「陳王手段多，且能為了目的、不擇手段。妳在京城若是有其他的人脈，那就暫且去躲一躲，若是沒有，還是趁早離開的好。」

鍾笙收斂起笑意的時候，眉眼之間的神采，讓鍾菱覺得莫名其妙的熟悉。

她來不及多想，就聽見林聽嵐的聲音裡，帶上了幾分哽咽。「就真的，沒有其他的辦法了嗎？這是我們第一次來京城，哪有什麼人脈啊。」

「我就是妳的人脈！」鍾菱忙開口道：「妳就待在小食肆裡，天天在櫃檯露面，陳王不敢當眾做什麼的。」

這確實是個辦法，陳王搶掠婦女的行為，都是在暗處的。小食肆裡的消息和輿論流轉速度很快，若是宣揚了，對陳王的名聲絕對能產生影響。

但是這樣的話，風險就全部都落在鍾菱身上，畢竟誰也不敢保證，陳王會不會狠下心來，不管不顧的來小食肆搶人。

鍾笙有些不贊同鍾菱的決定，但他沒有當即就說出來，而是在送鍾菱回到小食肆時，才和她說出心中的顧慮。

「這對妳來說，完全是一樁不必要的麻煩事。」

「不是麻煩。」鍾菱輕輕搖了搖頭。「陳王已經盯上我了，甚至可能圍著我在設局，幫他們，也是在幫我自己。何況，只要過了會試，就會變好的。」

只要溫謹言能夠成為狀元，那他就會成為刺向陳王最銳利的那一柄劍。

「今日多謝你了。」鍾菱仰頭，朝著鍾笙認真道謝。

雖然鍾笙沒說，但是他能那麼及時的出現在那條小巷裡，應該是一路跟在他們身後，這一份護送的好意，倒是救了他們。

鍾笙撓了撓頭，似是有些不知道如何回應鍾菱的感謝，只好生硬的扯開話題。「妳多加小心，我總覺得陳王不會這樣善罷甘休。」

以鍾菱對陳王的瞭解，他確實不可能善罷甘休。

雖然鍾笙傳達了想要讓鍾菱帶著林聽嵐去避避風頭的意思，但是鍾菱還是拒絕了。

小食肆開在這裡，韓師傅和昭昭他們都已經成為了鍾菱的軟肋，她若是離開了，陳王說不定會更加肆無忌憚的對他們下手。

月色清朗，將二人的影子拉得很長。

陳王的出現，讓鍾菱這一天的喜悅一下子被衝散了。近日發生的一切，都在提醒著她，很多事情已經和上一世不一樣了。

鍾菱怔怔的盯著鞋尖，思緒飄飛。

一直到走在她身側的鍾笙停下腳步，她才後知後覺的反應過來，已經到小食肆後門了。她抬頭的一瞬間，月光之下她的臉色蒼白，眼中的無措和茫然，讓鍾笙直皺眉。

「妳真的不打算走？」

「我走不了的。」鍾菱搖了搖頭，扯出一絲笑，抬手拍了拍鍾笙的肩膀，故作輕鬆道：「等你監工回來，來小食肆請你吃飯。」

鍾笙垂眸看著她，良久才應下。「好。」

雖然已經有了一些想法，但是鍾菱還是有些擔心並不知情的韓師傅他們。她挨個兒囑咐了他們，這段時間不要外出，夜裡要鎖好門，千萬要注意安全。

做完這些後，鍾菱又特意將那個記著她前世收集的，陳王違法犯罪證據的帳本，和宋昭昭強調了一遍帳本的位置。

她思來想去，沒有告訴他們實情，只是說了春闈期間京城人多，可能會有些混亂。等會試開始，溫謹言進了考場之後，鍾菱還想把林聽嵐和溫書語接到小食肆來住，當即連夜收拾出了房間。

她坐在院子裡，望著天邊的月亮，只覺得有些恍惚。

已經許久沒有這樣緊張的感覺了，脊背的肌肉繃得很緊，有幾分窒息，教人喘不上氣。

月亮依舊是那個月亮，但是鍾菱所在的小院，卻不是陳王府裡的那個院子。

她深吸了一口氣，又重重的嘆息。

雖然在別人面前，她一直冷靜且思路清晰，明明都安排好了一切，但是等到一個人的時候，還是會忍不住懷疑。

真的會沒事嗎？

真的能夠守住這一切嗎？

這樣的念頭一旦產生，就開始在腦子裡亂竄。

鍾菱以一種極其放鬆的姿勢，癱坐在椅子裡，一直到院子裡響起一陣敲門聲，才將她喚回了神。

這個時間，後廚不應該正忙嗎？誰會在這個時候來敲門？

鍾菱陡然警惕了起來，她喚來蒸蛋，小心翼翼的打開一絲門縫。

幾日不見的祁珩披著月光，站在門口。

他的眼眸之中帶著笑意，滿懷著期待和歡喜的看向鍾菱，微微下垂的眼尾，溫柔得讓鍾菱心跳空了一拍。

「快進來吧。」鍾菱低頭推門，掩飾了一下自己一瞬間的失態。「你怎麼來了？」

祁珩揉了揉眉心，柔聲道：「明日便要進貢院了，想著得有小半個月不能見妳，便偷偷過來了。」

他說這話時，月光在他的眼眸裡泛起粼粼波光。

「下午的事，鍾笙跟我說了。我帶了兩個侍衛給妳，是從禁軍退下來的，身手不錯。」

鍾菱眨了眨眼睛，沒有說話。

「我知道妳的顧慮，妳選擇留在這裡也是一個正確選擇。」

他別開目光，深呼吸了幾口，才重新看向鍾菱。「但是，如果真的發生了什麼事情，而且真的超出了妳的能力範圍的話，妳一定要以自己為優先，保證自己的安全。」

祁珩應該是知道了鍾菱想要用自己拖延時間，為林聽嵐爭取逃跑時間的事情了。前世刑場上的記憶化作幾幀定格的畫面，在鍾菱腦海裡一閃而過。死亡的恐懼悄然攀上鍾菱的脊背，在這樣的陰冷情緒之下，祁珩的關心顯得格外灼熱。

鍾菱再度開口的時候，聲音中有一絲她自己都沒有意識到的顫抖。「我知道了。」

祁珩本就是偷偷跑出來的，見了鍾菱一面，交代幾句後，便又要趕回翰林院了。

送他出門的時候，鍾菱的腳步變得沈重。她私心希望這段路能夠再長一點，和祁珩在一起時那安心的感覺，能夠多停留一會兒。

等到祁珩踏出門時，鍾菱近乎是貼著他的衣袖在挪步子了。

很少見鍾菱有這般孩子氣的舉動，祁珩失笑，下意識的抬手將她攬進懷裡。

怦然跳動的兩顆心臟，在月光下緊緊相貼。

「等我回來。」

祁珩給鍾菱找來的兩個侍衛，看著年紀都不大，而且是那種乍一看並沒有什麼鋒芒，混入人群裡一眼找不到的年輕人。

這樣的特徵讓鍾菱堅信，他們二人絕對是高手。

他們一個叫江左、一個叫江右，是被禁軍選中培養長大的孤兒，因是同一天被選中，跟了同一個師父，才得了這像兄弟的名字。

鍾菱一直是個想到什麼做什麼，行動力極強的人。

在確定手上有能用的戰鬥力之後，她當機立斷的帶著這兩個侍衛，去了溫家下榻的客棧。早日將林聽嵐接到小食肆來，鍾菱才能安下心。

之前送林聽嵐回客棧的時候，她和鍾菱說過房號。因此鍾菱沒有驚動客棧的小二，直接帶著江左和江右上了樓。

在確定房間號後，鍾菱抬手叩門，但回應她的是一片寂靜。若不是屋內燭光明亮，還真會教人懷疑屋裡沒有人。
他們一家大概也是被嚇到了，此時並不敢隨便開門。
鍾菱只好往前湊了湊，貼著門縫小聲道：「是我，鍾菱。」
她話音剛落，屋內便是一陣窸窸窣窣的動靜。
房門很快打開了，林聽嵐有些驚訝，她警惕的看了一眼鍾菱身後的兩個陌生人，緊皺著眉，輕聲問道：「出什麼事了嗎？」
「沒事，這是我的侍衛。」
鍾菱朝著江左和江右揮揮手，示意他們在門口候著。
房間裡的氛圍異常沈重。
溫書語坐在床邊，有些沮喪的低著頭；房間裡的桌上擺滿了書冊紙張，有些雜亂；豬腳飯完好的擺在紙硯旁，表面凝固了一層薄薄的雪白油花。
溫謹言站在床邊，在看見鍾菱進來時，他收斂了眉眼間的凝重和愁緒，朝著鍾菱拱手。
「多謝鍾姑娘今日相助。」
「溫公子客氣了。」鍾菱回禮後，大大方方的走到了他面前，與他直視道：「我今晚就是為了這事來的。」
雖然他們一家是第一次進京城，但是陳王是個怎麼樣的人，只要隨意打聽一下，也不難知道。何況溫謹言也不愚昧，他從妻子的描述之中，便能窺見事發時的凶險。

他是真的動了要放棄會試，連夜回江南的心思。

但是林聽嵐不同意。

他們一家就這樣一直在商量對策，豬腳飯在桌子上散發著誘人的香味，但是沒有人向它投去目光。

在鍾菱敲門的時候，他們也並沒有商討出什麼實質性的對策來。

「陳王是個什麼樣的人，我想溫公子應該已經知道了。」鍾菱也不拐彎抹角，她將話說得簡潔直接。「我的小食肆，可以在你參加會試之時，供聽嵐姊和小語暫時落腳。」

這個建議，鍾菱其實今日已經和林聽嵐提過了，但是林聽嵐顯然沒有和溫謹言說，她不願意把自己身上的風險帶給鍾菱。

溫謹言沒有說話，他看向鍾菱，目光之中有些遲疑。

他天生就是一個優秀的政客，因此並不會平白無故的接受對方的幫助和好意，認為天底下沒有平白無故的好處，所有的一切都是明碼標價的。

鍾菱早已猜想到這一點，因此，她坦然的抬起目光。

「我並非毫無所圖。除去真的和嵐姊投緣外，我的身世也有些特殊，我養父的女兒和我並不對盤，而她投靠了陳王。某種程度上，我們是站在同一邊的，幫助你們，也是在幫助我自己。」

瞧見溫謹言眼中有幾分的鬆動，鍾菱趁熱打鐵，說出了自己的條件。

「我只是相信你的能力。」鍾菱盯著溫謹言的眼眸，目光堅定。

「我信你能在這次會試之中，奪得好名次。當今聖上重視人才，只要你能進入官場，留在京城為官，我想一切就都還有轉機。」

雖然不知道提前三年參加會試的溫謹言能力究竟如何，但鍾菱也是參加過大大小小不少的全國性選拔考試。她很清楚，能成為狀元，在需要付出無數努力的同時，與生俱來的天賦也非常重要。

他前世在三年後才能成為狀元，如今未嘗沒有一試的能力。

鍾菱特意問過祁珩，翰林院正是缺人的時候，不然他不會天天住在翰林院裡。

祁珩問了溫謹言的情況，答應鍾菱，若是溫謹言能中試，那麼在下月的殿試之後，他會去查溫謹言的策問，如果覺得合適，他會向陛下請求，將溫謹言要到翰林院。

鍾菱不知道這合不合規矩，但是祁珩告訴她，如今朝廷實在缺人。

尤其是春闈過後，還有一批官員需要被調動到地方任職，等到放榜之後，大部分人還是會先留在京城裡任職一段時間，以解燃眉之急。

而各部也早就開始打起這批舉人的主意了，在當今聖上隱晦的授意下，放榜之後，舉人們會試時的卷子，應該會被拿出來翻閱，由各部挑選自己屬意的人才。

只是祁珩所在的翰林院因為靠近天子的緣故，向來都是一甲三人的歸處，二、三甲進士還需要進一步考核，方能暫時在翰林院中任職。

有的是人想要擠破頭進來，翰林院便沒有參加這一場「搶人大戰」。

這些，自然不能說給溫謹言聽。

「妳就只是出於信任，難道不怕惹禍上身嗎？」

「信任你，但也是真的不願看嵐姊落到陳王手裡。」

鍾菱側過目光，一看見林聽嵐，她忍不住想起了前世時的畫面，眼眸之中不免就泛起一層水光。

「我是真的不想讓妳有事。」和林聽嵐說話時，鍾菱就完全卸下了冷靜和堅強，她眼眸裡情緒的大起大落，讓林聽嵐不忍繼續在一旁旁觀。

林聽嵐拿出帕子，替鍾菱拭了眼角淌下的濕潤。

溫謹言看著她們倆親密的動作，沈沈的嘆了口氣。

要他將妻子和弟弟交給一個剛認識不久的人，他是不可能放下心的，但是他們實在是在京城裡沒認識別的人了，溫謹言很清楚，鍾菱說的是對的。

等到他進貢院的那幾日，陳王便可以肆無忌憚的對林聽嵐下手。

鍾菱的出現，像是一根救命稻草，雖然看起來並沒有那麼的堅實牢靠，但這似乎是唯一的、也是他最後的機會了。

「那就……」溫謹言艱難的開口道：「煩勞鍾姑娘了。」

他賭鍾菱說的是實話，賭她不是和陳王另有勾結，也賭林聽嵐對鍾菱的信任。

溫謹言鬆口，那接下來的一切都好辦了。

為了確保溫謹言能夠順利進入考場，也為了防止陳王對他下手，鍾菱在帶走林聽嵐和溫書語的同時，吩咐了江左，再去給溫謹言尋一間客棧。

但是鍾菱實在是低估了從四面八方湧入京城的人數了，哪怕是動用了一點祁珩的關係，還是沒能找到一間空房。

看著面前來回踱步的鍾菱，溫謹言揉了揉眉心，輕聲道：「我就留在這裡，妳帶他們回去吧。」

「若是你有什麼閃失，耽誤了進貢院，那和現在回江南又有什麼區別呢？」鍾菱有些發愁的抱著手臂。「我可是相信你能夠中狀元的，你一定要保證自己能參加會試才行。」

聽到狀元兩字，溫謹言失笑道：「妳這麼看得起我啊？」

鍾菱沒理他，她思來想去，倒是有一個地方可以安置溫謹言，並且陳王一時半刻也不會追查到。

第五十一章

年邁的貨郎將水盆裡的水倒在院子的樹下，他一瘸一拐的拖著步子，想要走回屋裡，他那腦子並不靈光的妻子，正在屋裡咿咿啞啞的胡亂唸著書。

在遠遠傳來的貓叫聲中，他聽見門口響起了極輕的一陣敲門聲。

老漢推開門，在看見鍾菱的時候，愣在了原地。「鍾姑娘？」

若將溫謹言藏在這對夫妻家中，陳王不可能在這兩天之內找過來。畢竟有盧玥、蘇錦繡和汪琮等人在，就是要查鍾菱的社交線，一時半刻也不會查到貨郎夫婦這裡。只要躲過這兩天，會試開始，溫謹言便會自行前去貢院。

鍾菱只說了溫謹言是要參加會試的舉人，因為客棧出了一點變故，想要暫住兩天。當朝百姓本就對讀書之人格外有好感，老漢自然不會拒絕鍾菱的請求。

鍾菱留了一筆錢給老漢，叮囑他們不要將溫謹言在這裡的消息透露出去。在江左和江右的共同幫助下，迅速的將老漢家當作倉庫用的小廂房收拾出來。

等到兩日之後，若是溫謹言沒事，那老漢會來小食肆買兩塊定勝糕，就當是向鍾菱傳遞訊息了。

將溫謹言安頓好後，鍾菱這才帶著林聽嵐和溫書語回到小食肆。

一下子多出這麼多人，後廚都顯得有幾分擁擠了。

有些出乎鍾菱意料的是，江左和江右居然都有一定的廚藝基礎。想來是祁珩特意詢問了侍衛們能否下廚，才將他們二人送來給鍾菱的。

他們倆切菜切得好極了，剁排骨剁得俐落，剔肉剔得乾淨，片蘿蔔也片得又薄又快。那菜刀在他倆手裡，都使出幾分殺氣來了。

韓師傅連聲誇讚，直呼撿到寶了。於是江左和江右，暫時在後廚當起了砧板師傅。

阿旭對突然多了玩伴，明顯有些雀躍，連腳步都輕快了許多。

但他有些拉不下面子，並沒有主動理會溫書語，因此他只是扭頭去收拾了一下桌子，溫書語便被宋昭昭拉走了。

宋昭昭馬上要去學堂了，她有些忐忑。下午的時候聽說溫書語從小就跟著他兄長在書院學習，宋昭昭便想等有機會的時候好好打聽一番書院是什麼樣子的。

剛好溫書語住進小院，她便有些迫不及待的尋了過去，惹得阿旭的目光有些哀怨。

鍾菱倚靠著櫃檯，聽著後廚裡熱鬧的動靜，感嘆道：「這般準備，應當萬無一失了吧?!」

「希望如此。」

這兩日，小食肆過得是熱鬧又忐忑。

阿旭平日裡要練武，溫書語平時也要看書練字，難得雙方長輩兼嚴師都不在，這兩個孩子一下子被解開了禁錮一樣，溫書語跟著阿旭一起上竄下跳的，帶上小狗蒸蛋一起，鬧騰得不行。

偏偏韓師傅和韓姨都喜歡孩子，他們不僅攔住了鍾菱和林聽嵐的呵斥，還笑呵呵的給孩子炸了一筐的小食。

趁著阿旭不注意，鍾菱偷偷把炸小肉球拿了出來，一邊和林聽嵐分享，一邊沒好氣的道：「阿旭這小子玩瘋了，他一天沒練，我爹都能看出來。」

她幸災樂禍的下結論。「阿旭要完蛋了。」

林聽嵐附和道：「我看小語也逃不掉。」

話是這樣說，但是她們也沒有真的阻攔孩子們瘋玩。如果沒有他們，小食肆裡的氛圍怕是會沈悶得教人不想開口說話。

尤其是隨著會試將近，來小食肆吃飯的人不如之前高朋滿座；倒是糕餅鋪的定勝糕，賣得比之前更好了。

林聽嵐閒不下來，她一旦閒下來，就會忍不住擔心丈夫，於是便主動去幫周蕓做糕點。

或許是約定了以購買定勝糕為暗號，林聽嵐便將所有的心緒都寄託到製作定勝糕裡。

雖然所有人都看出來她的慌亂，但是令鍾菱佩服的是，林聽嵐在心思很亂的情況下，手下的活依舊做得又快又好。

在揣著一顆焦灼的心，做了兩天糕點之後，會試當天一大早，那瘸腿的貨郎笑呵呵的帶著他的妻子來買了兩塊定勝糕。

林聽嵐那一顆懸著的心，總算是放下了，鍾菱也跟著鬆了一口氣。

只要溫謹言能夠進貢院，那她的手裡就多了一張底牌。雖然要過段時間才能看清牌面，但十有八九會是一張王牌。

而今日來小食肆用餐的客人，也帶來了一個消息。

京城的永福客棧，昨夜有刺客潛入。

雖然沒有人員傷亡，但是永福客棧裡住了不少要參加會試的書生。在會試前一夜發生這樣的事情，實在是太驚險刺激了，不知道住店的客人們有沒有被影響。

在座的食客們雖然不參加會試，但是越談論、越起勁，甚至紛紛猜測起刺客的目的。

在聽到這個消息的時候，正在給客人上菜的鍾菱和坐在櫃檯算帳的林聽嵐皆是臉色一白。

溫家之前住的，就是永福客棧。

鍾菱臉上依舊掛著笑，但是她的心裡瞬間就有了答案。這刺客，十有八九就是衝著溫謹言一家去的。

之前溫家入住的時候，溫謹言一口氣繳納了一個月的房費，足夠住到放榜；而他們走的時候，並沒有打草驚蛇，甚至桌上還留著稿紙沒有帶走。

刺客就算尋到了他們的房間，也只能撲空。

鍾菱有些失神的踏進後廚，林聽嵐緊跟著趴趺撞撞的跟了進來。

見林聽嵐臉色蒼白，鍾菱忙握住了她冰冷的雙手，開口道：「沒事的，沒事的，溫公子已經進貢院了。」

若不是鍾菱及時給溫謹言尋了一個落腳的地方，今日他能不能上考場，還真不好說。

一想到這裡，林聽嵐就覺得一陣腿軟。

顯然，眼前的林聽嵐，還沒有鍾菱記憶裡的那個林聽嵐那樣情緒成熟穩定，這更堅定了鍾菱要護住她的決心。

這樣的林聽嵐落到陳王手裡，是沒有辦法堅持到最後的，只能在一開始就阻止她被陳王帶走。

「接下來只要等到會試結束就好了，我們只要待在店裡，不要出去就行！」

不僅是和林聽嵐強調了一遍，鍾菱又抓來了玩瘋了的阿旭和溫書語，再三警告了他們不能踏出院子。

阿旭還好，他從小就在巷子裡亂竄，不僅非常熟悉，而且身上也有些功夫在。但是溫書語不行，他不僅手無縛雞之力，而且唐之毅似乎對他很有興趣。

唐之毅是唐老爺子的老來子，從小就受寵，犯了什麼事還有唐之玉給他兜著，導致他行事為所欲為；關鍵是，他好男色，溫書語前世應該是折在他手裡的。

雖然溫書語如今還稚氣未脫，但鍾菱不敢低估唐之毅的變態程度。

因此，鍾菱還特意囑咐了江右，一定要盯好溫書語。

做完這些之後，鍾菱才稍稍安下心來。

眼看著要到飯點，宋昭昭一個人在店裡忙不過來，就在鍾菱踏進店裡的時候，她的目光猝不及防的和從門外走進店裡的陳王對上了。

在感受到陳王視線裡的玩味和嘲弄後，鍾菱的腳步頓在原地，她臉色一沈，想要阻攔身後的林聽嵐。

但是她的動作還是慢了一步，陳王已經緩緩的將目光移到林聽嵐身上。「原來林姑娘也在這兒啊。」

他一開口，就像是有一條陰險的毒蛇，扭動著身軀，纏繞了過來，教人覺得脊背一陣發涼。

鍾菱和林聽嵐都沒有說話。

見她們倆的臉色如出一轍的難看，陳王輕笑了一聲。「也不用這樣像看洪水猛獸一樣的看我吧。」

他抬起眼眸，目光如利刃一般扎向了鍾菱的瞳孔。

「畢竟我也不能在光天化日之下，當著這麼多人的面做什麼。妳說對吧，鍾姑娘。」

鍾菱心一沈。

陳王這是已經看明白她的打算了，這種感覺並不是很妙，就像是自己精心準備了後路，一扭頭就發現陳王站在這條路上，笑得不懷好意。

他是不是還有別的後手？

他準備幹什麼？

這一瞬間，不確定的恐懼呼嘯著撲面而來，讓鍾菱有一瞬的失神。

但陳王沒有乘虛而入的意思，他像是沒看見鍾菱臉上閃過的慌亂似的，只是招了招手，道：「點菜。」

事到如今，鍾菱只能硬著頭皮上前去。

陳王倒是沒有一點為難鍾菱的意思，他點了菜，也沒有提什麼奇怪的要求。就算鍾菱全程盯著，陳王也沒管她，甚至在結帳的時候，還多給了很多的小費。

「小鍾……」看著鍾菱手裡的銀子，林聽嵐有些不安的喃喃。

「沒事。」鍾菱強行扯出一個笑，企圖安撫林聽嵐的情緒。

但是鍾菱並沒有很好的藏住自己的情緒。

陳王一直是個錙銖必較的人，他不可能就這樣吃下這個暗虧的，所以他一定有後手，但鍾菱又猜不到是什麼。

前幾日林聽嵐的焦慮不安，在會試的第一天，全都轉移到了鍾菱身上。

甚至，鍾菱已經沒有精力去掩飾什麼了。她只要閉上眼睛，只要停頓下來，彷彿就能看見陳王府那滴著血的草蓆、看見林聽嵐虛弱的笑臉。

她快要被逼瘋了。

祁珩不在，鍾大柱也不在，甚至盧玥和蘇錦繡也不在。鍾菱想要找人商量對策，兜兜轉轉了好幾圈，也沒有找到能開口的人。

陳王、唐家、刺客，所有的東西好像串在一起，但鍾菱卻抓了個空，什麼也摸不到。

她只能承受著這份焦灼和煎熬，努力的將所有的事情串聯起來，企圖分析出陳王的下一步動作。

這一整天，鍾菱都處在極其焦慮的情緒之下。

因此，第二天一早，當自稱巡檢司的辰安侯世子領著人闖進小食肆的時候，鍾菱頂著頗為明顯的黑眼圈，在面對這幾個高壯的官差時，她竟然詭異的覺得鬆了一口氣。

「溫謹言的妻子和弟弟是在這裡吧？」辰安侯世子咧著一口白牙，眼神陰鷙。

辰安侯是早就表明立場，站在陳王身後的，因此辰安侯世子徹頭徹尾是陳王的人，從小就跟著陳王。

巡檢司負責掌管京城治安，但辰安侯世子竟然任職於巡檢司，鍾菱是真的不知道。

辰安侯世子帶的差役，人高馬大的，堵在小食肆的門口，極具壓迫感。

鍾菱定了定神，挺直脊背，開口問道：「你找他們有什麼事？」

辰安侯世子輕笑一聲，從懷裡掏出一張薄薄的紙。他手腕輕抖，將紙遞到鍾菱面前，努了努嘴。
「喏，欠條，溫謹言的。」
溫謹言那樣光風霽月的人，來京城這麼短的時間裡，會欠出一張欠條來？
這不可能。
「這不可能！」
林聽嵐從鍾菱身後快步走出來，她不敢相信的湊上去，仔細察看那張寫著溫謹言名字的欠條。
出乎所有人意料的是，林聽嵐臉上的堅定逐漸褪去，逐漸被凝重所取代。
她咬著嘴唇，沒有說話，眼眸之中滿是慌亂。
辰安侯世子好脾氣的舉著那張欠條，得意又囂張。
眼前的畫面有幾分荒誕。
就是在這樣高壓的環境下，鍾菱的腦子裡終於靈光一閃，將所有的線索匯聚在一起，在這一瞬間終於拼湊出答案。
她知道陳王想要幹什麼了。
溫謹言沒有在客棧，這顯然和陳王一開始計劃的不一樣。他十有八九是不打算讓溫謹言上考場，可能是想要乾脆俐落的解決掉溫謹言，好強擄走林聽嵐。
但是刺客闖入後客房空無一人，房裡只留下來不及收拾的稿紙和衣裳。

不過刺客不算是一無所獲，他帶回了溫謹言的字跡。

鍾菱確信，溫謹言不可能會去賭坊，所以，這張欠條一定是假的。

而陳王，名下恰好有一家賭坊，他的手下，也一定有會模仿字跡的人。

此刻，鍾菱終於弄懂了陳王的後手是什麼了。

偽造一個溫謹言簽字的欠條，然後趁著溫謹言本人不在的時候，去找林聽嵐。雖不能定罪，但是可以將作為溫謹言家眷的林聽嵐帶走調查。

只要林聽嵐被陳王的人帶走，她說不定明日就會「死」在牢獄之中，而陳王府裡則會多了一個貌美的通房。

而且欠條上的金額，是四百兩銀子。就是把鍾菱的身家賣乾淨，都不一定湊得出這個錢來。

陳王這隻手遮天的權勢，想要對付一個沒有背景的人，實在是太容易了。哪怕是最關鍵的證據，都可以無中生有的捏造出來。

真的是好歹毒的手段啊！

鍾菱狠狠的咬了一下舌頭，強迫自己冷靜下來。

林聽嵐顯然也已經意識到這是一個陷阱，她抗拒的推開那張欠條，咬牙切齒道：「這不是他的字跡，是你們偽造的！」

「是不是偽造的，也得等調查完才能知道結果吧。」辰安侯世子冷笑了一聲。「跟我們那幾個高面凶的差役往前走了幾步，伸手就想要抓林聽嵐。

小食肆裡的眾人自然不會就這樣任由他們抓人。

周蕓和韓姨抱住了溫書語和宋昭昭，退到一旁；江左、江右和韓師傅擋在最前面；而阿旭蹲在一旁，做好了要動手的準備。

「溫夫人，我勸妳還是不要抵抗的好。」

辰安侯世子環顧了一圈眾人，他背著手，緩緩的朝前走了兩步，微微瞇起了眼睛。「畢竟我今天不帶人回去的話，只能等明天會試結束後，去貢院門口等著了。」

和鍾菱那個時代留案底的人不能考公務員一樣，本朝入官，同樣需要調查祖上三代。

陳王若是真的去貢院門口截堵溫謹言，三人成虎，怕是會徹底壞了溫謹言的名聲。鍾菱本想用輿論來限制住陳王，現在卻反過來被輿論絆住腳了。

祁珩留了江左、江右，也交代她可以去借調祁府的人手；但陳王費勁心思找了個莫須有的罪名，以調查名義抓人，也是名正言順的。

陳王就是故意的，眼下這個節骨眼，鍾菱所有的人脈都巧合般的不在京城裡，就連柳恩和祁國老都奉命外出了。

沒有能夠在朝堂周旋和能在皇帝面前說上話的人在，哪怕是借用祁珩的力量，也不可能防得住。畢竟陳王敢動手，一定是上下周全打點好了的。

走一趟吧，溫夫人。」

若是就這般動用了祁珩的勢力，那御史臺中陳王的人馬，一定會卯足了勁給祁珩定罪。

鍾菱很清楚此時她不能反抗，溫瑾言、祁珩還有赤北軍的名聲，絕對不能被陳王拿來做文章。

這一瞬間的無力感，彷彿生生將她從高崖之上推了下去。

鍾菱深吸了一口氣，壓下心口撕裂般的疼痛，她緩緩抬起通紅的眼眸。

眼前的氣氛緊繃，雖有江左、江右這兩個曾經的禁軍在，但是小食肆裡老弱婦孺實在是占比太高了，真打起來，小食肆並不占優勢。

鍾菱不願意看到任何一個人受傷。

更何況，她早已下定了決心，今天就是拚上命，她都不可能讓林聽嵐被帶走。

第一個意識到鍾菱不對勁的，是阿旭。

他從鍾菱單薄的脊背上，感受到了一種決絕和冷靜。這樣的情緒，他只在鍾大柱身上看到過。

阿旭本能的察覺到不對，他三兩步竄到鍾菱身後，小心翼翼的拽了一下鍾菱的衣袖。

令阿旭沒有想到的是，向來對他有求必應的鍾菱，第一次甩開了他的手。這一剎那，阿旭只覺得自己的心臟空了一個小洞，恐懼源源不斷的冒了上來。

阿旭怔怔的看著鍾菱往前邁去，擋在林聽嵐身前。

「我跟你走。」她的語氣鎮定，彷彿在說著和自己毫不相關的事情。

此言一出，小食肆裡的眾人皆是一愣。

但是鍾菱沒有給他們出聲阻攔的機會，她盯著辰安侯世子的眼眸，一字一句篤定的開口道：「你今天只能帶走我一個。」

她說這話的時候，眼中再無旁物，好像孤身立在城牆之上，呼嘯的風從她的肩頭拂過，只一人，卻有千軍萬馬之勢。

辰安侯世子張了張嘴，又閉上了。

人人都說小食肆的鍾姑娘溫柔隨和，卻忘了，她骨子裡流淌的，是赤北軍的血脈。有些固執和勇氣，就是刻在血脈裡的。

「你去問你背後的人吧，他會同意的。」

辰安侯被她的氣勢喝住了，他狐疑的轉了轉眼珠子，猶豫片刻後還是招來了人。

「妳沒必要為了我做到這一步！」林聽嵐用力攥住鍾菱的衣袖，手指發白，在鍾菱耳邊低聲道：「我跟他們走就是了。」

鍾菱一把攥住林聽嵐的手腕，將她往後推了兩步，讓阿旭剛好可以接住她。

「妳信我，妳踏出這扇門，就只有死路一條；但是我的身分特殊，我一定能夠活著回來的。」

辰安侯世子聽到這話時，臉色微微一變。

他很清楚陳王的計劃。陳王府的馬車就停在不遠處，一旦他們將林聽嵐押出去，就會直接往陳王府送，巡檢司甚至已經偽造好林聽嵐意外死亡的文書了。

雖然鍾菱漏算了一步，被陳王算計了，但她確實足夠瞭解陳王。

等待的同時，鍾菱把握時間，環顧了一圈小食肆的眾人。面色平靜，但一開口，就隱隱透著一股悲壯感。

「韓師傅，蕓姨，後廚就交給你們了，不管我在不在，小食肆都要開著；阿旭、昭昭，你們要把店裡照看好；韓姨，麻煩您多看著點孩子們。

「江大哥，麻煩你們保護好他們，不要貿然行動，一切都等他回來再安排。」

只要等到會試結束，祁珩得知了這件事情，那一切就都還有轉機！

最後鍾菱看向止不住顫抖的林聽嵐，她嘴角扯出一絲微笑，小聲問道：「妳相信溫謹言嗎？」

林聽嵐有些不明所以，但還是強忍著淚意，用力的點了點頭。

「我也相信他，所以，妳好好待在小食肆裡，等他奪了狀元後，讓他來救我。」

見鍾菱就這樣把希望寄託在一個只見過兩面的人身上，這份信任和希望，讓林聽嵐的眼淚瞬間就滾落下來。

鍾菱此時已經分不出神來安慰她了，因為她的身後響起了腳步聲。

鍾菱緩緩回頭，就看見那個去報信的小廝，腳步匆忙、神色慌張的跑了回來，朝著辰安侯世子點了點頭。

她輕笑了一聲，朝著辰安侯世子道：「容我再和妹妹交代一句話。」

不知為何，明明是他們來逮捕人，鍾菱卻反客為主一般，控制住了現場的混亂。辰安侯世子摸了摸下巴，覺得有些怪異。

「昭昭，來。」

鍾菱朝著宋昭昭招手，她的目光往櫃檯後看了看，示意道：「二狗哥催著要帳本呢，等他回來，妳第一時間把帳本給他送過去。」

宋昭昭只是呆了一瞬，隨後堅定的朝著鍾菱點點頭，表示自己明白了。

鍾菱欣慰的輕輕拍拍她的肩膀，隨後便毫不猶豫的扭頭朝著辰安侯世子道：「走吧。」

她語氣冷淡平靜，像是簡單的出一趟門，一點也不像是被緝拿的犯人。

辰安侯世子雖然覺得有哪裡不對勁，他用舌頭頂了頂腮幫子，考慮到陳王還在等著，便沒有繼續發難，指揮著差役將鍾菱押走了。

從始至終，鍾菱都挺直著脊背，一直到身影消失在眾人的視線中，她都不曾回頭。

小食肆裡沈默了片刻，還是阿旭最先反應過來，撒腿就往後院跑去。

「阿旭！你去哪裡?!」

「我去赤北村，師父回來，就能救姊姊的！」

宋昭昭聞言一拐腳步，就朝著店外跑去。「那我去找錦繡姊姊！」

第五十二章

如同鍾菱預想的那樣，她沒有被送去陳王府，而是被關押進京城府獄之中。

像陳王這樣，自恃強大的人，總喜歡玩弄弱小。而在陳王眼中，鍾菱就是那個弱小的存在。

像林聽嵐那樣天仙般的姑娘，陳王只想著把她從雲端拽下來，看她跌落凡塵；但是面對鍾菱時，就會讓他生出幾分逗弄的心思來。

不到最後關頭，陳王還是很有興趣看鍾菱能整出什麼花樣來的。

鍾菱賭的，就是陳王的輕視。

既然前世的林聽嵐能堅持到最後一刻，那她也一定可以。

更何況，如今這牢房，比她上輩子住的天牢，條件可要好太多了。雖然狹窄陰暗，但起碼稻草堆沒有潮濕臭味，也沒有蟑螂、鼠輩亂竄。

進了牢房之後，鍾菱澎湃起伏的情緒反而平靜了下來。

比起面對無限的未知，起碼她現在暫時保下了林聽嵐，將陳王的目光，吸引到她身上。

鍾菱抖了抖稻草，勉強騰出能躺下的位置。

陳王一時半刻不會過來，他要殺一殺鍾菱的銳氣後，才會和她談條件。

鍾菱很清楚，她已經什麼都做不了了，接下來，就看她埋下的雷，哪一個先炸開了。

至於睡牢房，只要不把她拉出去上刑，她一點也不擔心。畢竟前世在天牢的半個月，她也不是白住的。

就當她枕著稻草迷迷糊糊的睡過去時，貢院裡——

祁珩剛從一個年輕書生面前經過，他側頭看了眼他的卷子，暗自點了點頭。

今日天氣陰沈，因此早早就在每個書生的案邊，點上了蠟燭。就在祁珩轉身的一瞬間，那書生桌上點著的燭臺突然熄滅了。祁珩抬頭，對視上書生驚愕的目光。

不知為何，他莫名有一瞬的心慌。

鍾菱是在飯菜的香味裡慢慢醒來的。

雖然身下的稻草有些硌人，但這烤雞的香味實在是太熟悉了，在睜開眼之前，鍾菱恍惚以為自己還身處於小食肆的後廚裡。

「妳終於醒了啊。」

這聲音和香味一樣讓人熟悉，鍾菱睡眼惺忪的抬起目光，隔著粗壯的木欄杆，看見許久不見的蘇錦繡正坐在小板凳上，和鍾菱平視。

她的手裡握著一隻和衰敗陰沈的牢獄格格不入的碩大雞腿，雞腿被烤得焦香四溢，表皮焦脆，鮮嫩汁水隨著撕扯的動作飛濺出來。

光是看和聞，鍾菱都能猜到，這雞腿烤的時候刷了厚厚一層，她留在廚房裡的蜜汁醬。

鍾菱揉了揉眼睛，含糊道：「妳怎麼來了？」

一雙筷子壓在飯盒上，穿過木欄杆，遞到鍾菱面前。

蘇錦繡嚥下嘴裡的肉，隨意的抬手擦了把嘴角。「昭昭來找我，說妳被抓走了。我叫他們待在店裡別亂走動，花了點錢進來給妳送飯。」

鍾菱低頭開飯盒的動作一頓，她敏銳的抬頭，迅速抓住了重點。「花了點錢？」

「這是妳應該關注的地方嗎？」

鍾菱低垂著眼眸，她抿了抿嘴唇，將手裡的飯盒往前舉了舉。

一隻碩大的雞腿霸占了一半的盤子，而另一半的盤子空空盪盪，只有盤底留下兩抹淺褐色的醬汁。「妳怎麼吃我雞腿了？」

蘇錦繡有些心虛的別開目光，放下吃到一半的雞腿。

鍾菱哈哈大笑，她盤坐在地上，將盤子擺在面前，準備開始吃飯。雖然條件簡陋，甚至有些狼狽，但鍾菱眉眼舒展，從容得像是在自己家裡。

「妳真的一點也不慌啊？」

「慌什麼？」鍾菱挾了一筷子的白菜塞進嘴裡。

這出自韓師傅手裡的白菜，看似平淡無奇，但實際上用切得細碎的火腿調味，吃起來鮮美無比。

「我該做的都已經做了，只能看誰動作更快了。」

會試明天就結束了，等溫謹言出來後，鍾菱相信他一定會接手小食肆的事務，並且照看得很好的。

祁珩還需要待在貢院裡一段時間，等他出來，拿到鍾菱留在小食肆裡那本寫著陳王所有罪證的帳本後，以他如今在朝中的地位和敏感程度，應該會第一時間展開行動。

鍾大柱那邊，雖然鍾菱沒說，但阿旭一定會去赤北村，想辦法找鍾大柱的。

但樊城路遠且難走，一來一回少說也需要七天的時間。

鍾菱其實沒指望鍾大柱能來救她，畢竟陳王以權勢壓人，最好的反擊方式其實不是武力，而是同樣以權勢為手段，予以反擊。

而且，站在鍾菱的角度，她捨不得鍾大柱為她冒險犯難，這太危險了；她也不忍心讓半生顛沛，好不容易安定下來的父親，如今還要為她操勞。

所以，鍾菱其實還是把最大的希望押在祁珩身上。

畢竟溫謹言還要參加接下來的殿試，才有可能在皇帝面前說上話，而陳王不會給他們這麼多時間的。

見鍾菱一副運籌帷幄，不像是被抓進來，反而像是來做客的樣子，蘇錦繡稍稍鬆了口氣，在知道這個消息之後一直吊著的心，可算是緩緩的落下了。

「妳能這樣想就太好了，店裡的大家也能稍微放下心來了。」

蘇錦繡沒有進過牢房，她有些好奇的抓起一把地上的稻草，輕輕在手裡搓了搓後，又鬆開手，任由稻草輕飄飄的從指尖落下。

鍾菱隨口應道：「陳王把我關在這裡，就是想讓我害怕，才好拿捏我。我要是自己慌了神，豈不是如了他的願了？」

「陳王明顯是有備而來。小食肆的大家一起合計了一下，才發現京城裡根本沒有可以求助的人，連沒有職權，但能夠面聖的鍾笙都不在京城。」

「嗯？陸青也不在嗎？」

「運河中段有洪澇，陸青帶著禁軍去監工了。」蘇錦繡托著下巴。「我懷疑陳王就是故意趁著這段時間大家都忙，才出手的。」

鍾菱失神的咬著筷子，沒有說話。

蘇錦繡握住隔在二人中間的粗壯木杆，看向鍾菱，目光認真。「所以妳不要掉以輕心。不過還好他們沒有阻止我進來給妳送飯，妳有什麼想吃的、有什麼想要轉告大家的，都告訴我。」

鍾菱緩緩抬頭，朗聲應道：「好。」

雖然得到了陳王的默許，但蘇錦繡也不能和鍾菱待太久。

當衙役走過來催促的時候，鍾菱剛吃完最後一口飯，正站起身來，將盒飯遞過欄杆，交給蘇錦繡。

許是她起身的動作有些大，拉扯到了哪裡，有什麼東西從她的身上滾落下來，毫無聲息的落進稻草裡。

正伸手接過筷子的蘇錦繡低垂了一瞬眼眸，剛好瞥見了掉落的軌跡。她蹲下身，撿起了一方小小的印章。

「啊。」在看清她手上的印章後，鍾菱一驚，忙在身上摸索起來。

「這我從小就戴著，是我爹給我的印章。」她從衣裳裡扯出一根斷掉的紅繩，有些無奈道：「我買了新絡子，但是還沒有時間去拿。」

鍾菱將斷掉的紅繩收攏，遞給蘇錦繡道：「幫我保管一下吧，我怕在這裡會弄丟。」

蘇錦繡扭頭看了一眼衙役，見他並沒有任何反應，就像是沒看見一樣，這才放心的將印章收好，提起食盒準備離開。

她已經邁出了兩步，卻又扭過頭，頗不放心的囑咐道：「外面我會幫忙想辦法的，妳記得，凡事都要以妳自己的安全為優先。」

這樣的話，祁珩也對她說過。鍾菱心尖一暖，她微微笑著，認真點頭應下。

蘇錦繡走後，鍾菱原地踱步了兩圈，只是這單人牢房實在狹窄，剛邁出兩步便碰到牆壁了。她只好揉著肚子，躺回稻草床上。

在結結實實補了一個覺，又飽餐一頓後，此時的鍾菱格外有精神，沒有一點睏意。

牢房狹小昏暗，睡覺的時候還沒什麼感覺，此時清醒著，倒是覺得有些壓抑。

鍾菱枕著自己的手，盯著低矮的天花板，有些失神。不知從何而來，發霉腐敗的味道，輕飄飄的攀上鍾菱的衣裳。

事情走到這一步，其實已經完全超出鍾菱的控制範圍了。主要是陳王這個變量，實在是太不可控了。

削藩的政策，上一世鍾菱沒聽說過，陳王若是真的被逼急了，發起瘋來，鍾菱布下的防範屏障，根本不可能攔住他。

雖然鍾菱怎麼說也算有點背景，但對上陳王這種級別的權貴，還是很被動。

鍾菱很清楚，她如今能吃飽喝足的躺在這裡，是因為陳王起了興致，想要逗弄她一番；若是什麼時候他突然不想玩了，她的下場不會比前世好到哪裡去。

想到這裡，鍾菱有些煩躁的翻了個身，怔怔的盯著牆壁。

她的眼眸清澈明亮，眼瞳中倒映著凹凸不平的灰暗牆面，長睫毛微微顫抖，眼底有風雪揚起，有冷光浮動。

只有除掉陳王，才能徹底絕了後患。

蘇錦繡剛踏進小食肆的後門，便被早已候在門口的阿旭堵住了路。

她將飯盒交給韓師傅，安慰道：「小鍾的狀態挺好的。」

韓師傅忙打開食盒，在看見被吃得乾乾淨淨，見了底的盤子後，他才猛地鬆了口氣，眼眶微紅的朝著韓姨喃喃道：「都吃了，都吃了。」

和獄中神態自若的鍾菱比起來，小食肆裡的人，是一個賽過一個的失魂落魄。

所有人彷彿完全沒有了生機，行屍走肉一般，沈重壓抑得教蘇錦繡覺得有點喘不上氣。

尤其是林聽嵐。她到現在都沒有回過神來，愁容滿面，像是被暴雨打濕的梨花，溫柔又脆弱，好像下一秒就會被吹散在枝頭。

蘇錦繡知道鍾菱是為了林聽嵐而自願被抓走後，便忍不住多看了這個充滿江南韻味的女子幾眼。

雖然鍾菱開食肆，但她並不是一個傳統意義上唯利是圖的商人，她總是願意虧讓一些，總是給孩子們更低的價格、更多的點心，或者將菜品打折賣給客人。

蘇錦繡曾經問過鍾菱，為什麼願意退讓利潤。

鍾菱告訴她，因為她已經將情感和情緒都計算在其中了，看起來好像並沒有等價交換，實際上，她已經得到了她想要的了。

那林聽嵐身上，到底有什麼東西，能值得鍾菱自願入獄呢？

蘇錦繡本能的皺眉，心裡沈了一瞬。

畢竟在蘇錦繡的印象裡，鍾菱雖看起來悠悠閒閒的，但實際上從不做吃虧的事情。

她這幾天很忙，沒怎麼來小食肆。剛剛和鍾菱見面時，擔心隔牆有耳，也就沒有打聽林聽嵐的來頭。如今讓蘇錦繡忍不住懷疑林聽嵐的背後，是否有人在指使。

許是她的目光過於凝重，林聽嵐似是有感應一般，抬頭看向蘇錦繡。

兩人目光相交，在蘇錦繡鐵青著一張臉，剛要開口的時候，宋昭昭抱著帳本，滿臉慌亂和焦急的朝著她跑過來。

蘇錦繡目光瞬間柔和下來，伸手扶了昭昭一把。

「錦繡姊！」

「沒事，妳姊她吃得好、睡得好呢，妳就照她說的做，別自亂陣腳。」

宋昭昭咬著嘴唇，眼眶微紅，用力的點了點頭。

蘇錦繡憐惜的摸了摸她的頭頂，一下子就沒了要和林聽嵐對質的想法了。

鍾菱是小食肆的靈魂，她不在，所有人都很明顯的感覺到，小食肆少了什麼。

尤其是這幾個孩子，他們一點也藏不住心事，所有的情緒都寫在臉上，看得人心揪揪的疼。

鍾菱還在監獄裡呢，現在不是質問和內訌的時候。

蘇錦繡深吸了一口氣，強迫自己穩定下情緒，她得替鍾菱穩住小食肆的人心。

而且仔細想想，從韓師傅到阿旭，鍾菱看人一向很準，她就算是再不相信林聽嵐，也得相信鍾菱的眼光和選擇。

蘇錦繡深深的看了一眼林聽嵐，目光停頓了一瞬後，她移開目光，沈聲道：「我去想辦法看看能不能把這事捅上去。」

鍾菱身分特殊，若是陛下知道了，定不會坐視不管。在小食肆的人脈裡，現在唯一能幫忙在外奔走的，只有蘇錦繡了。

蘇錦繡踏著夜色走進府獄的時候，腳步有幾分沈重。夜裡的牢房，燈光昏暗，燭臺的距離隔得很遠，讓牢獄看起來像是能吞噬一切的黑暗，教人難以邁開步子。偶爾有風拂過燭臺，被拉得狹長的影子晃了起來，在觸及邊緣的黑暗之時，瞬間就被吞沒。

但是蘇錦繡俐落的掏出銀子，得了一盞燈。她舉著光亮，在一片黑暗之中，順利找到了鍾菱。

鍾菱用稻草給自己搭了一個蒲團，正盤腿坐在上面，脊背挺得筆直，手心向上，搭在膝蓋上。突然被蘇錦繡手裡的光亮籠罩，頗有些仙風道骨的意境。

雖然在蘇錦繡看來，鍾菱更像是坐在一個破爛的鳥窩上發呆。

蘇錦繡將食盒遞進去，隨口問道：「妳這是在幹什麼呢？」

鍾菱道謝了一聲，一邊打開食盒，一邊解釋道：「一個師父教給我的靜心咒。被關在這樣狹小黑暗的環境裡，最怕的就是心不靜。」

今晚吃的是雞絲拌麵。

除了裹了濃郁醬汁的筋道麵條和鋪得滿滿的雪白雞絲外，韓師傅還貼心的準備了好幾種配菜，從榨菜到醬汁大排，可謂是極其豐盛。
鍾菱端起碗的時候，甚至還被燙了一下手。
要知道，牢房離小食肆可是有一段距離。
鍾菱捧著麵條失神了一瞬，感受著掌心傳來的滾燙，她彷彿看見了韓師傅掐著點下麵的畫面，還有韓姨、昭昭、周蕓、林聽嵐忙手忙腳裝食盒的樣子。
靜心咒的功效在此時瞬間消散，滾燙的淚意在眼眶翻騰。
鍾菱忙拿起碗筷，挾起一口麵送進嘴裡，掩飾自己的失態。
她可以很冷靜的謀劃一切，甚至把自己也當成一顆棋子，算計進去，但是面對這些家人和朋友的時候，鍾菱總是格外的情緒化。
「我下午託了一些關係，想要把妳被陳王抓起來的事情遞上去。」
鍾菱吃麵的動作一頓，她緩緩抬起頭來，問道：「是不是全被攔下來了？」
蘇錦繡嘆了口氣，頗為不情願的點了點頭。
「我早猜到了，陳王出手，一定是做好了準備，要攔下些消息，他還是可以做到的。」
「那怎麼辦？難道真的要等祁珩批完卷子再來救妳嗎？」
鍾菱低斂眼眸，微翹的睫毛在她的臉頰上投下陰影，教人看不真切她的神情。
良久，她才艱難的開口道：「錦繡，妳說……我如果妥協了，他們會怎麼看我呢？」
她的聲音很輕，轉瞬便飄散在黑暗之中。

燭光將鍾菱的影子拉得很長很長，孤寂落寞，像是飄搖了許久的流浪者，只要一陣風，就可以將她吹向無窮的天際。

第二天一早，鍾菱還迷迷糊糊的靠著木欄杆睡回籠覺。

一陣急促的腳步聲從遠處響起，在鍾菱面前的牢房停了下來。鍾菱抬頭看去，為首的衙役掏出一串鑰匙，打開了她的牢門。

大概是鍾菱身分特殊，衙役們對她還是相當客氣，他們沒有碰觸鍾菱，也沒有給她上銬，只是不遠不近的圍著她，杜絕了她所有逃跑的路線。

可鍾菱已經沒有昨日剛進來時的冷靜了，因為她被帶進了刑房裡。

牆上掛著漆黑長鞭、沾著不明褐色污漬的寬厚竹板，還有泡著短棍的鹽水，這些工具，無不強調著，這個地方曾經發生過多恐怖的事情。

而牆上的那條漆黑長鞭，喚醒了鍾菱腦海裡很不美好的一些回憶。

前世作為殺害林聽嵐和溫書語的「凶手」，她在天牢裡，是挨過鞭子的。

一個人意志再堅定，都還是怕疼的。

那鞭子有鍾菱三指粗，隨便一揮都能夠發出極其尖銳的破空聲。鍾菱當初只挨了三下，但再看見這熟悉的鞭子時，本能的就脊背生疼，忍不住的一哆嗦，連臉色都白了。

鍾菱強迫自己不去看滿牆的刑具，她繞過漆黑厚重的刑凳，走到了陳王面前。

「陳王殿下。」

陳王輕笑了一聲，他用一種玩味的眼神上下打量了一遍鍾菱，方才朝著她抬了抬下巴。

「坐吧。」

鍾菱順從的在陳王對面坐下，她低垂著眼眸，盯著桌子上的木頭年輪，木訥又無神。

「不知道妳考慮得怎麼樣了？」

「我不明白您的意思。」

周身的氣壓陡然沈重了幾分，鍾菱緩緩抬頭，和陳王審視的目光相撞。

這個目光實在是太熟悉了，熟悉到彷彿回到了前一世。

陳王警告道：「妳不要裝傻。」

鍾菱眨了眨眼睛，目光平靜，沒有說話。

「本王也不跟妳繞彎子，給妳兩個選擇，嫁進陳王府，我可以給妳一個側妃的身分，也算是對得起妳的身世了。」

側妃……

鍾菱輕嘆了一口氣，不知道為何覺得有些好笑。她前世可是個正兒八經的王妃呢，怎麼重來一次，倒變成側妃了。

「我若是不從呢？」

「青月樓可以著火，妳的小食肆自然也可以。」

陳王微微勾起嘴角，眼中有一股志在必得的狠勁，似是下一秒，就要撲上來，將鍾菱撕扯開，吞骨吃肉。

「起火的話，女人和小孩可沒那麼容易跑掉，到時候燒得黑糊糊的，怎麼會知道誰是誰呢。」

言語之間，是赤裸裸的威脅。

這樣的陳王，這樣的威壓，鍾菱曾經經歷過很多次。

她看向陳王，抿了抿唇，猶豫了一會兒，才開口道：「我需要一點時間考慮。」

「可以。」陳王答應得很爽快。

於是鍾菱得寸進尺，繼續提要求。「在我做出決定之前，你不能動我的人。」

這一次，陳王沒有第一時間應她。

他的目光赤裸裸的描過鍾菱的眉眼，又順著她修長的脖頸，一路往下，像是在掂量一個物件的價值一般，仔仔細細的端詳了一遍。

「本王不喜歡強迫人。」他緩緩開口道：「所以希望妳能給出我想要的答覆，而不是讓我的手下還要費上些時間去準備柴火。」

看著鍾菱鐵青的臉色和攥緊的拳頭，陳王笑得格外開心。「本王知道妳和祁珩關係不一般，但閱卷工作起碼還要七天的時間。三天後，本王來聽妳的答案。」

第五十三章

溫謹言是被蘇錦繡安排的人帶回到小食肆的。

面對滿院子的沮喪和擔憂，他沈默了許久。他到底還是年輕，在聽完整個事情的原委後，有一瞬間的氣血上頭，調轉腳步就想去找人把鍾菱救出來。

是蘇錦繡攔下了他。

這個素面朝天但五官依舊美麗的女子，抱著手臂倚靠著門框，一開口就潑了他一頭的冷水。「你能找到什麼關係？」

蘇錦繡這幾日來回奔波，滿臉的憔悴和倦意。

她今天沒有見到鍾菱，不管掏出多少錢，衙役都堅持不放她進去，甚至連飯都不讓送了。這讓蘇錦繡格外擔心鍾菱的情況，也因此，在面對溫謹言的時候，她的話說得很直接，一點也不留情面。

「能試的方法我都已經試過了，就算想把消息遞進宮裡，也全都被陳王截去了，你一介書生，拿什麼去和陳王鬥？」

蘇錦繡一開口便意識到自己沒有忍住情緒，她輕嘖了一聲，用力捏了捏眉心，有氣無力道：「現在只能寄望祁珩了。」

溫謹言自然知道祁珩是誰，他在貢院中見過那位只略長他幾歲的主考官。只是沒想到，鍾菱和祁珩的交情這樣的不一般。

眾人的目光都落在溫謹言的身上，沒有責怪的意思，但是其中的疲倦，卻又無比沈重。

溫謹言攥緊了拳頭，這一瞬間的無力和憤恨，如同迎面而來的浪潮，將他吞沒。

他知道，雖然韓師傅和宋昭昭他們什麼都沒有說，但是事情發展成這樣，跟他們一家是逃不開關係的。畢竟，鍾菱是用她自己，擋下了本該由林聽嵐承受的一切。

這樣的恩情，要他這個家世普通的書生，用什麼來回報；又要怎麼樣，才能和權勢滔天的陳王抗爭。

溫謹言看向蘇錦繡，啞著嗓子道：「鍾姑娘她……希望我怎麼做？」

他能這麼快冷靜下來，倒是讓蘇錦繡有些驚訝，略略對他有了一些改觀。

「她叫你不要為了她奔走，好好準備殿試，奪得一個好名次，才有徹底翻身的機會。」

只要在殿試之中獲得前三甲，便有面聖的機會，這是除了尋求祁珩幫忙之外，最合理的方法了。

溫謹言不知道鍾菱為什麼對他寄予這麼大的希望，但是她既然這樣堅定的保護林聽嵐，溫謹言沒有理由不拚上全部，來實現鍾菱對他的期盼。

「還有，她說，小食肆暫時要託付給你了。」

這幾日，也有些風聲傳了出去，有些食客便來打聽鍾菱的去向。

阿旭板著一張臉不願意說話，宋昭昭愁容滿面，半天也說不出什麼東西。

蘇錦繡生怕有什麼奇怪的風言風語在此時滋生，她便暫時放下了自己店裡的活，特地來小食肆鎮場子。

小食肆的其他的事務，全由宋昭昭和阿旭照看著，這兩個孩子這兩天也累得夠嗆。

蘇錦繡還對溫謹言有幾分懷疑，但是他們倆卻一點也沒有質疑鍾菱的意思，已經迅速的開始向溫謹言介紹起店裡的情況了。

看著他們努力的撐起沒有鍾菱的小食肆，蘇錦繡抱著手臂，嘆了口氣。

她最後一次見鍾菱的時候，鍾菱的情緒明顯有些不對勁。鍾菱的眼神中，有破釜沈舟的決絕，狠戾得讓蘇錦繡有幾分心驚。雖然她開口的時候，還是溫和的在勸蘇錦繡，不要再繼續奔走了，要蘇錦繡好好回去休息一會兒。

她似乎，只是對自己下了狠心。

蘇錦繡越想越不對勁，甚至有一瞬坐立難安，心慌了起來。這種來自本能的不安，讓她急切的想要立刻抓住點什麼，來緩解一下溺水的窒息感。

她喊了一聲。「阿旭。」

正繃著一張小臉和溫謹言說話的阿旭聞言看了過來，快步走到蘇錦繡面前。「錦繡姊。」

「赤北村那邊怎麼說啊？」

鍾菱和蘇錦繡交代過，別驚動鍾大柱，但是阿旭已經在第一時間去了赤北村，蘇錦繡也沒有攔著他。

鍾菱不想讓鍾大柱擔心，但是在她目前不能脫困的情況下，鍾大柱和他身後的赤北軍，也是一張保命的底牌。而且蘇錦繡覺得，鍾大柱作為鍾菱的父親，不應該被瞞著。

「董叔的兒子已經去樊城了，他是俠客，腳程很快。」

樊城路途遙遠，就算路上不停歇，也需要七、八天的時間才能趕回京城。雖然不知道能不能趕上，但起碼，也多了一分希望。

鍾菱在睡醒之後沒有等到蘇錦繡，便大概猜到了，陳王是真的要晾她一會兒了。

原本豐盛的韓師傅訂製餐食，也變成了牢獄之中標配的清淡白粥。鍾菱還得了一點特殊優待，她比別人多了一小碟鹹菜。

那鹹菜也不知道怎麼做的，入口鹹得發苦不說，還大半都是渣子，根本嚥不下去。鍾菱捧著白粥，小口抿著，忍不住開始自我反思了起來。

她是不是被韓師傅的手藝慣壞了？

這碗粥極薄，只有碗底有淺淡的一層米，根本不頂飽。

而且牢獄之中沒有計時的工具，鍾菱不知道午飯什麼時候會送過來，她只能儘量蜷縮起身子，用拳頭抵著胃，儘量抵抗著鋪天蓋地的饑餓感。

她無比清楚的知道，這只是一個開始。

中午只有一個鍾菱拳頭那麼大的窩窩頭，雖然粗糙得有些刺嗓子，但鍾菱還是細嚼慢嚥的吃下了半個，將剩下的半個揣進懷裡。

以她前世在天牢裡的那段經歷，晚上是沒有飯的，而黑暗和寂靜，會放大所有的情緒，也讓饑餓的感覺進一步瘋狂的折磨人的神經。

這種尋常到根本不足以稱作審訊的手段，用來對付鍾菱這種平時一頓不落，甚至吃得有些好的人，非常有效。

在深沈的夜色中，鍾菱將最後一口窩窩頭塞進嘴裡，細細的嚼著。

她的情緒還算樂觀，畢竟這一世的身體非常健康，只是餓了一點，並沒有胃病，不用承受腹如刀割的疼痛。而且，外面還有那麼多愛她的人在為她奔走。

前世入獄的時候，鍾菱就已經處於崩潰邊緣了。目睹了林聽嵐和溫書語的慘死後，巨大的愧疚讓她無法釋懷，求生的慾望和遭背叛的絕望相互交織，幾乎將鍾菱撕扯開來。

獄中還有各種折磨人的手段，因此在被送往刑場的過程中，鍾菱甚至覺得有幾分解脫的自在感。

但是陳王現在並不是想要取她的命，他只是想要鍾菱這個人。

用自己做籌碼，換小食肆眾人的平安，這個決定，鍾菱做得毫不猶豫。

但是她依舊在陳王手裡搶了三天的時間，除了想要再給蘇錦繡他們爭取一點時間，同時，鍾菱心裡，還有一點不確定。

前一世的經歷，讓她飽嚐背叛的苦痛，她幾乎沒有被愛過，自然沒有過被堅定選擇的體驗。

雖然這一世，有祁珩，有鍾大柱他們，但是鍾菱有一瞬間的猶豫了。

如果她真的成為了陳王的側妃，那鍾大柱會怎麼想，會不會將她從陳王府裡救出來？

祁珩又會怎麼看她？

他會不會因為鍾菱頭上陳王側妃的頭銜，而徹底放棄她？

雖然鍾菱一再堅定的告訴自己，要相信他們，但是這種將命運和未來，交到別人手裡的感受，依舊讓她感到非常煎熬。

三天時間，轉瞬即逝。

這三天，鍾菱只吃了三個窩窩頭和一點粥。她的臉頰肉眼可見的消瘦了下去，臉上也失去了光彩，像是撲了一層灰濛濛的薄紗，唯有眼眸還依舊清亮。

「我答應你。」鍾菱的指尖搭著桌子，目光之中帶著赴死的決然和堅定。

她的表情，惹得陳王愉悅的笑了起來。

「既然是側妃，那該有的衣裳首飾和轎子，我都要有。」

鍾菱說這話時，言語之中有幾分驕縱。這般小女兒的姿態，和她之前的冷傲完全不同，讓陳王捨不得挪開眼睛。

「出嫁自然要有娘家人，我也不用回去，能不能叫錦繡再給我送一頓我家廚子做的菜？就當是餞行了。

「嫁人畢竟是大事，能不能再給我　、兩天的時間緩一緩，叫我好準備一下轉變身分？」

鍾菱絮絮叨叨的提了很多要求，她的每一句話，都在在強調，自己即將要成為陳王的女人了。這種細微的體貼，取悅了陳王。他笑得開心，全都應下了。

祁珩會試的閱卷工作，沒有那麼快可以結束，就算是鍾菱有意拖延又如何，陳王還是很願意給鍾菱一點時間，好教她心甘情願的委身於他。

畢竟這樣帶著傲氣的美人，若是用太強硬的手段，是容易折了的。

「妳瘋了吧，妳真的答應他了？」蘇錦繡背著手，焦急的在牢房前來回踱步。

和蘇錦繡的慌亂不同，當事人鍾菱一言不發的低著頭，幾乎將腦袋埋進了飯碗裡。

看著鍾菱明顯凹陷下去的臉頰，蘇錦繡心疼的死皺著眉。「接下來要怎麼辦？」

「嗯……」鍾菱費勁的嚥下了嘴裡的飯，滿臉舒坦的瞇起了眼睛。

她實在是餓過頭了，只是吃了幾口飯，胃裡便有了很充實的飽腹感。「我又爭取了兩天時間，後天一早，陳王府的人會來接親。」

來這牢獄裡接親，也實在是荒唐。

蘇錦繡錯愣的張了張嘴，問道：「如果這兩天，還是沒辦法救妳出去呢？」

鍾菱抬起頭來，眼眸清澈明亮。「那我就嫁到陳王府，做他的側妃。」

她的語氣平靜，但是很顯然，蘇錦繡並不能接受這個答案。

蘇錦繡倏地站起身，像一隻困獸一般，在原地轉了兩圈，最後一拳砸在了欄杆上。她緊咬著牙，眼中通紅。

「錦繡，錦繡。」鍾菱小聲的喊著她的名字，輕輕握住了她泛紅的指節。

「妳會介意我曾經做過陳王側妃嗎？妳會覺得我就這樣變得骯髒了嗎？」

蘇錦繡帶著火氣，脫口而出。「當然不會！」

「那不就好了。」鍾菱揚起嘴角，語調輕鬆，尾音微微上揚。「保住命才是最重要的事情啊，而且妳不介意，我就更沒有什麼好難以釋懷的了。」

鍾菱的語氣實在是太過輕鬆了，蘇錦繡愣了一瞬後，便掙脫鍾菱握著她的手，才背過身去，眼淚瞬間就落了下來，她無聲的大哭。

「錦繡，不要難過啊。暫時嫁人，雖然有些難以接受，但是我想，它不會成為我人生的絆腳石的，我的往後，也不會被這一段經歷拖累抹黑的。

「所以，它只是我暫時脫困的手段，而不是我要揹一輩子的包袱。」

清晨的清水街，晨霧氤氳。

一個挺拔頎長，身著灰褐色僧袍的和尚，大步行走於路邊。他提著一個大袋子，腳步穩健，最後在緊閉著的小食肆門口，停了下來。在敲門前，懷舒還是有些忐忑。

畢竟他年前答應過鍾菱，要多來京城的，可這一晃眼已經開春了他才過來，也不知道，鍾菱會不會不高興。不過他真的帶了很多的山貨來，應該可以消一消鍾菱的不悅。

除了山貨，那把劍也被他帶下了山。

想到這裡，懷舒忍不住揚起嘴角，心中久違的生出些許的期盼來。

他準備抬手叩門，清晨的陽光落在他修長如玉的手指上，宛若一件藝術品。

就在指節離門還有一寸距離的時候，小食肆裡突然傳出一陣激烈的爭吵聲。

「我不同意！難道就這樣看著她踏入火坑嗎？」

儘管鍾菱努力爭取了兩天時間，但是在這兩天裡，祁珩依舊在貢院裡，鍾大柱沒有一點消息，蘇錦繡也沒有找到把消息遞出去的方法。

一切似乎已經成了定局。

在鍾菱和陳王約定的那一天，蘇錦繡一早就去給鍾菱送了早飯。

她到的時候，睡眼惺忪的鍾菱已經在陳王派來的侍女的伺候下，開始沐浴梳妝了。

鍾菱哈欠連天，面無表情的嚼著韓師傅烙的煎餅，冷靜得彷彿要出嫁的並不是她。

清晨的陽光斜斜的穿過窗戶，在空氣中凝出一條光柱。肉眼可見的塵埃和灰絮在光中盤旋，緩緩上升又落下，時間彷彿靜止於此。

在臨時拼裝成的梳妝檯旁，掛著一件粉色的嫁衣，鮮嫩的顏色和這牢獄格格不入。

作為一個在京城裡擁有一家小有名氣的繡坊的人，蘇錦繡一眼就看出來，這件嫁衣從布料到款式，都充滿了敷衍。

像是隨手從哪個繡坊的倉庫裡翻出來的庫存成品衣，別說是側妃了，就是做陳王的妾，也不應該穿這樣上不得檯面的嫁衣。

陳王這分明是在折辱鍾菱！

蘇錦繡咬了咬牙，她環顧一圈四周，這昏暗、破敗的牢房裡，沒有一點生機；唯一鮮活的，只有打瞌睡的鍾菱。蘇錦繡有些不忍看下去，她背過身去擦拭眼淚。

似是注意到她還站在這裡，陳王府的侍女緩緩上前，態度強硬的要將蘇錦繡請出去。

蘇錦繡自是不願。若是鍾菱今日真的嫁入陳王府，做了側妃，那這一別，也不知道什麼時候才能再見上面了。

就在雙方僵持之際，抱著手臂打瞌睡的鍾菱睜開眼睛，小聲喊道：「錦繡。」

她朝著蘇錦繡笑了笑，道：「會沒事的，真的沒事。」

和接連目睹死亡、活在滔天的愧疚裡、挨了刑房裡的鞭子，再和利刃抵上脖頸比起來，不過是嫁給陳王做側妃，算不得什麼。

起碼，人還活著呢。

第五十四章

蘇錦繡失魂落魄的回到小食肆，等在店中的眾人看見她的表情，沒有人開口詢問，但也都明白了。

氣氛陡然間冷了下來，所有的希望在蘇錦繡緩緩搖頭的一瞬間，都破滅了。

韓姨已經背過身去，倚靠著周雲的肩膀，偷偷抹眼淚了。

在這樣壓抑死寂的沈默中，溫謹言艱難的蠕動了一下嘴唇。「真的沒有辦法了嗎？」

眾人朝著他看去。

「我們難道不能去劫陳王府的馬車，把鍾姑娘救出來嗎？」

江左、江右和留在赤北村的幾個將士，還有結束會試的汪琮可以提供人手，盧玥雖不在京城，卻也能調動一些人手來。

他的話，讓眾人眼中閃過一絲希冀。

只有蘇錦繡始終保持著冷靜，她微抬眼眸，冷冷開口道：「救出來之後呢？等著陳王來店裡把我們都一鍋端了嗎？」

「若是放棄小食肆呢？救下鍾姑娘就出京城？」

「你不參加殿試了？」

溫謹言被問得一愣，但隨後堅定的搖頭。「鍾姑娘的安全更重要。」

一個書生，寒窗苦讀十餘年，等的不就是這金榜題名的一刻？

他頭腦清晰且重情義，又是此次科舉鍾菱看好的人，若不是眼下的情況太過於糟糕，蘇錦繡或許會對溫謹言生出幾分的讚許。

「沒用的。」蘇錦繡嘆了口氣，語氣之中有些無力。「你以為鍾菱沒有想過嗎？可就算你們真的拋下一切跑了，你能保證每個人都能躲開陳王的眼線？能永遠都不再踏入京城嗎？只要有一個人落到陳王手裡，鍾菱她還是得乖乖任由陳王擺布。」

「那……」宋昭昭怯怯的開口道：「姊姊有其他的指示嗎，我們現在應該做什麼？」

「她什麼都沒說，一切還是按照原計劃。」

按照他們的計劃，溫謹言去備戰殿試，宋昭昭等著祁珩出來後將帳本給他，而鍾菱，會嫁進陳王府。

「難道就這樣看著她踏進火坑嗎？」

溫謹言再也難以壓抑胸中的憤懣，他雙手撐著桌子站起身來，肩膀輕輕顫抖著。

蘇錦繡瞥了他一眼。「這是鍾菱自己做下的決定。」

「那我去換鍾菱好不好，我去把她換出來！」林聽嵐抓著衣袖，眼眶通紅。

「陳王若是對小鍾沒有想法，也不會留她到現在。」蘇錦繡看向林聽嵐的目光柔和了幾分，也多了幾分耐心的解釋道：「她救妳下來，不是為了讓妳再去把她換出來的。」

林聽嵐的眼中有幾分的迷茫，她喃喃道：「那要怎麼辦……」

「我和鍾菱認識了這麼久，從未見過她做虧本買賣。」

蘇錦繡頓了頓，她環顧了一圈，和所有人對視了一眼，方才重新開口道：「所以，都聽她的安排。」

這是鍾菱特意拜託過蘇錦繡的，除了要鎮住場子，最重要的，是一定要讓溫謹言定下心神。除了祁珩，他是唯一有機會接觸核心政權的人了。

也是扳倒陳王的，最鋒利的一把劍。

蘇錦繡並不能完全看透鍾菱的打算，只是，小食肆實在是缺一個能鎮住場子的人，她只能用強硬一些的語氣，來壓住眾人那些慌亂之下的不實際想法。

雖然當眾說著相信鍾菱，蘇錦繡內心確實有些惴惴不安，尤其是在阿旭和宋昭昭滿懷擔憂的注視下，一時間肩上的負擔變得很重很重。

她乾脆背過身，打開小食肆的大門，好透口氣。

蘇錦繡完全想不到這麼早的時間，小食肆門口會站著一個人，她猝不及防的對上一雙溫潤深沈的眼眸。

在看見懷舒光潔的腦袋後，蘇錦繡愣了一瞬，下意識的雙手合十，問道：「這位師父，有何事？」

「我是鍾菱的朋友，來給她送些山貨。她是不是出了什麼事？」

沒等蘇錦繡想好要怎麼回答，聽聞動靜的阿旭和宋昭昭便從店裡跑了出來。

「懷舒師父！」

「懷舒師父！」

阿旭的臉上終於現出了幾分光彩，他幾乎是瞬間就反應過來了，懷舒除了是和尚，他在出家前還有另一重身分——赤北軍將士。

阿旭和懷舒交過手，他也知道懷舒對鍾菱的上心程度，若是有懷舒在，救下鍾菱就多了一分希望！

宋昭昭簡單的介紹了懷舒的身分，忙將他迎了進來。

因為在小食肆裡常會出現一些不用成本的山貨，蘇錦繡這幾日也在獄中見過鍾菱唸清心咒。眾人在聽見懷舒赤北軍將士的身分之後，像是抓住了救命稻草般，你一言、我一語的開始跟懷舒說起了事情的經過。

懷舒認真聽著眾人的敘述，他的臉色逐漸的陰沈下去。

「現在還沒想到解決的辦法，就只能看著她嫁進陳王府了。」

懷舒下意識的看了一眼外面的日光，他問道：「她和陳王約定的時間，是什麼時辰？」

「辰時正。」

懷舒喃喃道：「那還來得及……」

他站起身，動作俐落的將那一袋山貨交給韓師傅，又將劍抽出來，握在手裡。

在眾人驚訝的目光裡，懷舒抬腿就要往外走去。

蘇錦繡跟著站起身來，有些驚愕的喊住了懷舒。「您……等等。」

雖然懷舒腳步匆忙，眉眼之間充斥著焦急，但他還是停下腳步，看向蘇錦繡。

「你們去救她，會惹禍上身。」他的語氣堅定，有一種教人覺得安心的力量。「但是我不一樣，我一個不知道從哪裡來的和尚把小鍾劫走，他們根本無從著手。」

懷舒說著，掂了掂手裡的劍，似是覺得有些不順手。他朝著阿旭道：「去找根棍子來。」

阿旭和懷舒交過手，他知道懷舒擅長用棍而不是劍。於是他快速應了一聲，跑到後院去給懷舒找順手的武器了。

懷舒極強的行動力，一下子就鼓舞了眾人，使得店裡的氛圍莫名的有些激昂起來，一改先前的沈重。

「我也還沒想好救下小鍾後，下一步要怎麼走。」懷舒看向眾人，語氣之中滿是誠懇。「但是我今天既然趕上了，就沒辦法眼睜睜看著她就這樣嫁出去。」

雖然鍾菱和懷舒見面不多，但兩人是交過心的。懷舒很清楚，鍾菱是對人溫和，但對自己狠得下心的性子，若是落到陳王手裡，後果不堪設想。

或許是習慣了孑然一生，懷舒在面對這件事的時候，完全沒有顧慮。他從始至終，便下定了決心，要不計後果的去救鍾菱。

他的堅定，像一把利刃一般，破開了眼前的僵局。雖然似乎有些魯莽，卻教憋屈了許久的眾人眼前一亮。

江左、江右率先開口道：「我們同你一起去！」

「不行。」懷舒搖頭，拒絕了他們。「你們不可以和這次劫獄扯上關係，所以最好現在就開店做生意，讓食客來證明你們和這件事情沒關係。」

恰好阿旭舉著一根粗長的擀麵棍，從後廚一路小跑到了懷舒面前。

這是後廚最長的一根擀麵棍，足足有阿旭小臂粗，能夠乾淨俐落的擀一張很大很大的餅皮。

懷舒將擀麵棍握在手裡，隨意揮舞了兩下後，滿意的點了點頭。

擀麵棍在眾人面前呼呼帶風的轉出了殘影，殘餘在其上的麵粉，被揮舞出一片白霧。不知為何，擀麵棍在手的懷舒，顯得更加從容不迫。

自懷舒進來之後，蘇錦繡便失去了在小食肆裡暫時的領導權。

她怔怔的看著懷舒寬厚的背影，有一道曙光，驟然照亮了她原本已經漸漸沈下去的心。

她忙回過神來，準備送懷舒從後門出去。

就在眾人起身調轉方向，朝著後廚走去的時候，小食肆的門口，傳來了幾聲敲門聲。

叩門的聲音並不響，但讓所有人的動作皆是一頓。

空氣中，是近乎詭異的安靜。

所有人的目光都聚焦在緊閉的大門上，屏氣凝神的生怕驚擾什麼。

還是溫謹言邁出步子，小心翼翼的打開了一絲門縫。

一個半大的小姑娘站在門口，目光之中有些怯意。她目光往店裡探了探，猝不及防的就對上了許多的視線。

她忙收斂目光，小聲問道：「小鍾姊姊不在嗎？」

蘇錦繡大步上前，應道：「她暫時不在，有什麼事情嗎？」

「她之前訂的絡子，一直沒有來取……」小姑娘將一個漂亮的繩結遞給蘇錦繡。

「需要給錢嗎？」

「不用不用，小鍾姊姊已經給過了。」

小姑娘擺擺手，怯生生的朝著蘇錦繡微微躬身，逃跑似的離開了。

這突如其來的小插曲倒沒有耽誤什麼，蘇錦繡合上門，邊往外走著，邊解下了腰間的香囊，和絡子一起，遞給了宋昭昭。

「掛印章的舊紅繩前幾日在牢裡斷了，她就把印章給我保管了。」

鍾菱有一枚從出生起就戴在身上的印章，並且是靠著這枚印章才和鍾大柱相認的事情，店裡的人大多都知道。

所以，當蘇錦繡拿出印章的時候，只有江左、江右和懷舒側目看了一眼。

江左和江右只是瞥了一眼，就迅速的挪開目光。

懷舒目光輕輕掠過，卻腳下一頓，在看清印章的模樣後，再也挪不開視線。

「能……給我看一眼嗎？」

他的聲音裡帶上了些他自己都沒有意識到的顫抖。

宋昭昭自然不會拒絕懷舒，她將印章遞到懷舒面前。

哪怕指尖還沒有碰到，但光是看著，懷舒就已經感受到了玉石的形狀和質感，還有他親手刻下的每一筆的紋路走向。

懷舒沒想到，自己在有生之年，還能看到這個印章。

這塊玉石，是他在得知妻子懷有身孕之後，死纏爛打的從好兄弟鍾遠山那裡要來的。那是鍾遠山手裡最好的料子，為此他被鍾遠山念叨了很久，還替好兄弟代了兩天的早練。

打磨好的玉料在手裡整整盤玩了大半年，將玉盤得溫潤透亮。在這段時間裡，懷舒翻遍了鍾遠山的藏書後，給女兒選了一個「菱」字。

事實上，這個字也不是懷舒自己選的。

他賴在鍾遠山的書房裡，來來回回的翻著書，卻遲遲決定不了，要給這個新生命送上什麼樣的祝福。

鍾遠山不是沒有幫忙，但他所有的提議，都會被懷舒以各種理由拒絕。最後，忍無可忍的鍾遠山把書房的門一鎖，不再讓懷舒進去了。

懷舒的妻子來自江南，她在懷著孩子的時候，非常喜歡吃來自家鄉的菱角。

當時也有身孕，胃口極好的鍾夫人來蹭菱角吃的時候，無意中提了一句，說這個「菱」字還不錯。年輕的小夫妻對視了一眼，覺得很有道理。

希望她能順利長大，勇敢、善良，向上開滿絢爛的花，向下扎根土地。

總之，希望她能活得健康、快樂，活出自己想要的樣子。

懷舒將自己的祝福，一筆一畫，盡數注入在這枚玉章之中，最後鄭重的掛在了孩子的脖子上。

而這孩子真的像他期望的那樣，帶著所有的祝福，順利的長大了。

懷舒也和鍾遠山一起，開始學著如何做一個好爹爹。

一切的美好，在樊城一役後，盡數崩塌。

他親眼目睹了鍾夫人在城頭坦然無畏的赴死，而作為赤北軍副將的妻女，他的孩子，必然成為城中敵軍用來震懾人心的人質。

在帶著一身的傷，從寺院裡醒來後，懷舒用了很長一段時間，去尋找他的家人和戰友，等到真的心灰意冷之後，才選擇了剃度出家。

青燈之下，他懇求佛祖，讓他的戰友們來世不需要打仗，都能活在海晏河清的盛世裡；他向佛祖祈求，讓他的妻子能幸福快樂，讓他的女兒，能夠順利長大。

在送走了老住持之後，懷舒孤身一人居住在寺廟之中，與青燈常伴。似乎，他餘下的人生，只剩下虔誠的祈禱和懺悔。

而這一切，隨著一個揹著背簍的小姑娘的到來，悄然改變了。

她的名字裡也有一個「菱」字，她也是赤北軍將士的女兒，她的眉眼看起來是那樣的親切。

有一滴淚水，落在印章上。

懷舒低斂著眼眸，克制的任由眼淚落下。

或許是這些年的吃齋禮佛，真的消磨掉大半他作為人的慾望，這樣一個小姑娘站在他面前時，他居然沒有反應過來。

甚至在知道她口中的「爹爹」是鍾遠山時，也不曾往自己身上想，只是本能的覺得是鍾遠山得了機緣，收養了一個赤北軍的遺孤。

因為吃過太多失望的苦痛了，因此，他沒有給自己一點希望。

懷舒緊緊咬著牙，仰頭任由眼淚落下。

他不是一個合格的出家人，這塵世間的執念和心事，他斬不斷。

他也不是一個合格的爹爹。

怎麼會有當爹的，認不出自己的女兒啊！

佛祖這般垂憐於他，將他心心念念的女兒帶到了他的面前，但他卻沒有認出來。

而他的小姑娘，現在還在牢房裡，馬上就要嫁給和他年紀差不多，手段陰狠的陳王做側妃了。

他還是沒有保護好她。

「懷舒師父……」

在宋昭昭眼中，懷舒只是接過那一枚印章，突然就臉色大變，甚至只是一眨眼的工夫，這個看起來永遠溫和得體的僧人，開始掉下了眼淚。

他突如其來的反應，惹得眾人驚愕不已。

懷舒被宋昭昭的聲音喚回了神，他微微低垂下眼眸。

宋昭昭消瘦的身影本就和鍾菱有些相像，淚水模糊了眼前的畫面，懷舒恍惚的看到了鍾菱的容貌。

他一激靈，在巨大情緒的衝擊之下，脊背一陣發麻。

樊城一役，他屬實無能為力，沒有辦法去救下妻女；但是眼下，還來得及！

這一次，他不能再錯過了！他必須要救下他的小姑娘！

懷舒抬手，用力抹了把臉，看向蘇錦繡，啞著嗓子問道：「這能暫時放在我這裡嗎？」

蘇錦繡愣了一瞬，點了點頭，猜想這枚印章或許和懷舒有關係，這才教他這樣失態。

只是懷舒沒有給蘇錦繡繼續思考的機會。他環顧了一圈眾人，極其鄭重的承諾道：「我一定會帶她回來的。」

第五十五章

小食肆的眾人按照懷舒之前的提議，提前開業，並且將鍾菱擺攤的廚具全都搬了出去，兩人一個攤位，開始擺起了小吃攤。

蘇錦繡坐在門口的長椅上，她看著正攤著煎餅的宋昭昭，小聲問道：「妳之前見過懷舒師父？」

「見過一次。」

宋昭昭將煎餅遞給客人後，攤了前暫時沒有人排隊，她擦了擦手，在蘇錦繡身邊坐下。

「我覺得懷舒師父和姊姊……」宋昭昭低頭摳著掌心。「妳覺得他們長得像嗎？」

蘇錦繡思考了一下，搖了搖頭。

「但是他們的眉眼和顴骨的骨頭，是一樣的。」像是生怕蘇錦繡不理解似的，宋昭昭抬手在自己的臉上劃出了一塊範圍。「我之前一直以為他們有血緣關係。」

有血緣關係……

蘇錦繡一愣，追問道：「他們有血緣關係？」

「我不知道。」宋昭昭搖了搖頭，苦笑了一下。「向出家人問這樣的問題，太過於冒昧了吧。但懷舒師父真的對姊姊很好，我覺得他一定可以把姊姊救出來！」

話是這樣說，但是宋昭昭依舊緊繃著脊背，沒有一點放鬆的意思。

蘇錦繡嘆了口氣，伸手攬過宋昭昭的肩膀。「沒事的，有祁家和赤北軍作保，盧、汪兩家在這個節骨眼上，還是秘密借調了一批人手給我們，雖然人數上不敵陳王，但只是把小鍾搶回來就可以了。」

而且祁府也從各處調動了一批人手，會盡全力拖延鍾菱進陳王府的時間到最後一刻。

宋昭昭靠著蘇錦繡的肩膀，她強忍眼中濕潤的淚意，用力的點了點頭。

不知道懷舒是不是故意想要讓他們做點什麼，好讓他們不用繼續胡思亂想。

宋昭昭負責的煎餅攤前，很快又排起了隊伍，她不得不擦乾眼淚，打起精神來去攤煎餅。

而蘇錦繡作為一個不會做飯的人，在阿旭都能熟練的替豆腐翻面的小食肆裡，顯得有些格格不入，她只好在後廚和店裡來回穿梭，替眾人添補食材。

眼看著就要到鍾菱和陳王約好的時間了，蘇錦繡背著手，焦躁的來回在後院踱步。

成敗可都在這一刻鐘裡了！

阿旭養的小狗蒸蛋就一直跟在蘇錦繡的身後。突然，蒸蛋像是感應到了什麼似的，牠不再黏著蘇錦繡，而是撒腿跑到後門的位置，搖著尾巴，大聲的朝著某個方向吠了兩聲。

蘇錦繡被喚回神，朝著小狗吠叫的方向看去。

在小巷的一頭，兩匹駿馬正朝著蘇錦繡所在的位置飛馳而來，其中打頭的那匹馬上坐著的，正是前去樊城而許久未露面的鍾大柱。

鍾大柱看起來十分憔悴，眼底青黑，下頜被細密的鬍碴所覆蓋。可能是因為長時間縱馬的緣故，他的頭髮有些散亂，看起來狼狽又疲憊。

但是在看見鍾大柱的那一刻，蘇錦繡愣在了原地。

有一種說不出來的情緒，突然湧上她的心頭，鼓鼓脹脹的堵在她的心口，教人有種熱淚盈眶的衝動。

從樊城到京城，就算是晝夜不歇，也需要七、八天才能到達。

而現在距離鍾菱被抓進獄中，還不到七天。

算上報信的人到達樊城的時間，鍾大柱這不僅是晝夜不歇，他是全程以最快的速度在往回趕。

鍾大柱眼眶熬得有些發紅，他的嗓子裡帶著一路的風沙，在遠遠看見蘇錦繡的時候，便聲音低啞的問道：「鍾菱呢？」

「在東市旁邊的府獄！」蘇錦繡扯著嗓子，大聲道：「您來得正好，這個點就是她要從獄中嫁到陳王府的時間，您快去！還來得及！」

聽聞「嫁」字，鍾大柱瞳孔一縮，他一把拉緊韁繩，轉頭就策馬飛奔而去。

他身後的年輕人有些反應不及，趕緊策馬追上。

若是鍾菱在他不在京城的時候，被迫嫁給陳王，那鍾大柱的餘生，都將揹負上這一分愧疚而活。

他沒能保護好摯友的遺孤，竟讓她受了這樣的侮辱和委屈。

鍾大柱攥緊手中的韁繩，在馬背上俯下身，減少迎面呼嘯而來的風所帶來的阻力，盡全力的朝著府獄趕去。

再快一點！再快一點！

在看見堵塞在後巷，廝打在一起的人群時，鍾大柱總算是鬆了一口氣。

他已經看見了那一輛被逼停在路邊的馬車，風掀起簾子，鍾大柱清清楚楚的看見，馬車上坐著的身著粉色衣裳的人，就是鍾菱！

只要鍾菱還沒有進陳王府，那一切都還來得及！

鍾大柱甚至來不及等馬完全停下來，他翻身下馬，抬腿就要往馬車的方向奔去。

雖然不知道是哪來的人，但是陳王府的侍衛和差役的衣著都整齊劃一，和他們對打的人似乎是為了隱瞞身分，都各自穿了常服。

其中衝在最前面的，居然是一個和尚。

他身材挺拔高大，發亮的頭頂冒著汗珠，折射著陽光，顯得格外惹眼。不只是在外形上特殊，他的打法同樣凶狠。他一手握著長棍，揮舞得虎虎生風，一掃下去便教人倒地不起。

而他的另一隻手上，握著一把未出鞘的劍，他似是將這劍當作短棍使用，一劍下去，敲得眼前的差役腳步踉蹌，眼冒金星。

和尚雖然凶猛，但是敵不過對方人數眾多，尤其是差役們，他們身上的輕甲還有一定的防禦作用，並沒有那麼好打。

鍾大柱抬腿踹倒了一個舉著刀衝向他的侍衛，一直跟在他身後的青年也拔出劍來，手上動作俐落的加入戰局。

雖然鍾大柱手無寸鐵且空盪著一只衣袖，和戰鬥場面顯得有些格格不入。

但是當年的將軍，對於局勢有著格外狠戾老道的認知。他帶著青年專往對方布陣薄弱的地方殺去，在衣袖翻飛之間，生生殺出一條血路來。

那青年咬著牙，長劍在空中揮出一道殘影，在一片打鬥聲中，他朝著鍾大柱壓低嗓音喊道：「鍾叔！鍾姑娘好像被劫持了，我們要想辦法殺過去！」

鍾大柱扭頭看了一眼馬車的方向。

馬車從外面看，留下不少明顯的打鬥痕跡，停在這邊不動，顯然是沒有辦法再行駛了。馬車裡除了鍾菱，似乎還坐著別人。以鍾大柱對鍾菱的瞭解，她很會找機會，絕對不會在這個時候坐以待斃。

得先去確定鍾菱的安危！

就在鍾大柱愣神的一瞬，有一個衙役舉著刀從鍾大柱身後竄出，抬手就要朝他劈過來。

「小心！」

鍾大柱躲閃不及，只來得及側過身。泛著冷光的刀擦過他空盪的衣袖，削下半片灰黑色的布料。

就在刀刃觸碰到鍾大柱衣裳的一瞬間，隨著一聲暴喝，一根棍子不知從何竄出，帶著殘影，敲在衙役的背上，生生將衙役打得踉蹌了幾步。

鍾大柱雖然缺少一隻手臂，但他下盤極穩且反應很快，在側身站穩後的一剎那，他毫不猶豫的抬腿，將踉蹌的衙役踹倒在地，徹底讓他失去了戰鬥力。

「多謝！」在解決完這個人後，鍾大柱這才有工夫抬頭看向那個提醒他的人。

那人提著棍子，正好也朝他看過來。

四目相對的一剎那，時間凝固靜止。

鍾遠山和紀川澤自幼時便相識，從不認識字的兩個稚嫩孩童，到並肩成為了赤北軍的主、副將。

他們曾這樣對視過無數次。

只需要一眼，便能知道對方想要幹什麼。

十年的時間轉瞬即逝，一切早已物是人非。

就像當年那個容貌俊朗、極其注意自己形象的將軍，如今卻滿臉憔悴，鬍渣爬滿了下頷。

而那個喜歡蓄鬚的，總是樂呵呵的副將，卻沈穩了下來，溫潤得好像一塊打磨了多年的玉石。

他們中間，橫亙著整整十年的時間，流淌著樊城淋淋的鮮血。

「接著！」

懷舒突然抬手，將手中的劍拋給了鍾大柱。

鍾大柱下意識的抬手，這是刻在記憶裡的直覺反應，是在無數次的實踐中產生的默契。

因為曾經的鍾遠山，雖然極其擅長用劍，但卻沒有隨身佩劍的習慣，哪怕成為了將軍之後也不例外。

於是身為副將的懷舒只好替他保管著劍，每每碰上緊急的時刻，只需要呼喊一聲，寶劍便可從保管人那裡重回到主人手中。

他們就是有這樣不必多言的默契。

長劍在空中拋出一個弧度，在短短的彈指間，穿越過十年的時間，最後穩穩落在了鍾大柱手裡。

懷舒似是這時才注意到鍾大柱空盪的衣袖。

他邁步上前，握住了劍鞘。長劍出鞘的瞬間，劍刃微顫，在空中發出了興奮般的鳴聲，劍身閃著森冷寒光。

這是他的劍！

陪他走南闖北，征戰沙場的寶劍。

鍾大柱低斂著眼眸，喉結滾動了一下。

他已經很多年沒有握劍了，這熟悉又陌生的感覺，讓血液重新沸騰燃燒，卻又有種不真實的感覺。

就像眼前這個和紀川澤年少時，有幾分相像的和尚一樣。

荒誕，但又真實的存在於眼前。

鍾大柱抬頭看向懷舒，懷舒剛剛抬握著他的劍鞘，打倒了一個想要偷襲的陳王府侍衛。兩人再度對視，懷舒揚起眉尾，朝著馬車的方向抬了抬下巴。

「走！」

眼下不是敘舊的時候，確定鍾菱的安全才是最重要的事情。

兩人幾乎瞬間就達成了共識，朝著馬車的方向突圍而去。

赤北軍的士兵，非常擅長打配合掩護戰，其中最著名的，就是將軍和副將的長棍和劍，在默契加持之下，他們能夠放心的將背後交給彼此。

長棍破局，利劍刺穿敵人的要害。他們之間的配合，是令敵人聞風喪膽的存在。

多年過去，當兩人再次並肩而立時，誰也沒有說話。擀麵棍呼嘯帶風，利劍閃著寒光，緊隨其後。

有些不同的是，鍾大柱少了一隻手臂，他很難兼顧來自側身的進攻。他閃躲得有些狼狽，卻又咬著牙，悶不吭聲的死死扛下。

懷舒馬上就意識到了這一點，他在一手揚起擀麵棍的同時，另一隻手握著劍鞘，當作短棍護住了鍾大柱。

他從前做鍾遠山最堅實的後盾，替他掃平背後的危機；而如今，他成為了鍾大柱的另一隻手臂，替他擋下來自側身的偷襲。

就在他們一心朝著馬車殺出去的時候，一直跟在鍾大柱身後的青年，以一種極其迅猛的姿態，改變了現場的局勢。

那是董宇的兒子，是個行走江湖的俠客。他的一招一式都極為狠戾，是在經過正規訓練之後，又在無數實戰之中練出來的。

這樣的招式，尋常的差役很難招架得住，也因此，為鍾大柱和懷舒擋下了大半的攻擊，使他們能夠順利的一路殺到了馬車前。

馬車的簾子被撕扯下來一半，隱約可窺見裡面坐著的鍾菱。

越靠近馬車，鍾大柱的心就越發提了起來。鍾菱不可能到這個時候還坐得住的，在他們趕過來之前，她一定是遭遇了什麼。

懷舒顯然也意識到了這一點，他站在馬車前，擀麵棍在手中轉了一圈後，直指向車內。他低喝道：「出來！」

車內的人似是顫抖了一下，隨後，簾子被緩緩掀開。

一個衣著講究的侍女雙手舉過頭頂，顫顫巍巍的從馬車上下來，而在她的身後，那粉色衣裳的人，像是失去了支撐一樣，斜斜的倒了下去。

懷舒和鍾大柱對視一眼，一齊衝上前去。

馬車裡，鍾菱緊閉著雙眼，面色蒼白，她靠在車窗上，像是一枝被隨意折下的桃枝，被扔在了這裡。

在看見車內景象的一瞬間，鍾大柱瞳孔猛地一縮，他一個健步邁到鍾菱面前，將手裡的劍丟到一邊，顫抖著將手指伸到她的鼻下。

在感受到虛弱的氣息輕觸到指尖時，鍾大柱陡然鬆了一口氣，他驚魂未定的扭頭看向懷舒，啞著嗓子道：「還活著。」

懷舒也跟著長舒了一口氣，他低頭環顧了一圈，最後在角落的坐墊旁，撿起一塊淡粉色的帕子。

懷舒輕輕撚了撚帕子上殘留的粉末，試探的將沾上粉末的手指，伸到鼻尖。在嗅到那味道的一瞬間，懷舒便別開了頭。

他低頭看著帕子，沈聲道：「是迷藥。」

陳王府的侍女蜷縮在馬車邊，瑟瑟發抖著不敢動彈，企圖將自己的存在感降到最低。她就是陳王府的一個普通侍女，今日不過是替王爺去接一個女子回府。

這樣的事情她沒少做，但馬車剛啟程就碰上劫車，這還是頭一次碰到；而今日要接的姑娘顯然也不是一般人，尋常姑娘這個時候都是面若死灰，一副認命了的樣子。

但是這個姑娘不一樣，她神色淡然，一直到聽見外面打鬥的動靜時，才一下子坐直了身子，伸手就要去掀馬車簾子。

侍女被鍾菱的舉動嚇了一大跳，忙拿起管事事先給她的迷藥，趁著鍾菱不注意，一帕子蓋在她的臉上。

之後，不管外面打鬥的聲音多激烈，侍女都攙著昏迷過去的鍾菱，在馬車裡一動不動，一直到懷舒逼她出來。

本以為出了馬車便解脫了，可一看見外面的血跡和倒了一地的人，侍女嚇得臉色蒼白，更令她恐懼的是，那兩個人高馬大的中年男人從馬車上下來了。

其中那個只有一條手臂的男人目光森冷，他　抬手，劍刃已經抵在侍女的脖頸上。

「給她用了什麼藥？」

那侍女都快抖成篩子了，她顫顫巍巍的從懷裡掏出一個小玉瓶子。「就……就是普通的迷藥。」

雖然侍女非常配合，但鍾大柱眼中發紅，他舉著劍的手，沒有挪開的意思。

懷舒抱著鍾菱，他騰出手來接過瓶子，朝著鍾大柱道：「此地不宜久留，先走！」

聞言，鍾大柱緩緩收回劍，眼中充斥著恨意，看向了那些侍衛。

懷舒知道，他這是有些激動過頭了。

和家境普通的懷舒不同，鍾遠山從小就是被喊著少爺長大的。他雖然能吃苦，但骨子裡還是有富家子弟的傲氣，有不容觸犯的底線。

看著鍾大柱脖頸間突起的青筋，懷舒嘆了口氣，他扯開嗓子，尾調微沈，有些無奈的喊了一聲。「遠山！」

鍾大柱脊背一顫。

懷舒的聲音像是一瓢冷水，澆在鍾大柱因憤恨而變得有些扭曲的心上，強行讓他冷靜下了幾分。

已經很久沒有人這樣喊過他了。

懷舒招呼著鍾大柱，邊朝著馬的方向走去。「先走！跟我去寺廟裡避避風頭！」

「不用。」

鍾大柱沈聲道：「直接回店裡。」

懷舒猛地皺眉，他疑惑道：「回去不是等著陳王來抓人？」

「得快點找大夫來給她看看。」鍾大柱拉過自己的馬匹，將轠繩遞給懷舒。「你先帶她回去。」

儘管十年不見，但他們之間的相處，還是自然得像是從未分別過一樣。

懷舒接過轠繩，護著鍾菱翻身上馬。他垂下眼眸和鍾大柱對視。「那你呢？」

「我一會兒趕上。」

懷舒帶著鍾菱從後巷回到小食肆的時候，驚得店裡還在擺攤的眾人不管不顧的扔下了攤子，一窩蜂的擠到了後院去。

「我去請大夫！」阿旭忙往外跑去。

而宋昭昭和韓姨，替鍾菱換下了她身上那一件劣質的嫁衣，將她臉上的脂粉抹去。

懷舒坐在鍾菱房間的角落，小白貓湯圓細聲的叫著，似是不明白為什麼主人昏迷不醒。

因為這段時間沒有好好吃飯的緣故，卸去妝容後，鍾菱的臉色很差，臉頰明顯有凹陷的弧度。

這是他的女兒……

他的小菱都這麼大了。

在面對砍過來的刀刃都能面不改色的懷舒，此時像是做錯了事情的小孩一般，蜷縮在角落，心中五味雜陳。

醫館離小食肆很近，阿旭很快就帶了梁神醫的大弟子進來了。

懷舒將那瓶藥和手帕交給大夫，就在他簡單的和大夫講述著事情經過的時候，院子裡傳來一聲驚呼。

「鍾叔！」

懷舒抬頭看了過去，恰好和鍾大柱對上日光。

他的身上暈染著大塊的殷紅色，刺目得教懷舒直皺眉。

「這不是我的血。剛剛甩開他們的追兵，花了點力氣。」鍾大柱扯了扯衣襬，沈聲道：

「鍾菱就交給你了，我出去一趟。」

說罷，也不等懷舒回應，轉頭就走。

「等等！」懷舒忙抬腿追出去，在院子裡攔下了鍾大柱。「這個節骨眼，你要去哪兒？」

「進宮。」

懷舒一愣，他下意識的扭頭看了一眼圍滿了人的房間。「她還不知道你是鍾遠山？」

鍾大柱輕嘖了一聲，沒有回答。但是憑著懷舒對他的瞭解，他這就是默認了。

「我跟你一起去！」

「不行，店裡需要有人鎮場子，若是陳王追過來，錦繡那個小姑娘壓不住的。」

鍾大柱深吸了一口氣，他看向懷舒，輕笑了一聲，眼中有淚水翻騰。他喊了一聲。「川澤。」

「嗯？」

「等我回來，我們再慢慢聊！」

第五十六章

鍾大柱就是赤北軍主將鍾遠山的這件事情，到現在只有赤北軍的將士們知道。

他早已放棄這個身分了。

為自己沒能在樊城一役中帶著弟兄們殺出重圍，為自己不能救下妻女、只能眼睜睜看著她們死去而感到懺悔愧疚。

他沒有做到一個主將應該做到的，因而愧對於「將軍」這個稱呼。

這十年的平淡生活，讓曾經叱吒風雲的將軍逐漸的適應了鍾大柱這個身分。

鍾菱的到來，是個意外。

雖然將鍾大柱的人生軌跡，拉向他之前未曾設想的方向，但總歸來說，一切都是平靜舒緩的。

鍾大柱一直以來都堅信，只要自己不再是赤北軍主將，便可讓喊他爹爹的鍾菱，遠離爭鬥和傷害，不用和他女兒一樣，因為身為主將親眷，而慘遭毒手。

哪怕如今重建赤北軍，他也依舊沒有說出自己身分的意思。

鍾大柱似乎只是倖存下來的赤北軍中，最普通不過的一個小兵，他將所有露面的機會讓出去，默默的在背後做事。

但是他的自掩鋒芒，並沒有讓鍾菱逃脫被人盯上的命運，反而讓陳王覺得鍾菱可以隨意拿捏。

鍾大柱縱馬飛馳在長安街上，呼嘯的風迎面撲來，帶著肅殺的窒息感。

他憋著一口氣，雙目通紅。

鍾大柱不敢想像，如果他沒能從樊城趕回來，如果紀川澤沒有選在今天下山，那一切會怎麼樣？他是不是要再面對一次十年前那撕心裂肺的悲痛？

如果鍾菱真的出了什麼事情，他又要如何面對紀川澤？

那些加諸在昔日鋒芒上的厚重枷鎖，覆蓋了重重的塵土，被風一層一層的掀起，飛舞在京城的街道上，逐漸粉碎。他的肩上，隱約可見昔日那個英武將軍的鋒芒和璀璨。

鍾大柱死咬著牙，直奔宮門而去。

藏拙又如何，張揚又如何，他實在是活得太不坦蕩了，連自己在意的人都保護不好。

宮門外的侍衛早在看見飛奔來的馬匹時，便已經開始警戒，用長槍攔住來人前進的路。

「來者何人！」

馬兒受了驚嚇，雙蹄騰空，鬃毛在空中飛揚。

鍾大柱勒緊韁繩，馬蹄蹬地時的沈悶聲響，蕩開悠長回音。

他垂眸看向舉著長槍的侍衛，風揚起他空盪的半邊衣袖，他沈聲道：「赤北軍主將，鍾遠山。」

「為什麼姊姊還不醒？」

宋昭昭抱著小白貓，一圈一圈，焦慮的在房間裡繞圈子。

蘇錦繡攬過她的肩膀，緊急叫停了她毫無意義的兜轉。「大夫不是說了，是因為吸食了太多的迷藥，一時半刻很難醒過來。」

雖然梁神醫的大弟子再三保證，鍾菱除了一時半刻醒不來，沒有任何問題。蘇錦繡也檢查過了，她的身上沒有任何傷痕。

但是鍾菱還沒有醒過來，眾人的一顆心就依舊吊在半空。

這幾日在牢獄裡到底發生了什麼，她和陳王達成了什麼協議，都只能等鍾菱醒後，才能知曉。

店前的小攤簡單的收了個尾，將全部廚具搬回來後，便打了烊。

韓師傅和周蕓在後廚裡商量著，接下來要給鍾菱準備些什麼補品。蘇錦繡去看了一眼，菜單已經列到七日後了。

在知道溫謹言的身分後，懷舒也沒有說什麼，只是勸他去溫書，順便把那兩個坐立不安的孩子也帶走了。

「昭昭。」蘇錦繡攬過宋昭昭的肩膀，附在她耳邊輕聲說道：「妳帶懷舒師父去換身衣裳吧。」

灰色僧袍在打鬥之中被扯開兩個大洞，但是懷舒卻渾然不覺，自鍾大柱走後，他就坐在鍾菱房間的角落，目光呆愣的盯著床上昏迷的鍾菱。

與在場所有人都渴望鍾菱醒來不同，懷舒的情緒更加複雜。

他一方面想要讓鍾菱快點醒過來，快點恢復到先前活蹦亂跳的狀態，但他又完全不知道要怎麼面對鍾菱。

他要怎麼告訴鍾菱他們倆之間是有血緣關係的父女？

他又要怎麼向鍾菱解釋，自己為什麼沒有認出她？

為什麼沒有保護好她？為什麼……沒去找她？

鋪天蓋地的愧疚洶湧而上，將懷舒淹沒其中。他那一顆潛心修道近十年的心，在鍾菱面前終究是墮入了凡塵之中。

在他剃度出家的那日，老住持曾經嘆息著告訴他「塵緣未了」。十年過去了，他終於明白了老住持的意思。

懷舒低下頭，雙手摁在脖頸上，心中一陣酸楚。

等鍾菱醒來後……會原諒他嗎？

宋昭昭在一旁張望了好一會兒，這才鼓起勇氣走上前去，小聲喚道：「懷舒師父……」

懷舒緩緩抬頭，看向宋昭昭。

「我帶您去換件衣裳吧。」

小食肆裡沒幾個成年男人，和懷舒身材相仿的，只有鍾大柱。宋昭昭想了想，還是將懷舒帶進了鍾大柱的屋裡。

鍾大柱在穿衣吃飯這些事情上，向來表現得無慾無求，但是鍾菱卻執著於給小食肆的眾人添置衣裳。

宋昭昭記得，鍾大柱的衣櫥裡，應當有好幾件他還沒有穿過的新衣。

在宋昭昭翻找衣裳的時候，懷舒站在鍾大柱的房間裡，環顧四周。房間裡的陳設簡單，甚至一眼便可以數清楚家具的數量。

但是宋昭昭打開衣櫃後，那滿滿當當的櫃子卻讓懷舒驚訝了一瞬。

「鍾叔其實在穿衣上沒有一點要求。」宋昭昭見懷舒看過來，她解釋道：「是姊姊很喜歡給他添置。」

「她……」

似是知道懷舒想問什麼，宋昭昭頭也沒回，輕聲答道：「姊姊她把鍾叔照顧得很好……聽祁大哥說，姊姊來京城開食肆，很大一部分原因，就是想要治鍾叔的傷。」

懷舒心下一震。

「所以……您不用擔心。」

宋昭昭翻找出一件天青色的長衫，舉到懷舒面前，揚起嘴角朝著懷舒笑了笑。「您試試這件。」

一直到宋昭昭走出去，合上門後，懷舒的目光才緩緩收了回來。

他很肯定，宋昭昭已經猜到真相了。

這個看起來並不起眼，甚至有些膽怯的小姑娘，竟有這樣敏銳的觀察力。她剛剛說的那兩句話，向懷舒傳達了一個意思。

鍾菱並不介意鍾大柱這十年的消失，她是全心全意對鍾大柱的，並且未表現過一絲的埋怨。所以，她十有八九，是不會對懷舒有怨言的。

這明明是教人釋懷的消息，卻讓懷舒的心，酸脹得難受。

他迅速換上嶄新的長衫，一把撈過地上破爛的僧袍，推門出去。

等在院子裡的宋昭昭接過他手中的僧袍，點了點頭。「真合適啊。」

當年的紀川澤和鍾遠山身高雖相似，但鍾遠山精瘦，紀川澤壯碩，兩人的衣裳雖然出自同一家裁縫鋪，尺寸卻大不相同。

懷舒聞言，下意識的抬手理了理衣襟。他完全沒有想到，自己居然有一天，能穿上鍾遠山的衣裳。

還是他閨女買給鍾遠山的衣裳。

鍾大柱進宮一趟，既要表明身分，還要向皇帝亮出籌碼，才好求得聖上出手相助。

雖然鍾菱和他說過，陛下想要光復赤北軍將士，但是聖心畢竟難以揣測，懷舒已經做好了鍾大柱一時半刻回不來的準備。

鍾大柱之所以這麼急，就是為了防止陳王上門來，做出什麼過激的舉動。畢竟，是他們先張揚的在府獄門口劫走了人，光是針對這一點，就足夠讓陳王藉此為由，名正言順的來討伐。

「沒關係的。」懷舒揣著手，靠著鍾菱房門口，看著來回奔波的阿旭。在這些人裡，除了懷舒，最具有戰力的，就是阿旭了。阿旭在冷靜了一會兒後，迅速的開始翻箱倒櫃，尋找能夠當作武器的東西。

「我們這幾個人，不可能和他們抗衡的。」

「難道坐以待斃？」

「在保證安全的情況下，順從他們。」懷舒扭頭看了一眼屋內的鍾菱。「遠……大柱已經進宮了，就算是進了天牢，也不過是去喝杯茶，不會有事情的。」

他的話說得輕描淡寫，卻讓阿旭滿臉疑惑。「為什麼師父要進宮啊？」

懷舒一愣，忘了鍾菱和阿旭不知道鍾大柱的身分。

「這個，還是你自己一會兒問他吧。」

他話音剛落，便臉色一變。

空氣中傳來細微的震動聲，懷舒若有所思的朝著街口的方向看去。

緊接著，馬蹄踏過青石板的聲音，由遠而近的響起，噠噠的連成一片，聽這架勢，來了不少人。

阿旭臉色一變，忙抬頭看向懷舒。

「記得我說的話！」

懷舒反手抄起立在一旁的擀麵棍，朝著門口走去，打開了院門。

正如他們所猜測的那樣，院子門口，已經被身著整齊輕鎧的侍衛們圍了個水洩不通。

懷舒抬起目光，和被侍衛護在中間的陳王對上眼。他輕笑了一聲，道：「陳王殿下好大的架勢，這王府侍衛是傾巢出動啊。」

陳王皺著一張臉，警惕的看著眼前這個和尚。

鍾菱就是被一個和尚擄走的，這個和尚又是什麼來頭？

陳王不僅疑心重，且性格偏激。他帶了王府侍衛中最精銳的一部分，就是本著「得不到就毀掉」的原則，將小食肆的眾人趕盡殺絕。

不聽話的小貓，逗弄一下還好，但是若是抓傷了人，可就留不得了。

「你是什麼人，你知不知道你在做什麼？」

懷舒抬手指了指自己的頭頂。「和尚，在和你的侍衛對峙。」

若是鍾大柱在場，他一定會覺得這樣的懷舒非常熟悉。

這就是紀川澤每次和別人交手前的對話風格，他總會認認真真的回答對方的挑釁。狀似無意，卻能氣得對方直跳腳。

這一招，哪怕十年未用，如今拿出來，依舊管用。

陳王擰著眉，臉色又沈了幾分。他本不年輕的一張臉，此時垮了下去，看起來更陰險年邁。

一想到鍾菱差點就嫁給這樣的一個男人，懷舒氣得咬牙切齒。他轉著手裡的擀麵棍，咬著牙問道：「你知道鍾菱是赤北軍將上的女兒嗎？」

「哦？」陳王的臉上突然迸開了一絲笑意，他眯著眼睛，輕蔑的開口道：「她爹是赤北軍將士又如何？不過一個無名小卒，死了就死了，還能動得了本王半分？」

這話，觸及到了懷舒心中最危險的那條紅線。

不僅是懷舒，每一個赤北軍將士，都聽不得這樣的話。樊城的那一夜，實在太慘痛了，成為了每一個活下來的將士，邁不過去的坎。

懷舒雙目通紅，他瞪著陳王，隨後嘴角竟扯出一絲笑意。「她爹可不是什麼無名小卒。她爹是鍾遠山。」

「不可能！」幾乎是瞬間，反駁的聲音響起。唐之毅身著輕鎧，站在陳王身邊。

陳王嗤笑一聲。「鍾菱那個殘廢爹，能是鍾遠山？」

「就是！」他身邊的唐之毅附和著。「那個臭泥腿子，死殘廢，能是什麼將軍？」

懷舒沒有說話，他緊緊握著擀麵棍，手背上青筋突起。這麼多年過去，那個意氣風發的將軍，竟然成為了別人口中的殘廢和泥腿子。

一股寒氣湧上胸膛，呼吸都帶上了幾分寒意，懷舒手裡的擀麵棍呼嘯帶風，迎面朝著陳王揮去。

距離陳王最近的侍衛立刻替他擋下了懷舒的一棍。

「給我上！」

隨著陳王的一聲厲呵，侍衛們舉起手中的武器，就要衝進院中。

就在這千鈞一髮之際，一陣噠噠的馬蹄聲闖進了小巷。高頭駿馬之上，獨臂男子居高臨下的俯視著陳王。「赤北軍，鍾遠山。」

他鬆開韁繩，將一塊金燦燦的腰牌高高舉起，背刻九龍紋的金牌，只代表一個涵義。如朕親臨。

鍾大柱並不是一個人趕回來的，他還帶了一支人數不少的禁軍。

這批禁軍士兵裡，十個人中有八個參軍，是受了赤北軍的影響，哪個人不是聽著赤北軍的故事長大的，甚至他們之中還有不少人是親身受到過赤北軍庇護的。

一個自稱鍾遠山的人硬闖宮門的消息，幾乎是隨著鍾大柱剛踏進宮裡，便如同平地驚雷一般，在宮中炸開來。

禁軍的士兵徹底沸騰了。

如今站在他們面前的，是傳說中的赤北軍主將鍾遠山！在短暫列隊的時間裡，禁軍內爆發了極其激烈的競爭，就為了能奪得此次出行的機會。

雖然鍾大柱看起來滿臉鬍渣，衣衫破舊，甚至沾染著大塊血跡，但臉上的滄桑和凝重，那空盪飄在風中的殘破半邊袖子，都讓他看起來更加具有傳奇色彩。

令人忍不住猜想，當年人們口中那個容貌俊美、舉世無雙的將軍，怎麼會變成現在的樣子。消失在世人眼中的這些年裡，他到底經歷了什麼？

不少視鍾遠山為自己奮鬥目標的禁軍士兵，久久回不過神來。其中也有人認出，這就是小食肆鍾姑娘的爹爹，那個在起火時衝進火場幫忙的男人。一個人在默默無聞時所做的好事，往往比在眾人矚目之下做的，更令人動容。

一時間，禁軍士兵在面對鍾大柱時，心中的敬佩達到了巔峰。

所以，在聽見唐之毅罵出的「殘廢」和「臭泥腿子」的時候，跟在鍾大柱身後的禁軍士兵，表現出來的反應比鍾大柱本人還要大。

他們小心翼翼的覷了眼鍾大柱，見他面無表情，甚至眼眸之中都未曾泛起波瀾，那要為鍾將軍討個公道的責任心，一下子就升騰起來。

就算陳王大聲叱喝「放肆」，也一點都無法阻擋住他們舉起武器的動作，頗有一種，人擋殺人，佛擋殺佛的氣勢。

首當其衝被揍的，就是剛剛辱罵了鍾大柱的唐之毅，他被打得滾倒在地，卻依舊躲不開那呼嘯而來的長槍和暗拳。

在這樣的攻勢之下，陳王府的侍衛很快便沒了招架之力，局勢朝著小食肆一方倒去。

所幸眾人還殘存著一點理智，並沒有對陳王動手，只是將他扣押在一邊。

懷舒甩著手裡的棍子，嘴角掛著一絲冷笑，朝著陳王走去。

陳王甚少有這樣狼狽的時候，在打鬥躲閃的時候，他束髮的玉冠不知道什麼時候掉了，那原本顯得深沈穩重的絳紫色衣衫上不知道被誰踹了兩個腳印，灰撲撲的，格外明顯。

被縛住雙手的陳王兩眼圓睜，看向懷舒的時候滿眼恨意，若是目光能夠凝聚成利刃，那懷舒大概早就被扎得千瘡百孔了。

「瘋了！你們都瘋了！」陳王低啞的嘶吼著，脖頸脹紅，青筋突起。「為了一個沒有血緣關係的女人，做到這地步？值得嗎？」

陳王在京城裡囂張橫行多年，何曾這樣屈辱的被人摁住過。而且，皇帝本就有削藩的打算，想要打壓他也不是一天、兩天了，是忌憚陳王多年的經營，也是缺一個好苗頭。

巧的是，皇帝這段時間做下最大的兩個重大決策，一個是削藩、一個是重建赤北軍。現在，這兩件事情緩緩交會在鍾菱的身上。

赤北軍對當朝的影響力，實在是太大了。

身居高位的人，總是無法對活人百分百的予以信任，所以他們大膽放心的對已經逝去的人大肆的歌功頌德，將所有的讚美都投向逝者。

十年的時間，赤北軍在民間百姓心中，早已是神一般的存在了。這樣滴滴積累的威望，短時間內，很難輕易抹去。

因此，就算是陳王，也慌了一瞬。他拿捏不準他那個越發像個帝王的皇帝姪兒，會不會真的狠下心來，拿他開刀，為重建赤北軍鋪路。

他咬牙切齒的盯著鍾大柱，壓抑的聲音從喉嚨裡擠出。「鍾遠山！值得嗎？」

鍾大柱側過目光，他提著手裡的劍，一步一步朝著陳王走過去。雖然他面色平靜，但他眼中的恨意，一點也不比陳王的少。

他也是剛知道，陳王早就繞著鍾菱在耍些小動作了，但是鍾菱都沒告訴他，自己妥善的處理好了。

一想到鍾菱差點就被陳王給糟蹋，鍾大柱握著劍的手，用力得發白，恨不得現在就一劍了結陳王。

懷舒只是餘光一瞥，便知道鍾大柱起了殺心，他忙抬手摁住鍾大柱握劍的手，低聲道：「冷靜點，他還不能死在這裡。」

確實不能讓陳王死在這裡，太便宜他了。

許是友人就在身邊，鍾大柱鬆下繃得僵硬的脊背，嘴角扯起一抹譏笑。「當然值得了。」

他微微低頭，盯著陳王的眼睛，沈聲道：「你知道鍾菱本應該姓什麼嗎？」

陳王的眼底閃過一絲不安。

「她原本應該叫紀菱的。」

「呵。」懷舒輕笑一聲，很自然的接過話。

「打了兩輪了，還沒自我介紹呢。」他盯著陳王的眼睛，一字一句道：「貧僧法號懷舒，在塵世間的名字，是紀川澤。小菱，是我的女兒。」

陳王啞口無言，面色瞬間灰暗下去。

他這一次踢到的，是京城最硬的一塊鐵板，縱使他在京城經營多年，在對上這虎視眈眈的兩人時，依舊覺得十分棘手。

在人們口耳相傳，被形容得近乎神話一般的人重新出現在世人面前，一次還是兩個！最要命的是，皇帝已經明明白白的表明自己的立場了。

陳王能拿什麼繼續鬥下去？

懷舒此言一出，不僅是陳王愣住了，押住陳王的兩個士兵也齊齊抬頭，滿臉不可思議的看向眼前這個高大的和尚。

所有人都知道，赤北軍主將鍾遠山容貌俊美，副將紀川澤豪放粗獷。但眼前這個和尚，若是忽略了他臉上狠戾的神情，倒是有一種不爭不搶的溫雅，和傳聞中的紀川澤完全不同。

「紀……副將?!」

赤北軍裡，可不只鍾遠山一個人被歌功頌德的景仰著。

身為副將的紀川澤，因為蓄鬍和強壯的肌肉，有很多將士推崇他為真正的武將。

「您……您……」士兵結巴了半天，想要開口，但目光停在懷舒手裡的擀麵棍上，什麼也沒說出口。

能把擀麵棍使成這樣的，除了紀川澤，就再也沒有別人了吧。

「您，鍾姑娘原來是您的女兒啊！」

士兵一下沒有控制住音量，惹得周圍的人都看了過來。

對他們來說，赤北軍的這兩位將領，是高高在上，在雲端的人，他們只敢滿懷崇敬的遙遙遠觀。

但是鍾菱不一樣。

鍾菱對他們而言，更像是一個親切的鄰家妹妹。如今得知了鍾菱的身世，這些士兵們除了驚得合不攏嘴外，又理所當然的覺得鍾菱的出色都變得有跡可循了起來。

後續的處理工作，全都交給了禁軍。

陳王的侍衛們都被押走了，而陳王和唐之毅則照著皇帝的意思，被帶進宮裡。

雖然唐之毅已經整個人蜷曲在地上，不知道哪裡的骨頭斷了，叫了半天都站不起來，但是士兵們依舊將他架走了。

鍾大柱靠著院門，目送禁軍遠去，隨口道：「是你下的手吧？」

懷舒別過頭去，拒絕和他對視。

別人可能不清楚，但鍾大柱一眼就看出來了，懷舒那一棍子下去，砸在唐之毅的大腿骨上，估計是骨折了。

「她跟我說了，唐家只有老爺子待她好，她若不是跟你走，怕是會被唐家的那兩位少爺、小姐，打包著送給哪個權貴了。」

懷舒說著，轉過頭看見鍾大柱錯愕的目光後，他愣了一瞬，脫口而出。「你不知道？」

此時正是吃午飯的點，韓師傅燒了一桌子的菜，把所有人都叫去後廚吃飯，把院子留給了鍾大柱和懷舒。

兩杯溫酒下肚，那十年的暫別，好像不值一提。他們似乎依舊是當年那般無畏、熱血的模樣。

「我看到那枚印章，就知道她是你的姑娘了。」

鍾大柱轉著酒盞，嘴角的笑意有些苦澀。「我想著總要去看她一眼的吧。我之前只打聽到唐家的二小姐有幾分驕縱，就沒有多解釋，想著反正她不會跟我走的，可沒承想，她在唐家過的是這樣的日子。」

懷舒沒有應聲，而是抬手替鍾大柱斟酒。

「她跟我回去之後，還真的洗衣做飯，開始照顧起我來。她不記得以前的事情，偏偏又和你長得不像，我還當她別有所圖，有段時間沒給她好臉色……」

提及此事，鍾大柱驀然鬆開手裡的酒盞，以手掩面，遮掩著自己的失態。他到現在才後知後覺的意識到，那個時候的他，被鍾菱視作救命稻草。

懷舒從懷裡掏出那枚印章，用指尖輕輕摩挲著。誰也沒想到，當年這塊印章，竟成了串聯起一切的關鍵。

鍾大柱仰頭喝下酒，雙目依舊清明。

放下酒盞後，他似是想到什麼，關切的看向懷舒。「我記得你之前被刺中一劍，傷勢怎麼樣了？」

那一劍，是紀川澤推開他，用身子擋了下來，才不至於被敵軍取了赤北軍主將的首級，卻也讓他們就此在混亂的戰局之下走散了。

這一散就是十年之久。

懷舒不善喝酒，緩緩抬起目光的時候，看見眼前的鍾大柱都已經出現重影了。他隨手扯了扯衣領，含含糊糊的開口道：「早就癒合了。」

雖只是裸露了一角，但脖頸上猙獰的傷疤，依舊讓鍾大柱心顫了一下。

這是能要人命的傷啊。

「川澤，留在京城吧。」

懷舒目光已經徹底渙散，無法聚焦了，但他依舊認真的眨眨眼睛，指著鍾菱的房間。

「我聽菱菱的，她若是不願見我，我就走；她若是叫我留下來，我就留下。」

第五十七章

但是令所有人都沒有想到的是，鍾菱遲遲沒有醒過來。

梁神醫的大弟子一天會來小食肆三趟，一遍又一遍的告訴眾人，藥效已經過去了，醒不來可能是她太累了。

雖然他已經把話說得那麼明白，但是阿旭還是會在探望完祖母後，跑去找梁神醫的大弟子，問上一句「我姊姊怎麼還不醒」。

不過小食肆給的診金豐厚，並且每次去的時候，不管是不是飯點，韓師傅都精心準備了飯菜和點心，所以梁神醫的大弟子沒有一點怨言，反而是隨叫隨到，異常積極。

京城裡，關於鍾遠山將軍還活著的這件事情，已經沸沸揚揚的傳開了。

實在是鍾大柱那日闖宮門的行為太過於高調了；但是懷舒的身分並沒有被宣揚開，那日在場的禁軍皆拍著胸脯保證，會替紀副將保密。

當天在場的唐之毅被暫時關押在牢裡，唐之玉正在四處奔走，努力想將他撈出來。

皇帝倒是沒動陳王，只是勒令他待在府裡。

陳王雖然在京城囂張橫行多年，但他性格多疑，做事謹慎。雖然陳王欺辱婦女的事時有耳聞，但是真動手查起來，卻找不到可以切入的地方。

陳王太懂得拿捏人心了，權威加上錢財，讓普通人家根本無力招架。

要徹底扳倒陳王，還缺少實質性的證據。

懷舒和鍾大柱在鍾菱還在昏睡的時候，便在忙著這個。

重建赤北軍是一個長遠的目標，既然如今已經拾回了昔日的身分，身為主、副將的二人，定是不可能袖手旁觀。

但是一日不把陳王解決，他們誰也放心不下。

好在皇帝已經明確向鍾大柱表示了，他不好明面上插手此事，但可以給予鍾大柱最大的方便，任由他調查。只要有一個合理明確的罪證，那麼便會用律法徹底制裁陳王。

懷舒是在酒醒後才知道這件事情，他正在剝橘子，順勢遞了一半給鍾大柱。

「你怎麼還敢和皇帝做交易呢？」

赤北軍的家眷在樊城成為人質，就是受到來自朝廷的背刺。很多存活下來的赤北軍將士自此之後，再也不信任朝廷了。

若不是孫六暗地裡放出了鍾遠山還活著的消息，怕是到現在也不會有幾個赤北軍將士主動站出來。

鍾大柱剝下一瓣橘子塞進嘴裡，微酸的清甜汁水在唇齒間四溢。

他說：「這個小皇帝，不一樣。」

當年那個辜負了赤北軍的先帝並無子嗣，當今聖上是從旁支的子弟中被選中，臨時被推到龍椅上的。

當年主持朝政的祁國老和柳恩等人，一邊處理政務，收拾爛攤子，一邊還擔了帝師的職責，將為君之道盡數教給小皇帝。

鍾大柱是在和祁珩的接觸中，逐漸對皇帝改觀的。

天子身邊的重臣的做事風格，一定程度上會反應這位天子的行事態度。祁珩雖年輕，行事卻頗為老練，他大膽卻不莽撞，狡猾但又有道德底線。

誰見了，都要忍不住要稱讚他一句青年才俊。

同樣是祁國老和柳恩教出來的小皇帝，他的大局觀念和行事風格，和祁珩應當是一脈相承的。

鍾大柱那日那樣莽撞的直闖宮門，在以長劍為證，被人領著去見皇帝的路上，撞見了匆忙跑出來的皇帝。

他一點也沒有貴為天子的架子，也沒有任何問罪的意思，開口便是：「鍾將軍還活著，真的太好了，這些年委屈了。」

鍾大柱居然從一個皇帝的身上看到了真誠。

這個小皇帝，還是有幾分真的。

「怎麼不一樣？」

懷舒重新挑了一個橘子，慢條斯理的又剝了起來。

「誰坐到龍椅上，都得把算盤打得噼啪響。」很顯然，懷舒並沒有放下對朝廷的戒備。

鍾大柱沒有反駁他，而是伸手拿走了懷舒剛剝好的橘子。

「他說，赤北軍的事情，之後再慢慢商討，當務之急是保障鍾菱的安全。」

懷舒手上動作一頓，隨即憤憤道：「能坐穩這個位置，倒是真有幾分本事啊。削藩的政策不是早就出來了？他想對付陳王，找不到機會，現在借我們的手，還顯得他一副大度寬容的樣子，真的是……」

真的是教人被拿捏住了！

皇帝最清醒的地方在於，他幾乎是第一時間就意識到了，鍾大柱自曝身分，是為了救鍾菱。

鍾大柱可以拒絕所有的賞賜和名利，但是他拒絕不了那些對鍾菱有好處的事情。

就算是對朝廷有怨恨又如何，鍾大柱也好，懷舒也好，他們揹負著苦難，但也絕不可能將仇恨留到下一代身上。

就算是被算計，也是被算計得心甘情願。

懷舒也意識到了這一點，他有些不悅的拋著手裡的橘子，皺著眉不說話。

「對了，還有一件事。」

鍾大柱瞥了他一眼，語氣平淡。「你知道祁國老的孫子嗎？那個叫做祁珩的年輕人。」

懷舒點了點頭，有些不明所以。

他當然知道祁珩了，江左和江右自我介紹的時候說過，他們是祁珩的人。

「你姑娘和祁珩，關係不一般。」

懷舒倏地站起身來，驚恐的瞪大了眼睛，連聲音都有些變了調。「他……他們……」

就在懷舒被震撼得堵住嗓子，支支吾吾了半天都說不出話的時候，鍾菱房間那一直半合著的門，被猛地推開了。

「姊姊醒了！」宋昭昭喘著粗氣，眼中迸發出耀眼的光亮。鍾大柱放下橘子站起身來，快步朝著鍾菱的房間走去。

在路過懷舒身邊時，伸手拍了拍他的肩膀。「走吧。」

就像梁神醫的大弟子說的那樣，鍾菱確實是太累了才遲遲不醒。

牢獄裡的稻草堆，根本就不是可以睡覺的地方，導致鍾菱的睡眠品質極差，她表現出來的平靜，很大程度上其實是睏倦到了極致，完全沒有多餘的精力來表達情緒了。

在吸入迷藥後，眼皮變得沈重的最後一瞬，鍾菱甚至有一種解脫的感覺。

在藥效發作後，鍾菱隱約有一點意識，她能感覺到有人在身邊說話，也知道有人給她餵過水。

但眼皮依舊很重，沒有辦法控制身體。連意識也像是飄在雲端幻境裡一樣，馬上就要散去一般。

就這樣飄了許久後，被榨乾所有精力的軀體，在長久的睡眠之中，像是枯枝浸泡在水中，吸飽了水分，重新煥發了生機。

當懷舒和鍾大柱進屋的時候，鍾菱正在喝水。

在清醒之後，許久不曾進食的胃也甦醒了，迅速的爆發強烈的饑餓感。哪怕是一杯水，都顯得格外甘甜可口。

她放下杯子後，抬起目光，脫口而出。「陳王……」

因為有幾日不曾開口說話，哪怕是剛飲下一杯水，鍾菱的嗓子依舊嘶啞。

鍾大柱抬手制止了鍾菱繼續說話。「事情暫時解決了，陳王被聖上勒令禁止出府。」

鍾菱明顯鬆了一口氣，她歪著頭看向一旁的懷舒，朝著他笑了笑。

在知道鍾菱是自己的親生女兒後，這是懷舒第一次和她對視。

她的眼眸清透明亮，逐漸和懷舒記憶裡的那個小女孩重疊。懷舒不由得眼眶一熱，他別過頭去，掩飾情緒的洶湧。

氣氛好像有點……奇怪？

鍾菱皺了皺眉，將求助的目光投向了鍾大柱。這是發生了什麼，怎麼能讓一直都溫和淡然的懷舒師父變成這樣？

面對鍾菱的疑惑，鍾大柱沒有作答，只是嘆了口氣。雖然他也沒想好要怎麼和鍾菱說出實情，但很顯然，懷舒比他更繃不住情緒。

恰好林聽嵐和宋昭昭替鍾菱端了粥和蒸蛋進來，鍾大柱乘機扯了一把懷舒的衣裳，皺眉朝他做了一個口形。

你冷靜點！

這是他們暫時達成的共識。

懷舒不知道要怎麼向鍾菱解釋，自己缺席多年的事情；而鍾大柱也不知道要怎麼和鍾菱開口，闡述自己冒認了她爹爹的心態。

因此，在陳王的威脅沒有消除之前，他們並不打算直接對鍾菱開口。這樣，哪怕鍾菱不願原諒，她在京城裡的安全也可以得到保障。

在他們二人背過身交流的時候，宋昭昭向鍾菱解釋了她昏迷的這兩天發生的事情，略過了鍾大柱藉皇帝的手調動禁軍的事情，她將其他的事情原封不動的描述了一遍。

鍾菱喝著粥，時不時點頭應幾聲。

她實在是餓極了，但又尚存著理智，不讓自己進食得太快、太多。

她端著碗，沒慢下調羹，但吞嚥的動作又慢條斯理。一碗粥見底，宋昭昭的講述也剛好收尾。

鍾菱接過帕子，擦了擦嘴角，開口問道：「祁珩呢？」

啪嚓——

隨著鍾菱話音剛落，一聲瓷器掉落的碎裂聲響徹整個房間。

鍾大柱有些錯愕的扭頭，只看見懷舒的手懸在空中，他微斂著眼眸，盯著床上的被角，臉色青到發黑，眉間的溝壑極深。從鍾大柱的角度，甚至可以看見他脖頸間突起的青筋。很難想像此時保持沈默，到底需要多大的毅力。

「我們來收拾。」

鍾大柱一刻也不敢耽誤，找著懷舒出了門。

林聽嵐和宋昭昭幾乎是瞬間就明白了是怎麼一回事。她們對視一眼，有些膽顫心驚，不敢開口，生怕鍾菱發現什麼不對勁。

但此時的鍾菱心裡堆壓了太多的事情了。

她知道懷舒的反應很奇怪，也隱約有一瞬覺得鍾大柱和懷舒是不是相處得有些太自然融洽了。

鍾菱暫時分不出精力來思考，她看向宋昭昭，有些急切的開口道：「帳本在哪兒？」

「在我這裡。」

鍾菱被抓之前，交代宋昭昭的最後一件事情便是這帳本，宋昭昭便將這帳本時刻帶在身上。

「沒有人看過裡面的內容吧？」

「沒有。」

這帳本記載的東西實在是太過於隱秘，知曉了裡面的內容，說不定會惹來殺身之禍。

鍾菱接過帳本後翻了一遍，合上的時候，鬆了口氣。

雖然還不清楚為什麼，但是顯然陳王被暫時困住了。有這些實質性的證據在手裡，加上之後祁珩的運作，應該沒什麼大問題了。

「祁珩還有多久才能從貢院出來啊？」

「明天。」

祁珩踏出貢院的時候，忍不住長舒了一口氣。

為了能盡快填補上朝中空缺的崗位，此次會試不僅時間提前了，在閱卷的時候也動用比以往更多的人手。

眾人近乎晝夜不眠，強度就連習慣了處理繁雜政務的祁珩，都覺得有些吃不消。

祝子琛更是差點累倒，他每日就絮絮叨叨著小食肆的菜名，全靠著一股氣在撐下去。

只是祁珩作為主考官，要去和皇帝匯報卷子的整體情況，祝子琛還得留在貢院裡，做繁雜的收尾工作。

雖然祁珩還沒回翰林院，但不用看他也知道，他的案桌上一定堆滿了各種等著他處理的公文事務。但是匯報完，應該可以去小食肆吃一頓飯，再回翰林院。

想到這裡，他連走向文德殿的腳步都輕鬆了幾分。

祁珩是天子身邊的近臣，也因此他和伺候在御前的宦官都混了眼熟，比別的官員少了道查驗的流程。
宦官一路引著祁珩往殿裡走去，在走過繁花錦簇的長廊後，卻在緊閉的門前被攔住了。
「陛下暫時不在殿裡，請祁大人移步偏殿稍作歇息。」
雖然有一些疑惑，但祁珩還是跟著宦官朝著偏殿走去。皇帝一向守時，但偶爾有臨時要處理的事情，也正常。
宦官告退後，祁珩便熟門熟路的從書架上抽出一本典籍，隨手翻看了起來。
宮中一向靜謐，書頁翻動的聲音便格外清晰，連指尖摩挲過宣紙表面的細碎聲響都清晰可聞。
在這樣極其安靜的環境裡，有一陣交談的聲音，似是從很遠的地方，被風吹了過來，落在偏殿的窗欞上。
「無論是錢還是官職，只要將軍開口，朕都可以答應。」
是皇帝的聲音。
祁珩微微皺眉。
是什麼將軍，能讓皇帝開出這麼好的條件。
另一個聲音略帶些許無奈。
他說：「陛下，這不是錢的問題。」
這個聲音，聽著有些耳熟。

「那將軍需要什麼？」就算被這樣反駁，皇帝依舊語氣平緩，他頓了頓，略提高了一點音量。

「聽聞將軍有個女兒在京城中經營一家食肆？此事她也立下大功，還請將軍替朕詢問一下，鍾姑娘想要什麼賞賜。若是想要錢財，朕可出資，讓她開京城最大的酒樓；若她想要萬人敬仰，那朕的後宮，尚且還空缺。」

食肆……鍾姑娘……

祁珩腦子裡嗡嗡作響，手上失了力氣，書卷掉落在地上。

這個將軍……是鍾大柱。

皇帝知道他是鍾遠山了。

但真正讓祁珩感到天翻地覆的，是那句「後宮尚且還空缺」。皇帝為了拉攏鍾大柱，想要將鍾菱納入後宮。

祁珩怔怔的盯著那半掩的窗，像是脫了力似的，緩緩靠向書架。

鍾大柱從宮裡出來的時候，有些煩躁。

當初坦白自己的身分，只是想暫時救下鍾菱，並且在處理完陳王的事情後，重新回去做普通人的。

但皇帝在得知他依舊活著的消息的時候，便是一心想要他掛帥，親自操練赤北軍新軍。

皇帝雖說著不急，卻三番五次的派人來請鍾大柱進宮。

最教鍾大柱覺得棘手的，是皇帝的態度。

先帝是一個心狠手辣並且極其擅長玩弄權術的人，身為主將的鍾大柱，不管過了多久，本能的就會對皇帝這一身分心存警惕。

但是這才短短幾日，鍾大柱對小皇帝的態度就已經從警惕，變成了無奈。

這大概就是鍾菱經常掛在嘴邊的「真誠就是最大的必殺技」了吧。雖然鍾大柱並不清楚是什麼意思，但是莫名就是覺得很貼切。

皇帝實在是太真誠了，不僅沒有一點脅迫的意思，甚至開出的條件都是站在鍾大柱的角度，細心在為他考慮。

在這勾心鬥角的朝堂之上，實在是太難得了。

但鍾大柱婉拒了皇帝留他用午膳的邀請。

他是背著鍾菱找了藉口出來的，而今日懷舒回了一趟寺廟裡，準備去取些東西回來。

懷舒日前用小食肆的擀麵棍打鬥，擀麵棍已經不堪負荷，將要斷裂了。懷舒找了一圈尋不到順手的武器，而且他光個腦袋，不穿僧袍就不方便出門，因此不得不回一趟山上。

小食肆今天照常營業，以鍾菱的性子，她一定不會閒在後院裡，會去店裡走走。

雖然陳王被暫時勒令禁止出府，但是唐之毅在牢裡，唐家還在外面奔波。唐之玉本就和鍾菱不和，若是她氣急敗壞，說不定要來找小食肆的麻煩。

自從鍾菱被陳王強行帶走後，鍾大柱和懷舒都有些緊張到神經質了。他們兩人好像回到了很多年前，剛做爹爹的時候，只恨不得寸步不離的盯著鍾菱。

而這一切，鍾菱還不知曉。

想到這裡，鍾大柱加快了往回趕的腳步。

今天江左和江右都回祁府了，府裡的成年男人只有溫謹言和韓師傅。一個標準的文人，一個憨厚老實。

鍾大柱看了一眼牆邊努力探頭的淺粉色桃枝，總覺得心裡有些發慌，好像有什麼事情要發生一樣。

事實證明，鍾大柱在這一方面的直覺非常準。

馬車緩緩停在小食肆後門的巷口，鍾大柱下馬車後，朝著那趕車的侍衛微微頷首道謝。在侍衛受寵若驚的目光中，鍾大柱腳步飛快的往小食肆的後門趕去。

遠遠看見大門的時候，鍾大柱才稍稍鬆了一口氣。

但是他這一口氣才鬆到一半，就聽見後門裡傳來極其爽朗的笑聲。

「鍾遠山回來了，小爺也是有靠山的人了，這不是能在京城橫著走了?!」

鍾大柱臉色倏地就黑了。

第五十八章

鍾菱在睡了很久，又結結實實補了兩頓後，徹底恢復了過來。

小食肆裡的一切，都按部就班的進行著，似乎沒有受到鍾菱不在的影響；甚至韓師傅已經將菜單改過一遍，換上了春季的時令菜。

後院裡的人，也是前所未有的多。

出於安全考慮，林聽嵐一家還是住在鍾菱這裡。

溫謹言被鍾菱趕去溫書了，眾人還特地給他騰了一間房間出來，讓溫書語和阿旭一起住，林聽嵐去宋昭昭房間擠擠，好讓溫謹言專心備戰即將到來的殿試。

最出乎鍾菱意料的，懷舒居然開口說想要留在京城住一段時間，鍾菱自然是舉雙手贊成。

她沒問，但是看懷舒和鍾大柱的相處模式，他們在赤北軍時應當相識。

雖然他們這兩天的反應實在是很奇怪，但是鍾菱只當作是久別重逢後的情難自禁，也就很善解人意的沒有去打擾。

在鍾菱看來，雖然陳王看起來非常難鬥，但是她對前世收集的證據，有著十足的信心。

那帳本裡，可是連埋屍的位置和埋屍的人都記載得清清楚楚，還有陳王行賄確鑿的人證、物證紀錄，只要在查案過程中，沒有被扣押，那絕對夠陳王喝一壺的了。

鍾菱現在只等著將這個帳本交給祁珩就可以了，祁珩可以將這些直接遞到皇帝案前，想要削藩的皇帝，應該很難拒絕這送上門的一把利刃。

這件事情在鍾菱看來，已經結束了。

所以她並不理解，為什麼大家有時候看向她時，眉目間滿是擔憂和凝重。

只是這帳本的內容，鍾菱不敢說出去。大家都是安分守己的普通人，不能把他們牽扯進來。

尤其是她爹和懷舒，都為了她去劫陳王的車隊了。要不是有赤北軍將士的身分在身上，又剛好借調了陸青的禁軍，說不定真要翻車了。

這證據雖然確鑿，皇帝雖然清明，但聖心畢竟難測。

鍾菱沒辦法解釋證據的來源。懷舒和鍾大柱說不定要重新加入赤北軍，不能在這裡讓他們被皇帝懷疑，毀了他們的清白。

鍾菱站在水池邊清洗著新鮮的薺菜，她突然環顧了一圈，沒有尋到鍾大柱的身影，毫不猶豫的放下了手裡的薺菜。

「我爹呢？」

在井邊擇菜的宋昭昭仰起頭，支支吾吾了兩聲，最後搖了搖頭。

鍾菱扠著腰，側過目光看向阿旭。

阿旭剛在和蒸蛋玩鬧呢，感受到鍾菱的目光看了過來，他迅速的蹲下身，整個人往蒸蛋身後藏去，一人一狗的身上寫滿了抗拒。

鍾菱終於意識到了不對勁，她微微皺眉。「你們……有什麼事情瞞著我？」

懷舒今天一早就出門了，他是在餐桌上，和所有人都打了招呼的，但是鍾大柱沒有。

他們二人都不在，這讓鍾菱莫名有些心慌，她擔心陳王或者唐家報復懷舒和鍾大柱。

宋昭昭下意識和阿旭對視，看見兩人的沈默，讓鍾菱一把拽下腰間的圍裙，抬腿就往店裡走去。「我去找他。」

宋昭昭驚恐的和阿旭對視一眼，兩人忙放下手裡的菜和狗，起身去追鍾菱。

他們當然知道鍾大柱是去宮裡，但是這不能和鍾菱說啊。

正在熬湯的韓師傅有些錯愕的抬頭，看向快步穿過後廚的鍾菱，而緊跟在鍾菱身後的，是滿臉驚慌失措的阿旭和宋昭昭。

現在還不是營業的點，店裡空空盪盪的，只有林聽嵐在櫃檯後記帳。

眼看著鍾菱就要走到半掩著的大門前了。

阿旭急中生智，大喊道：「不是的，師父他沒事！」

他的話，讓鍾菱腳下一頓，她有些狐疑的扭頭問道：「真的？」

「真的！」似是為了證實阿旭說的，宋昭昭立刻站了出來。

「懷舒師父把擀麵棍敲壞了，不好意思開口說，他前幾日就訂了根新的，出門前拜託了鍾叔去取。」

宋昭昭也不知道自己是怎麼回事，可能是這幾天經歷得實在是太多了，居然能臉不紅、氣不喘的就編出了一個理由來。

甚至這個理由還非常合情合理，教人一下子挑不出來問題。

林聽嵐和阿旭都向宋昭昭投去了讚賞的目光。

昭昭成長了！

「真的？那你們為什麼支支吾吾不說？」

頂著鍾菱疑惑的目光，宋昭昭面上不顯，實際上一顆心已經跳到了喉嚨。

她撓了撓臉頰，掩飾了一下慌亂。「懷舒……懷舒師父不好意思開口說，原本打算偷偷把擀麵棍還回去的，所以才沒有當眾說。」

鍾菱小小的震驚了一瞬，但仔細想想，這確實像是懷舒師父的風格，讓她瞬間打消了疑惑。

潛意識裡，鍾菱不相信宋昭昭會騙人。

同理，雖然鍾大柱和懷舒這段時間很不正常，但他們也不會騙她，做出什麼害她的事情來。

既然林聽嵐和宋昭昭都在，鍾菱也不急著回去，她拉了一把椅子，和林聽嵐詢問起送宋昭昭去上學的事情。

林聽嵐一開始還以為鍾菱發現了端倪，在她坐過來的時候，嚇出了一身冷汗。好在，只是說學堂的事情。

其實按照鍾菱的計劃，這幾日就該送宋昭昭去學堂的，結果被耽擱了。

京城的學堂營運模式和江南差不多，林聽嵐跟鍾菱說了些要準備的東西。

鍾菱當機立斷，準備將帳本交給祁珩後，就送宋昭昭入學。畢竟讀書這件事，還是要趁早。

雙方姊姊就家裡弟弟、妹妹學習的事情，展開了友好的交流。

這時後廚裡飄來一陣濃烈的香味，鍾菱用力聞了聞，只覺得胃裡的饞蟲都被喚醒了。

「是韓師傅的醬豬骨。」

這道菜是鍾菱點的。她喝了兩天的豬骨湯，強烈要求吃點濃油赤醬的大菜。韓師傅拍著胸脯保證，立刻決定了做醬豬骨這道菜。

鍾菱將小食肆的大門打開，看到隔壁糕點鋪前已經排起隊了。

正值春暖花開的季節，周蕓將原本荷花酥的配方改了，做了些顏色鮮嫩，花草樣式的酥點。

鍾菱不過是在門口站著張望了兩眼，就有三、五個客人結伴進來。其中有一個熟客，看見鍾菱的時候還有些驚喜。

「好久不見啊，鍾姑娘！妳病好了啊！」

鍾菱消失的這段時間，小食肆對外都是稱她生病了。

雖然她可以忍辱負重，做出暫時嫁給陳王的決定，也暫時拋下周圍人的看法，但這不代表鍾菱可以接受風言風語流傳。

而且小食肆出過被栽贓陷害的事情，所以就算那天早上有人看見鍾菱被帶走，在小食肆眾人堅定的否認下，也沒有人繼續往這方面想了。

陳王還是死愛面子，他雖然願意為鍾菱兜那麼大的圈子，卻不願意張揚他納了一個貧賤出身的商戶女，這倒是省得鍾菱去澄清了。

和熟客客氣了幾句，店裡就已經坐了大半的人了。鍾菱感嘆了一下，暗下決心，一定要將小食肆二樓的擴建提上日程。

客人一坐下，就開始聊起了赤北軍和鍾遠山。

鍾菱也聽了一耳朵。

那人估計是考完會試的書生，文采和口才都相當不錯，硬是將鍾遠山闖宮門的事情，描繪出了一種千里走單騎的豪邁和壯闊感。

鍾菱很想再聽一會兒的，畢竟那可是鍾遠山啊。

但店裡已經坐滿了人，她得快點去洗薺菜了。現在薺菜羹和薺菜餃子都很受歡迎，不多準備點，一會兒點的人多了，就會手忙腳亂。

就在鍾菱踏入後廚的時候，那兩個客人聊到了禁軍。

「聽聞那日鍾將軍帶了一隊人馬往清水街來了呢！你說這小食肆的姑娘也姓鍾，他們有沒有關係啊？」

一個熟客忙擺手道：「怎麼會呢，小食肆開業的時候，我瞧見過鍾姑娘爹爹。若說是容貌如玉的鍾將軍，總覺得不可能。」

「說得也是。我聽說前幾日，東城府獄那裡有人劫獄，說不定鍾將軍是去查這事的。」

「有人劫獄？好大的膽子啊。」

一直坐在櫃檯後面的林聽嵐聽得脊背一陣發涼，她生怕這幾個書生下一瞬就要把真相猜出來了。

林聽嵐看了一眼後廚的方向，暗自鬆了口氣。好在鍾菱已經走了，沒有聽見。

鍾菱根本不知道前面發生了什麼，她低頭清洗完一盆菜，交給了韓師傅。

她想要掌勺，卻被韓師傅以太過勞累為由，冷漠拒絕了。無奈鍾菱只好領了一盆子的甜菜根，端到水池邊，準備削皮。

甜菜根是酥點染色的主要材料，需求也很大。鍾菱抱了一大木盆的甜菜根，到水池邊放下。

如今天氣轉暖，不僅陽光帶了更多的暖意，稍稍動一動，便會出一頭汗。

鍾菱正想著要不要去換一身薄些的衣裳，後門突然傳來了些許聲響，隨後便是一陣敲門聲。

正是用餐的時間點，誰會到後門來？

鍾菱有些疑惑，她被陳王這事搞得警惕不少，即使是大白天，她打開門的時候，也只是開一條縫，小心翼翼的往外看。

看見門外那張濃妝豔抹的臉，讓鍾菱有些驚訝。

唐之玉這個時間出現在這裡，是想要幹什麼？

鍾菱的動作比腦子快，她幾乎是下意識就要合上門；但唐之玉的反應也相當快，在鍾菱動手的一瞬間，唐之玉那玉白的手指便生生握在門縫上，逼得鍾菱停了下來。

「我是一個人來的。」說罷，像是證明似的，唐之玉抬手，將門推開了一些。

門外確實只有她一個人。

鍾菱沒好氣的抱著手臂，冷冷開口道：「什麼事？」

她很討厭唐之玉剛剛伸手的動作。唐之玉從小就知道怎麼拿捏她，就像剛剛她篤定鍾菱不會真的夾她手指一樣。

曾經在陳王府的時候，唐之玉也是篤定鍾菱不會放任小貓不管，就將小貓丟到水池裡，然後在岸上笑著看鍾菱跳下水池救小貓。

這一招，只要唐之玉出手嘗試，鍾菱每次都會中招。

鍾菱心中的良知，不允許她和唐之玉站在同一邊。

唐之玉踏進後院，語氣平淡。「我有事相求。」

「妳這是求人的態度？」

空氣中短暫沈默了一會兒。

很顯然，唐之玉並不適應在鍾菱面前扮演這樣的角色。她緊咬著牙，臉上的妝容都快要壓不住她難看的臉色了。

就在鍾菱以為她就要扭頭走人的時候，唐之玉居然低了低頭，語氣和緩了很多。「我是想求妳，救救之毅。」

唐之毅被關進牢裡後，便徹底斷絕了和外界的音訊。他進牢那麼多天，唐之玉甚至不知道他是不是還活著。畢竟天牢裡的刑具，是出了名的凶殘恐怖。

唐之玉已經動用了所有的關係，如今聯繫不上陳王，她才想起鍾菱。

走投無路的唐之玉，只能將所有的希望都寄託在鍾菱身上，畢竟他們之前也有過一段姊弟緣分……

「不行。」鍾菱毫不猶豫的就拒絕了。

「小菱，我們之前畢竟也是一家人，何必要鬧成這你死我活的樣子？」唐之玉的聲音溫和，企圖感化鍾菱。

但很顯然，鍾菱並不吃這一套。

她冷笑一聲，雙目清明。「妳現在跟我是一家人啦？沒事叫我小雜種，現在有事求我就叫我小菱了？當著我爹的面，一口一個泥腿子、殘廢，現在來找我們認親戚了？」

鍾菱每說一句話，唐之玉的臉色就差上幾分。

鍾菱已經不是當年那個任人拿捏的鍾菱了，她身上甚至有一股威壓，讓唐之玉有些喘不上氣。

「還有，別以為我不知道。」鍾菱目光一冷，她死死盯著唐之玉，一字一句的道：「妳和唐之毅，早就想拿我當禮物，送給陳王。」

此話一出，唐之玉的臉色瞬間大變。

「所以，這都是他咎由自取，怪不得我。」

唐之玉蒼白著一張臉，伸手指向鍾菱，素白的手指在陽光下打著顫。「妳……」

「妳走吧，這事我不可能幫忙的。」

「妳真的不顧唐家這麼多年的養育之恩嗎？」

「唐之玉！當初急著趕我走的人可是妳！」鍾菱陡然提高幾分語調，語氣凌厲了許多。「梁神醫那邊，也是我打的招呼！妳以為我不想報恩嗎？我給老爺子送八寶飯，轉頭就被你們狀告了官府，妳說，我還敢報這個恩嗎?!」

這些話，是鍾菱今生的經歷，但摻雜著前世的憤恨。

她曾經無比怨恨唐之玉，但今日對質的時候，卻沒有了當初想要將她撕碎的想法了。

上天是公平的，他們唐家作了惡，終究是會遭到報應的。只是前世的鍾菱沒有等到，但今世，似乎已經窺見苗頭了。

鍾菱的情緒有些激動，她小口的喘著氣，看向唐之玉的目光冰冷至極。

唐之玉同樣情緒激動，她怎麼說也是京城一等一的富商，何曾被人這樣罵過。此時脹紅了一張臉，胸膛劇烈起伏著，看向鍾菱的目光滿是憎恨。

「妳……妳以為妳找回親爹，是一件幸運的事情嗎？」唐之玉啞著嗓子，眼眸之中浮現出幾分癲狂。「妳連自己的爹都認錯了，哈哈哈。」

理智告訴鍾菱，不能聽信唐之玉的話。

但是這句話的訊息量實在太大了，她還是忍不住問道：「妳在說什麼？」

唐之玉的動作一頓，她似笑非笑的看向鍾菱，微微勾起了嘴角。「哦……原來他們都還瞞著妳呢。

「妳爹，那個殘廢！就是鍾遠山！那日是他去皇宮裡請陛下幫忙，搬來了禁軍！」

唐之玉瞪著眼睛，帶著一種不管不顧的幸災樂禍，惡狠狠的看向鍾菱。她像是道出什麼真理似的，透著一股居高臨下的優越感，像是下判決似的，篤定的開口。

「誰都知道，鍾遠山的妻女早已死在了城牆上，妳根本不是他的女兒。」

第五十九章

鍾菱一怔，一時間說不出話來。過往的一幕一幕快速的在腦海中切換，畫面一閃而過，卻清晰到鍾菱記得每一處的細節。

唐之玉說，鍾大柱不是她爹，簡直荒謬至極！

若鍾大柱不是她爹，為何前世他會來替她收屍？為什麼上唐家將她帶走？又為了她開小食肆的想法和祁珩達成協議？

若鍾大柱不是她的爹爹，根本不需要做到這一步！

鍾菱開口想要反駁，但大腦卻清醒又忠誠的，將他們初見時的畫面從記憶裡抽出來。

她緩緩閉上嘴，面色凝重了幾分。

鍾菱從始至終，都一直堅定信任鍾大柱，但這不代表她察覺不到那些異常。在唐家時，鍾大柱平靜得詭異，在鍾菱剛到赤北村的時候，還被冷漠對待了很長一段時間。

哪怕之後鍾大柱態度緩和了很多，鍾菱還是覺得他的目光是空洞無情的，常常透過她，落在時空交會的某一個節點上。

他們之間，有無數不曾說出口的秘密。

如果……如果鍾大柱真的不是她的親爹，那一切都可以解釋得通了，而這幾日鍾大柱和懷舒的異常舉動，也有了解答。

儘管鍾菱很不想承認，但是面前這些合理得教人挑不出問題的推論，讓她不得不面對真相。

她真的不是鍾大柱的女兒。

這個結論一旦產生，便以一種極其迅猛的姿態在鍾菱心中扎根萌芽，枝葉汲取走養分，她的心，變得空空盪盪的，風一吹，迴盪著徹骨的涼意。

現在她知道了這件事情的真相，他們之間要怎麼相處？他們之間的父女緣分，還能再繼續下去嗎？

鍾菱臉上的茫然和失神實在是太明顯了，她微微張著嘴，目光渙散，眸中沒有了往日的光彩。

唐之玉扠著腰，得意的哈哈大笑了起來，聲音尖銳猙獰，刺耳得教人忍不住皺眉。

她早就失去了理智，也忘卻了自己的來意。

就像無數次想將鍾菱那從容得體的面具撕下來、扯碎一樣，她現在只想看鍾菱吃癟，要看鍾菱也露出那種走投無路的驚慌和茫然。

好像這樣，她們才是平等站在一起的，而不是誰又被誰居高臨下的俯視著。

「這不重要。」鍾菱長吸了一口氣，收斂了面上的情緒。

笑聲隨著鍾菱的開口，戛然而止。唐之玉緊皺著眉，繃著一張臉和鍾菱對視。

目光碰撞的一瞬間，風起雲湧，無形的火星子在庭院裡飛濺。

就在她們無聲對峙的時候，有一陣風風火火的腳步，頂著火星子，闖進了後院。

鍾菱剛想扭頭，就被不知從哪兒竄出來的鍾笙護在身後。

她被完全籠罩在影子裡，這一片由鍾笙肩膀撐出的小小空間，在這一瞬間給了鍾菱極大的安全感，也讓鍾菱那一顆胡亂飄搖的心，暫時安定了下來。

似乎，一切並沒有那麼糟糕……

「妳這個女人，想要搞什麼鬼，笑得這麼難聽，隔八百里遠就聽到了，真你大爺的倒胃口！」鍾笙還是一如既往的暴脾氣，他單手扠著腰，張嘴就開始罵。

「別以為仗著所有人都不在妳就可以上門欺負小鍾，我告訴妳，小爺我是不打女人的。妳最好趁著小爺改變這個決定之前，麻溜的從這後門滾出去，要不然後果自負！」

鍾菱在背後扯了扯鍾笙的衣服，卻一點也沒有拉走他的注意力。

他不僅語速快，嗓門也大。唐之玉被氣得直瞪眼，想要開口打斷鍾笙，卻怎麼也插不進嘴。

鍾菱只好用力拍了拍鍾笙的肩膀，強迫他閉嘴，而後頂著鍾笙滿臉的不解和茫然，徑直走到了唐之玉面前。

鍾菱抬起手，虎口抵在唇邊，輕咳了兩聲。她再抬頭時，目光平靜。

「不管他和我有沒有血緣關係，這個爹我認一輩子。讓妳失望了，妳走吧。」

鍾菱的語氣淡淡的，但她身後的鍾笙的情緒一點也不穩定。

他站在鍾菱身後，在她看不見的地方，朝著唐之玉用力揮了揮拳頭，眼中的警告之意，就差寫成字貼在腦門上了。

這種情況下，唐之玉就算再瘋，也不會去和鍾笙硬碰硬的。畢竟，她本質上是最愛自己的，她不會讓自己陷入被鍾笙揍一頓的風險裡。

更何況，後院裡雖只有他們幾個人在，但是此刻後廚的窗戶上，明目張膽的扒著好幾個人，其中阿旭還舉著柴刀，不錯眼的盯著他們，顯然是做好了衝出來的準備。

孤身一人的唐之玉，徹底失去了主動權。她咬咬牙，轉身離開了。

看著唐之玉落魄離開的背影，鍾菱鬆了一口氣。

還沒等她回頭，鍾笙已經握住了她的肩膀，滿臉緊張的詢問道：「妳沒事吧，她沒對妳做什麼吧？」

鍾菱下意識的搖頭。

這個時候，阿旭和宋昭昭也從後廚出來了，他們二人直奔到鍾菱面前，滿臉的關心。

鍾菱只好耐心的解釋了唐之玉的來意。

阿旭和宋昭昭不是擔心鍾菱受傷，他們趴在窗戶上盯了全程，知道唐之玉甚至沒有靠近過鍾菱，但唐之玉的那句「妳不是他女兒」，說得實在是太大聲了。

被眾人齊心瞞下的真相，就這樣被唐之玉掀開了。

兩人心驚膽戰的旁觀到現在，此時眼巴巴的看著鍾菱，想開口，又不知道要說什麼。
鍾菱幾乎是瞬間就反應過來了。
他們倆的臉上，只有擔憂、沒有驚訝，顯然是早就知道她和鍾大柱沒有血緣關係了。
鍾菱若有所思的微微側目。
後廚裡，韓姨和周蕓也暫時放下了活，有些擔憂的往他們這邊看過來。
豈不是……大家都知道了？
鍾菱有一瞬間感到了前所未有的迷茫。為什麼大家要瞞著她，鍾大柱到底是什麼打算？
鍾菱抓了抓頭髮，輕嘖了一聲。她一向是個坦蕩的人，事情既然發展到了這一步，按照她的性子，自然不可能就這樣當作不知道。
鍾菱迫不及待的想要和鍾大柱坐下來聊　聊。
也是到了這時候，她才猛然驚覺，宋昭昭之前告訴她，鍾大柱去取擀麵棍的事情，顯然也是假的。
於是鍾菱佯怒，壓低了聲音道：「你們說實話，我爹到底去哪兒了？」
宋昭昭和阿旭對視一眼，從彼此的眼中，看到了一瞬的驚慌。
顯然是瞞不住了，阿旭抿了抿嘴唇，老實交代道：「他進宮了。」
只能等鍾大柱從宮裡回來再說了。
鍾菱從來不是一個坐以待斃的人，既然所有人都比她知道的要多，那麼在鍾大柱回來之前，她要努力讓自己掌握更多的訊息。

但就在鍾菱去搬了兩把椅子的工夫，宋昭昭和阿旭已經腳底抹油，溜進店裡了。

一個鑽進店裡，給客人點菜。

一個站在砧板前，手下的菜刀落下極有節奏感的聲音。

「還是太年輕啊。」

唯一一個留在院子裡的鍾笙如是評價。

鍾菱也不去抓他們，她扯著鍾笙坐下。這畢竟是鍾大柱唯一一個血親了，鍾菱有太多的情緒想要排解。

而鍾笙對這個突如其來的「妹妹」也非常感興趣。他單手撐著椅背，認真聽鍾菱說。

鍾菱知道自己並非鍾大柱的女兒時，第一反應是退縮的。

鍾大柱很可能原本只是打算去看一眼戰友或者朋友的女兒，但是完全沒想到要將這個小麻煩帶回家。

他自己的女兒早在十年前就已經離世了，如今突然有一個和他女兒同齡的姑娘，冒冒失失的一頭扎了他的生活中。

鍾菱完全可以想像到，鍾大柱看她的每一眼，都會想起曾經的事情，這該是多麼的煎熬啊？

他曾經有一個女兒，但是如今在他身邊的，卻不是他的女兒。

她藉著鍾大柱伸過來的手，跳出了唐家的火坑，但是她從未仔細想過鍾大柱到底經歷了什麼。

「停！」鍾笙毫不留情的叫停了鍾菱的講述。他有些不解的皺著眉頭，道：「沒想到還能看見這樣妄自菲薄的妳。」

鍾菱眨了眨眼睛，沒有說話。

自她從刑場重生以來，滿心滿眼的都是要回報鍾大柱。將近一年傾注的感情，一旦掀起波瀾，鍾菱是很難抽身的。

關心則亂，就像現在這樣，她發現自己很難保持冷靜去思考。

「妳完全把自己放在一個索取者的位置了。」

鍾笙指尖點著竹椅的扶手，分析道：「妳是在乎他的，所以不自覺的就放低身段了，就像他瞞著妳，怕不知道怎麼面對妳一樣。

「妳是現在才知道他不是妳爹，但他可是早就知道妳不是他女兒啊，但是他還是把妳帶回家了，所以，妳不要太看輕妳自己了，妳對他而言，也有著不一樣的意義。」

鍾笙頓了頓，臉上浮現出一絲懷念。「能讓他重新拾起決心放棄的東西的人，可不多。他就算幫著重建赤北軍，也沒有透露過一點身分，這次卻因為妳直接策馬闖了宮門。

「鍾菱，妳怎麼會覺得，你們之間做不成父女了呢？」

他的語氣很輕，很快就被微暖的春風吹散。

但鍾菱的腦子裡確實被狠狠敲了一記，她錯愕的張了張嘴，半天也沒說出話來。

這就是鍾笙想要的效果。他撐著下巴，笑著問道：「我再問妳，妳是怎麼想的？」

「不管有沒有血緣關係，我都當他是我親爹來孝敬。」

鍾笙打了個響指，滿意的點了點頭。「那就行了。我向妳保證，妳爹他也是這樣想的。」

「真的？」

「當然是真的了，一會兒妳自己問他吧。」鍾笙大手一揮，瀟灑的甩了甩頭，剛剛那沈穩可靠的氣質一下子消失不見了。

鍾笙的話，確實讓鍾菱冷靜不少。

從一個旁觀者的角度，的確能看見很多不一樣的東西。鍾菱經歷的事情比較極端，以至於她在精神極其緊繃的情況下，會產生極端想法。

比如前世的輕生念頭。

但好在，現在她的身邊有很多人陪著，能為她指點迷津。想到這裡，鍾菱的心情也舒緩了很多。

原本焦急想要見到鍾大柱的心，此時也沒那麼焦慮了。

她看著面前的鍾笙，忍不住問出了一直以來的疑惑。「所以這些年的紈袴形象，是你演出來的嗎？」

鍾笙梳理鬢髮的動作一頓，隨後朝著鍾菱咧嘴一笑。「以後都是一家人了，被妳看出來就算了，可別說出去啊。」

他思考了一下，又道：「也無所謂了，鍾遠山回來了，小爺也是有靠山的人了，這不是能在京城橫著走了！」

他說著還手舞足蹈了起來，像是要將這數十年壓抑著的情緒盡數抒發出來。

「妳和我都是有靠山的人了，那可是鍾遠山欸。可他大爺的終於不用再裝……」

空氣中突然響起細微的破空聲。

鍾笙的話被生生截住了，隨著一聲敲打在皮肉上的脆響聲，他猛地從椅子裡彈起來，捂著手臂朝著身後破口大罵。

「操，誰他大爺的敢打我！看小爺不把你頭削下來！」

鍾菱被他嚇得也忙站起來，她扭頭朝著身後看去。

後院的門半掩著，鍾大柱不知道什麼時候進來的，手裡握著一根手指粗細的竹枝，周身氣壓極低，面色陰沈得可以擰出水來。

鍾菱還陷在巨大的驚嚇中沒回過神來，鍾笙則瞇著眼睛打量眼前的男人。

鍾大柱的反應比他們倆都要快，他抬起手裡的竹枝，就朝著鍾笙抽了過去。

伴隨著竹枝破空的聲響，鍾笙的叫聲拔地而起，他下意識的抱頭鼠竄。可竹枝就像是長了眼睛一樣，每一下還是結結實實的敲在了鍾笙的身上。

每一下落在鍾笙身上的竹枝，都夾雜著鍾大柱的怒氣。

在門外聽見鍾笙囂張的話時，鍾大柱的火氣便立即往上冒。整個京城，能這樣直呼鍾遠山為自己靠山的人，便只有鍾笙一個了。

更何況，鍾笙長得像極了他的爹娘，只一眼，鍾大柱便認出他來了。

可憐鍾笙還沒有反應過來眼前這個獨臂男人到底是誰，就劈頭蓋臉的挨了一頓揍。他就是個細皮嫩肉、養尊處優的大少爺，被抽了兩鞭子之後，便疼得理智全無。

他落魄狼狽的在院子裡奔跑躲閃，最後抱著頭，生生擠到了狗窩後面。

這剛轉暖，鍾笙已經換上了春衫，那輕薄的布料無力緩衝下竹枝的抽打，甚至被抽出了兩個大口子來。

鍾笙硬是縮成了小小的一團，整個人都在控制不住的顫抖。

鍾大柱就站在狗窩前，拿著竹枝的手垂在一旁，周身盤旋著雲雨，氣壓低沈得教人喘不上氣。他生氣的時候，總是這樣一言不發。

鍾笙怯怯的抬頭看向鍾大柱，卻被那極強的威壓逼得低下頭，整個人抖得像篩子一樣。

他甚至覺得沒將脊背暴露在鍾大柱的視線裡，非常沒有安全感，於是企圖朝狗窩裡挪動。

這個舉動更加惹怒了鍾大柱，當那竹枝再度舉起時，破空聲凌空而起，鍾笙一顫，用力將腦袋埋進了臂彎裡。

但是想像中幾乎能將人劈碎一般的疼痛並沒有出現。

鍾笙驚魂未定的小心翼翼抬起目光。

是鍾菱拉住了鍾大柱的衣袖。她只用了兩根手指頭捏住鍾大柱的衣角，卻讓鍾大柱那已經高舉起來的手頓在了半空中，沒有落下。

她眨了眨眼睛，略帶討好的喊了一聲。「爹！」

鍾菱其實沒有想好要怎麼和鍾大柱相處，但是鍾大柱出現得實在是太突然了，如果再不出手攔，以鍾大柱這怒火中燒的程度，鍾笙說不定真的會被打得半死不活。

鍾大柱垂下手臂，低頭看了鍾菱一眼。

他的目光深沈複雜，讓鍾菱覺得肩頭一沈，她張了張嘴，想要說些什麼。

但鍾大柱卻猛地一轉身，像是不願面對一般，快步離開了。他走到柴堆邊，將竹枝隨手扔在一旁。

望著那略顯孤寂的背影，鍾菱猶豫了一瞬，還是決定先搶救趴在地上的鍾笙。

畢竟在鍾大柱轉身之後，鍾笙就開始哼哼唧唧，並且隨著鍾大柱越走越遠，哼哼得更大聲了。

韓師傅還在後廚裡忙，鍾菱只好去敲了溫諢言的門，請他幫忙給鍾笙上藥。

那被抽破了的輕薄春衫上，還沾染了星星點點的殷紅，可見鍾大柱下手之重。

溫謹言在鍾笙的後背上了藥，又尋了一條薄被，蓋在他身上。

鍾菱抱著手站在床邊，上下打量了一眼委屈得眼睛快能滴出水的鍾笙。「你說你，這麼能耐的一個人，怎麼這個時候也不反抗一下呢？」

鍾笙聞言想從枕頭裡抬起下巴，溫謹言正在給他的手臂上藥，在一道絳紫色的抽打痕上抹上一點乳白色的藥膏。

溫謹言的指腹抵在手臂上的一瞬間，鍾笙就變了臉色，他像是一條突然被釣上岸的魚一樣，繃直了脊背，脖頸上爬上猙獰的青筋。

「嗷嗷嗷！疼！」

這淒慘的叫聲讓鍾菱下意識的皺了皺眉，有些於心不忍的別開目光，抬手堵上耳朵。

說實話，這是鍾菱第一次見到這麼生氣的鍾大柱，和那個總是坐在柴堆旁沈默劈柴的男人，完全不一樣。

可能……這才是真實的鍾大柱吧。

那個所向披靡的鍾遠山將軍。

現在稍微冷靜下來，鍾菱也從一開始的震驚和慌亂，逐漸被不真實的感覺所包圍。她之前還和食客們一起八卦鍾遠山呢，結果發現鍾遠山就在後院裡劈柴。

這實在是……荒誕又令人感覺離譜。

鍾菱站在床邊神遊，但鍾笙的鬼哭狼嚎時不時將她的思緒強行扯回來。

連貫的思維屢屢被打斷的感覺一點也不好受，鍾菱皺著眉，四下打量了一圈，最終目光落在案桌上，溫謹言那廢稿紙上。

真的很想要用紙團堵住鍾笙的嘴！

但是這個想法還沒能付諸實踐，許是鍾笙的叫聲實在是太過於慘烈了，一直站在院子裡的鍾大柱推門進來了。

在門被推開的一瞬間，整個房間像是被突然按下了靜音鍵一樣，瞬間沒了聲響。

鍾笙整張臉埋進了枕頭裡，聲音像是從喉嚨裡擠出來的一樣，極其艱難的喊了一聲。

「小叔叔。」

「嗯。」

鍾大柱應了一聲，聽不太出什麼情緒。

他瞥了一眼鍾笙裸露在外的手臂上，那凌厲的鞭痕，心裡便有了定數。

雖然在打人的時候，他很生氣，但卻避開身體的要害位置。鍾笙叫成這樣，單純就是因為他養尊處優慣了。

「鍾叔，那我先出去收拾了。」

溫謹言極其會看人臉色，他知道鍾大柱一言不發的站在這兒，一定是有話要講。於是他端起放在一旁凳子上的水盆，走時還貼心的替他們掩上了門。

溫謹言走後，屋內寂靜了好一會兒。

這樣的沈默讓鍾菱覺得非常的壓抑，她看看鍾大柱，又看看一直止不住發抖的鍾笙，想了想，還是沒有開口說話。

氛圍又僵持了一會兒後，鍾大柱緩緩開口。「疼嗎？」

這輕飄飄的兩個字，竟教鍾笙掉了眼淚。

這個張揚跋扈的青年，將整個臉埋在枕頭裡，抽噎的聲音悶悶的穿過棉花，飄蕩在空氣中。

他哽咽著，用力點了點頭。「疼！」

鍾笙在家中遭遇變故的時候，也不過十來歲，他在一夜之間便失去了所有的親人。

他孤身在黑暗中行走了很久很久，從少年逐漸成長為一個男人。而此刻，他彷彿還是那個十一、二歲的男孩，會哭著和自己的小舅舅喊疼。

只是他已經被過繼到鍾家，小舅舅成了小叔叔，鍾遠山也變成了鍾大柱。

一切好像沒有改變，但又物是人非。

畢竟是自己看著長大的孩子，見鍾笙壓抑的哭著，鍾大柱的眼底還是閃過了一絲心疼，但他開口的時候，卻是生硬且不近人情。

「你娘不會想要看見你長大了是這副模樣的。」

此言一出，站在一旁的鍾菱便倒抽了一口氣。

這話實在是太扎心了！就算不是對著她說的，但即使僅僅是被森冷氣息波及到，鍾菱都忍不住哆嗦了一下。

鍾笙原本顫抖的脊背，突然定格，他一動不動的趴在那裡，似是連哭都不敢再哭了。

鍾菱心下一酸，就在她背過身去揉眼睛的時候，她清晰的聽到了，身邊傳來一聲悠長的嘆氣。

「這些年，一個人撐起鍾家，辛苦了。」一雙寬厚的手，蓋在鍾笙的後腦勺上，用力的搓揉了一下。

一瞬間，鍾笙覺得自己好像回到了小時候。

像是無數次在校場上奔向鍾遠山那樣，被用力的抱住，然後頭髮被揉得亂七八糟的，那爽朗的笑聲還反覆迴盪在耳邊。

鍾笙緊緊閉著眼睛，任由眼淚肆意橫流，染濕了枕巾。

世人只知鍾笙紈袴，被陛下逐出京城，卻不知他這一手看似被打壓，實則是悄然淡出世人的視線，護住了只剩下他一個人的鍾家。

鍾菱能想到這一點，鍾大柱自然也可以。

在體會到這一份關心和理解後，鍾笙已經哭得有些忘我了。

鍾菱擔心他把枕頭芯給哭濕透了，忙將帕子塞了過去。

她試探的看了一眼鍾大柱，提議道：「要不叫……哥哥在店裡住幾日吧。人多，熱鬧。」

「妳……」鍾大柱看向鍾菱時，目光更加晦暗不明。

鍾家教育男丁的手段本就直截了當，他可以因為鍾笙紈袴的舉止責打他，鍾笙也不會因為遭到責罵而負氣離開。

可鍾菱不一樣，鍾大柱沒有任何立場要求鍾菱原諒這些隱瞞，也沒有資格叫她留下來。

他不知道要怎麼面對鍾菱。

但是原本還行坐不安的鍾菱，此時卻好像開了竅似的，她舉起一隻手，像是保證似的，主動交代道：「我也是剛知道真相，不是鍾笙說的，是唐之玉想要求我幫忙，我沒答應，她氣急敗壞之下說出來的。」

「唐家？」鍾大柱臉色一沈。

鍾菱小心翼翼的打量著鍾大柱的臉色。

不知道為什麼，自從知道他是鍾遠山後，便覺得鍾大柱的氣場都變得不一樣了，不再是那個沈默不語，一點都不起眼的農人了。

抬頭抑或是皺眉，細微的小動作之中都蘊含著教人無法忽視的氣場。

鍾大柱微微側頭，和鍾菱對視。「小菱，這件事情，妳是怎麼想的？」

「之前我們回村子的時候，其他的叔叔、伯伯說，我和小晴是所有赤北軍將士的女兒。」鍾菱抬起眼睛，眼中閃著光亮。「我不管別的，一直當您是我爹，現在是，以後也是。」

她的語氣堅定，讓鍾大柱怔了一瞬。

這一起由陳王的貪念而牽扯出的事件，掀掉了這麼多年時間落下的塵土，將所有人原本的模樣暴露在陽光之下。

鍾大柱自從知道紀川澤還活著之後，便開始患得患失，不知道要怎麼面對鍾菱。到了真的和鍾菱對視之時，他突然意識到，其實一切都很簡單。

只要每個人都向前跨出一步，一切問題就迎刃而解。

拋開血緣關係，鍾菱願意接納鍾大柱，鍾大柱也願意永遠當鍾菱是自己的女兒。他們之間的親情，雖然一開始以一種很奇怪的方式起頭，如今卻足以跨越血緣關係而長存。

鍾大柱扶著桌角，他微垂下眼眸，輕聲問道：「可……可若是，妳的生父還活著呢？」

「啊？」

鍾菱腳下踉蹌了一下，她迅速的回憶起曾經在赤北軍見過的所有將士的容貌，卻怎麼也沒辦法將其中的某人和「爹爹」這一身分對上號。

她艱難的開口問道：「他……是誰？」

「懷舒。」

砰——

鍾菱無意識的一顫，桌邊的書被碰落，掉在地上，發出巨大聲響。

鍾菱順勢跌坐在床上，她怔怔的盯著床單上的暗紋，腦海裡浮現的，卻是她第一次和懷舒見面的場景。

她去偏殿敬了三炷香，偏殿裡供在小案桌上的牌位，寫的名字是「紀菱」。

這是……我……祭拜了我自己？

第六十章

懷舒是在傍晚時分回來的，他進京城，本就是臨時起意，根本沒有想到自己會在京城停留這麼久。

好在懷舒每次出門都習慣滅燈，山間草木香味的清朗，寺院還是他離開時的樣子，只是臨走前敬上的三炷香早已燃盡，風揚起些許香灰，散落在香案上。

懷舒仔細打掃了一番，重新取來香點上。

青煙裊裊在殿中升騰，懷舒跪坐在偏殿的牌位前，低斂著眼眸，輕聲唸誦了一段經文，平緩溫和的聲音和青煙交織，讓眼前的畫面變得朦朧且厚重。

待到香燃盡，懷舒緩緩起身，走向一旁供著妻女牌位的小香案。

他伸手取下刻著「故女紀菱」的牌位，下意識的摩挲著那早已圓潤的字跡，他喃喃道：

「阿楠，我找到我們的女兒了……菱菱她長人了。」

懷舒在殿中一直待到了日光西斜。

他將這些年雕刻給女兒的東西全部裝了起來，又收拾了一些衣裳。

陳王的事，一時半刻怕是很難了結，懷舒做好了在京城裡小住一段時間的準備，當然他也是想要和鍾菱多相處一會兒。

雖然沒有想好到底要怎麼和鍾菱坦白，也不知道她能否接受真相，只是，這樣看著她，懷舒就很滿足了。

回來這一趟，懷舒也不打算空手回去。

正是春季，漫山遍野皆是生機勃勃的綠色，懷舒向村民們買了兩大筐各種時蔬，準備帶回小食肆。

他披著夕陽，一手提著長棍，一手提著蔬菜，走在回京的路上。

他二十來歲的時候，每天操練完，便會迫不及待的奔回家去尋自己的妻女，就如同現在這樣……

一想到鍾菱在店裡忙活，等他到小食肆，說不定就能吃上鍾菱搗鼓出來的新鮮吃食。懷舒的心裡便暖洋洋的蕩開了漣漪，那似乎已經枯死的期待，重新煥發了生機。

有些出乎懷舒意料的是，他剛踏進小食肆後門的小巷，遠遠的便看見鍾菱在後門站著。夕陽將她的影子拉得很長很長，彷彿延伸到了時間的盡頭。

歡喜如同一顆細小的石子，掉進湖泊裡，蕩漾開名為歡喜的漣漪。懷舒笑著加快腳步，像是獻寶似的，想要向鍾菱展示手裡的菜。「小鍾，我……」

「爹爹。」

懷舒的腦子轟的一聲炸開。

古剎厚重的鐘被撞動，蕩漾開一圈一圈悠遠的聲響，激盪著他的理智。他有些不敢相信的頓住腳步，分不清眼前是現實還是幻境。

他無數次幻想過鍾菱喊他的場景，可這一幕確切發生的時候，他卻站在原地不敢上前。

鍾菱就站在那裡，臉上帶著微微的笑意，美好得像是從他的夢裡走出來的一樣。

這一瞬間，這個在戰場上所向披靡，在寺廟裡堅定虔誠的男人，卻起了退縮之心。他生怕自己往前邁一步，眼前的鍾菱就消失不見。

他貪婪的希望，時間永遠在這一刻停止。

懷舒內心洶湧澎湃，鍾菱站在那裡沒有動作。父女二人就這樣面對面站著，誰也沒有說話。

「川澤。」

眼前的畫面，是被一聲輕喚打破的。

鍾大柱從後院走了出來，他站在鍾菱身後，昏黃的光影模糊了他的輪廓。他輕聲道：「她都知道了。」

懷舒哽咽了一下，想要說話，卻發現嗓子被滿腔的情緒堵得死死的，根本發不出聲音。

他抬手抹了一把臉，掌心一片濕漉。「我……我們進去說吧。」

鍾菱也像是剛被鍾大柱喚回神，她小跑著上前，想要去接懷舒手裡的菜。

懷舒自然不會讓鍾菱提，他忙背過手，企圖將菜藏起來，不給鍾菱。

二人僵持了一會兒，最後還是鍾大柱出手，接過了菜，懷舒提著包袱，鍾菱抱著長棍，走進了後院。

後院裡，眾人正忙得腳不沾地。

一切的起因是今天下午屠戶送來了三斤的牛肉。

耕牛在古代屬於重要農耕財產，是不可以隨意斬殺的。聽說是附近村莊有頭牛在上山的時候碰上了坍方，牛受了驚嚇後，腳下不穩，跌下了山崖。屠戶聞訊趕去，收購了牛。

鍾菱饞牛肉很久了，她隔三差五的就會問屠戶有沒有牛肉。於是得了牛肉後，屠戶第一時間就想起了小食肆，給鍾菱送過來了。

牛肉量不多，鍾菱也沒打算賣，準備和店裡的大家一起吃一頓解饞。

結果沒承想，鍾菱意外的得知了自己身世的真相。這一頓原本安排好的夜間燒烤，也就成了認親宴了。

照理說，認親宴應當風光大辦，菜品要齊全，起碼雞鴨魚一個也不能少。但是架不住鍾菱興致勃勃，鍾大柱也沒有意見。

主廚韓師傅在小食肆半年，習慣了店裡的行事風格，加上他實在是好奇，能讓鍾菱描述的時候手舞足蹈的烤肉，是什麼味道，於是他也積極配合鍾菱。

小食肆今夜會提前關門，眾人一起吃烤肉！

鍾菱之前便尋得了一塊薄石板，因為覺得很適合用來炙烤，便買下來了，這會兒剛好派上用場。

肉打算都用石板烤，鍾菱特地把攤煎餅的鐵板找了出來，給懷舒烤素菜。

巧的是，懷舒帶回來的一背筐的菜裡，居然有萵苣。在鍾菱的印象裡，萵苣雖然在集市不常見到，本朝人民日常還是吃得到的，特別是在鄉村。但是今日時間不早了，她也抽不出空，便沒有特地去購買。

誰能想到，她下午還在猶豫要不要跑一趟村裡，問問有沒有萵苣，晚上的時候，懷舒就帶著萵苣回來了。

似乎，他們一直都很有默契。

這難道就是血脈相連的能力？

鍾菱將萵苣一片一片剝開，浸入了剛打上來的井水裡。

她忍不住朝著柴堆的方向看去，懷舒和鍾大柱一站一坐，一人手裡拿著柴刀，一人手裡拿著斧頭，時不時說些什麼，二人身邊的柴火，堆得老高。

似乎……血緣關係很重要，但也沒有那麼重要了。

因為提早打烊的招牌早就掛出去了，等到店裡食客走得差不多的時候，阿旭留在店裡照看，韓師傅鎮守後廚。

其他人已經頂著月光，迫不及待的開始搭起火堆。

牛肉根據部位的不同，有厚切和薄片兩種切法，擺了滿滿一大盤子，像一盤綻放的花朵，看起來頗為賞心悅目。

鍾菱提前將一整隻雞分解，醃製了整整一下午，還準備了不同口味的蘸料。

她有著極其敏感的味覺，因此在香料調味方面，就是韓師傅都甘拜下風。鍾菱在研磨的時候，甚至想過開發一條向南的香料商隊，利用她的味覺優勢，拿下京城的香料市場。

但是這只能想想，因為她想做的事情太多了，計劃裡面還有出海商隊排在前頭。最重要的是，鍾菱手頭沒什麼錢了。

她在獄裡那幾日，小食肆眾人不遺餘力的走關係，錢像是流水一樣的花出去了。

這些錢都走的公帳，鍾菱笑嘻嘻的告訴大家，她有很多錢，實際上，小食肆正常運轉沒有問題，但是二樓裝修擴張的計劃要暫時擱置了。

不過鍾菱不敢對外說自己的想法。

她這兩個爹，看她的眼神都不太對勁。

尤其是懷舒，目光中的愧疚，濃稠得近乎實質化。鍾菱毫不懷疑，她就算是開口要星星、要月亮，他們二人都能想辦法弄來，就算弄不到，還有皇帝這一重人脈在呢。

仔細想想，鍾菱重活一世的執念，全都已經實現了。

那她也得有自己的生活。

鍾菱仰頭看了一眼皎潔的弦月。

她要送阿旭和宋昭昭去習武、讀書，讓他們倆都能找到自己想要做的事情。

要全力支持韓師傅和周蕓做名揚京城的大廚。

讓懷舒和鍾大柱都儘可能從過去中走出來，投入到未來重建赤北軍的工作裡。

而溫謹言一家，鍾菱甚至覺得她是單純碰瓷了一下。他們一家，可以走得很遠很遠。

至於鍾菱自己，她並沒有什麼大志向，她只想在時間的長河裡，順勢隨波逐流，做一個親身經歷者，也做一個旁觀者。

她想做一個普通的掌櫃。要是偶爾能吃上一頓燒烤、兩把串燒，那她一定會是世界上最幸福的食肆掌櫃。

「小鍾，火已經好了，妳看看先烤什麼。」韓師傅捏著長筷子，扯開嗓子朝著鍾菱喊道。

剛剛還在神遊的鍾菱倏地站起身來。「烤牛肉、烤牛肉！」

這一塊牛肉，有很豐富的油脂。韓師傅刀工出色，即使沒有冷凍過，但依舊將牛肉切得薄厚均勻。

漆黑帶花紋的石板已經被燒得發燙，微微刷上一層油，貼著石板冒出微微青煙的時候，鍾菱挾起一片牛肉放了上去。

在牛肉片接觸到石板的一瞬間，伴隨著「滋——」的一聲，白煙頓時擦著石板騰空而起，濃郁的香味緊隨而來，迅速在院中瀰漫。

原本雪白的油脂部分迅速融化，變得透明，油浸潤進了瘦肉裡。牛肉本就片得薄，此時在高溫之下微微炙烤一會兒，便徹底變了顏色。

在高溫和油脂熾熱激烈的交織和糾纏之中，那猛烈的肉香，在院子裡飄得老遠。所有人的目光都不自覺的被這塊泛著油光，表面微褐的牛肉所吸引。

鍾菱聚精會神的替牛肉翻面，在確定熟了之後，她剛用筷子挾起一角，抬起目光時，卻猶豫了。

她應該先挾給誰呢……

雖然懷舒是和尚，不方便吃肉，但是就這樣遞給鍾大柱，會不會讓他多想？

已經烤熟的牛肉並沒有給鍾菱太多思考的時間，她不得不挾起牛肉，筷子在眾人期盼的目光中兜了個圈，最後落在韓師傅手裡的小碗上。

「您看看火候怎麼樣？」

第一口交給專業廚師品鑑，沒有任何問題！

蘸料的種類有很多，乾料和醬汁都有。但韓師傅沒有選擇醬料，細細品嚐起炙烤牛肉原本的味道。

牛肉和豬羊最大的不同在於，有一股牛乳的香味在其中，並且高溫炙烤後，奶香會顯得格外濃郁醇厚。

和想像中的口感不同，雖然表面已經有些焦褐色，但牛肉依舊柔嫩，口感紮實細膩，油脂和汁水一起在口中四溢，滿口留香。

在眾人期盼的目光中，韓師傅咀嚼了半天，最終用力的點了點頭。

聞了這麼久香味，但還沒吃上的其他人爭先恐後的衝到石板前。

鍾菱像是早已預料到這場面似的，她已經鋪開一排牛肉，準備翻面了。一旁的鐵板上，豆腐和茄子也已經在油裡滋滋作響。

就連一向儒雅穩重的溫謹言，都沒有扛過這燒烤的誘惑，他舉著碗筷，積極的加入了排隊的陣營。

好在韓師傅在品嚐了一番後，也開始幫著烤起來。

吃過一輪牛肉後，鍾菱便提議先烤一輪蔬菜。

肉吃多了有些膩，而且肉類在高溫下炙烤出來的油脂殘留在石板上，用來烤蔬菜的話，不僅不需要刷油，還讓蔬菜吃起來有一股肉香。不管是茄子還是大白菜，蘸上鍾菱特調的醬料，那味道絲毫不比肉差。

而且懷舒帶來的萵苣簡直是烤肉的靈魂伴侶。

還掛著水珠的鮮嫩萵苣，裹住滾燙的烤肉，不僅在溫度上能帶來極致的差異感，清脆的口感和清甜的汁水，有效的緩解了烤肉帶來的油膩。

就像是在遼闊的大漠奔馳許久，突然吹過一陣來自江南的、帶著清甜水氣的風。

鍾菱還準備了另一種吃法。

她和周蕓提前糊了小餅，小餅刷上醬料，挾著剛烤好的烤肉。紮實的麵餅和烤肉一起入口，帶來的是另一種體驗。

鍾菱擦了把汗，見眾人都紛紛開始嘗試不同的吃法了，她將手裡的筷子交給宋昭昭，準備去找阿旭。

後院都已經吃完一輪了，店裡不應該還有客人啊。但阿旭遲遲未出現，鍾大柱似乎去找過他，但是也沒有把阿旭帶過來。

鍾菱在圍裙上擦了把手，決定去店裡看看。在踏進店裡的一瞬間，鍾菱就明白了為什麼阿旭遲遲不來。

店裡只有一桌坐著人。

阿旭和祁珩面對面坐著，桌上擺著兩碟小菜，是後廚常備的那種，並不是點的菜。桌上還放了一罈酒，阿旭面前沒有酒杯，顯然是祁珩一個人在喝。

阿旭和祁珩齊齊抬頭看過來，在看見鍾菱的一瞬間，阿旭忙起身，將位置讓出來，小跑著躲去後廚了。

鍾菱也沒管他，徑直走到祁珩對面坐下。她笑盈盈道：「喝酒怎麼不叫我啊？」

「妳差點出事了……」祁珩目光晦暗不明，他喃喃道：「為什麼不告訴我？」

他的聲音小小的，語氣也很輕。原本整齊的髮髻此時也有些鬆散，沒什麼精神，像一隻耷拉著耳朵的小狗，委委屈屈的在鍾菱面前哼唧了兩聲。

祁珩雖看起來精神狀態正常得很，但他的目光偶爾會頓一瞬，眼眸中閃過幾分迷茫，隨後又恢復清明，這分明就是喝了不少！

上次鍾菱喝醉的時候，祁珩一點都沒跟她計較，還任由她把小白貓抱回家。這次輪到祁珩微醺，鍾菱自然不會「苛待」他。

但是看著眼前的祁珩，鍾菱有些沒忍住。她先是環顧了四周，在確定周圍沒有人後，她才伸出手，碰了一下祁珩的頭頂。

毛茸茸的。

「咳咳。」

頂著祁珩的目光，鍾菱迅速收回手，扭過頭去咳了兩聲，假裝剛剛的一幕並沒有發生。

「可是你在貢院裡啊，消息又遞不進去。」

啪——

祁珩一拍桌子，猝不及防的嚇得鍾菱一哆嗦。

「我給妳的侍衛呢？」他略提高了音量，但聽起來一點也不凶，倒有一股委屈勁。

提起這事，鍾菱還有點心虛。

她單獨和陳王對峙的這段經歷，鍾大柱和懷舒已經反覆的盤問過她好幾次了，而且不只問了鍾菱，也客觀的問了店裡其他人。

對於鍾菱這種將所有人護在身後，自己站出來的自我「犧牲」舉動，讓她挨了兩位爹爹一通的說教。

如今聽祁珩提起，鍾菱有些不願細談，她別過目光，不說話。

可祁珩完全沒有放過鍾菱的意思，他的手指輕輕點了點桌面，語氣中收斂了笑意。「妳想著自己站出來就可以護住他們，很划算的交易對吧？」

被精準說出心中想法的鍾菱垂下目光，低聲否認道：「沒有……」

對面響起一聲輕笑，並沒有譏諷的意思，倒是透著絲絲的無奈。「妳分明有更好的選擇。」

「我沒有！」鍾菱皺著眉，語調微揚。「這已經是最好的結果了。」

周身的空氣隨著鍾菱語氣變重，陡然間沈重了起來。鍾菱自覺血液流淌的速度加快了許多，她的胸膛起伏著，企圖平息情緒。

但是她對面坐著的是祁珩，是那個朝堂之上舌戰群儒的祁珩。這樣的氛圍對祁珩來說，根本算不上什麼。

他依舊坐得筆直，語氣認真。「如果懷舒師父沒有趕到，如果阿旭聽了妳的，沒有去找赤北軍幫忙，那妳要怎麼辦？」

鍾菱沒有回答，她眨了眨眼睛，反問道：「如果我真的嫁進陳王府，你會因此不再和我往來嗎？會覺得我嫁過人，一切就不一樣了嗎？」

「當然不會。」

「那不就好了。」

祁珩面色一沈，他原本虛扣在桌上的手，突然握緊，帶動了風，捲著一股狠勁，一把攥住桌上的酒盞。

他的動作很大，惹得酒液飛濺了些出來。祁珩仰頭，一口氣將這一盞酒喝了乾淨。

啪──

空酒杯穩穩被放在桌上。

祁珩再抬頭時，酒精消融了他身上的冷靜和威嚴，他眼中泛紅，顫抖著嘴唇。「鍾菱。」

他只是喊了一聲鍾菱的名字，喉結滾動了一下，臉上浮現出幾分痛苦的神色。

鍾菱愣了一瞬，見祁珩顫抖著伸手要拿酒杯，她忙替他又斟上了半杯。

「妳要是真的嫁給陳王了……」祁珩嚥下酒，他一手支著腦袋，指尖埋進頭髮裡，繃得發白。「妳要是嫁人了，我該怎麼辦啊……」

這是鍾菱第一次見到祁珩這樣失態。

哪怕是斷了腿在山上躺了一天，祁珩的身上都沒有出現這般痛苦的情緒。他的雙眸已經蓄滿了淚水，望向鍾菱時已經沒辦法聚焦了。

但他又像是極力想要抓住什麼似的，急切的看向鍾菱，像一隻迷了路的小狗。

「祁珩？」鍾菱站起身，走到祁珩面前，試探著開口安撫他的情緒。「我不嫁人。」

短短幾個字，讓祁珩猛地抬起頭來。

「真的？」

「真的。」

「那妳是誰都不嫁嗎？」

他的追問，讓鍾菱一時間有些不知道要怎麼回答，只能實話實說道：「那也不能嫁給陳王吧，雖然他真的有錢，但都那麼大年紀了，怎麼看都不合適吧。」

「那如果是，有錢又和妳年紀相仿的……」

這問題徹底讓鍾菱愣住了，她單手撐著腰，費解的皺了皺眉。

這聽起來，怎麼像祁珩要替她介紹對象？雖然鍾菱很想和他抬槓，但祁珩現在喝醉了。和醉酒的人理論，似乎不會有什麼結果。

鍾菱只好順著祁珩的話，追問道：「比如說？」

「比如說……」祁珩低垂下目光，喃喃道：「比如那人是聖上呢？」

「啊？」

鍾菱倏地挺直了腰桿，渾身上下都寫滿困惑。她猶豫了一下，替眼前這奇怪的對話，尋了一個最合適的理由。「你一定是喝多了，我去給你煮點熱乎的湯醒醒酒啊。」

鍾菱起身就要走，卻被一股力拉住了。

回頭看去，祁珩伸手拽住了她的衣袖，他滿眼認真，頗有一種不得到答案勢不罷休的架勢。

鍾菱無奈的停下腳步，給祁珩解釋。「我不會嫁給皇帝的，皇后所生的小皇子都那麼大了，而且，我不會給別人做妾的，我這性格，也實在不適合皇宮。」

再說了，她怎麼可能會嫁給皇帝，也就祁珩喝醉了，能說出這樣的胡話了吧。

祁珩聞言，鬆開了捏住鍾菱衣袖的手，他垂下目光，喃喃道：「那就好，這太好了。」

「你說什麼？」

「沒事。」祁珩驚魂未定的擺了擺手，他將腰間的荷包扯了下來，不由分說的塞到鍾菱手裡。「拿著，以後妳就站在我身後，不會讓妳再碰到這樣的事情了。」

那荷包樣式簡單，上面繡了一對鴛鴦。入手的第一感覺是很輕，不像是裝了錢的樣子。

鍾菱有些好奇的打開看了一眼，裡面只有一把鑰匙。

而祁珩已經垂下頭，胳膊支著腦袋，眼皮微合，看不清是清醒還是已經醉倒了。這荷包，鍾菱只好先收著。

她試探著往外走了兩步，見祁珩沒有反應，便趕緊朝著門外走去。

祁府的馬車停在外面，趕車的小廝也認識鍾菱，看見她的時候立刻從車上跳下來，站得筆直端正。

「祁珩喝醉了，你看看能送他回去嗎？」

「這……」小廝有些為難的撓了撓頭。「少爺今天就帶了我出來。能否麻煩鍾姑娘照看他一會兒，我這就回府裡叫人。」

這個小請求，鍾菱自然不會拒絕。她忙應下，目送著祁府的馬車離去。

轉身回到店裡時，祁珩趴在桌子上，像是徹底睡過去了。

初春的夜裡，還帶著些冷冽的寒意。

後院裡眾人還在興致勃勃的烤著肉，從一開始準備好的肉，到無師自通的烤起了蝦。

鍾菱穿過院子，尋了一條毯子，期間被餵食了兩隻剝好了殼、撒好醬料的蝦。鮮蝦彈牙爽口，用了最簡單的鹽和黑胡椒調味，增香的同時，保留了蝦最原本的鮮味。

鍾菱隨口稱讚了兩句，腳步匆忙的趕回店裡。

隔著一陣白煙，懷舒和鍾大柱並肩而坐，看著鍾菱的身影消失在門後。他手裡的筷子用力挾斷了碗裡的醬烤茄子，咬牙切齒道：「那小子一定是故意裝醉的。」

鍾大柱目光沈沈，沒有說話。

他的反應惹得懷舒有些不滿，用手肘撞了一下鍾大柱，企圖從他這裡得到一些支持。

「我們這一把老骨頭，還是少摻和年輕人的事情了吧。」

「你什麼意思？」

「別管他們了，早日將陳王解決了才是要緊的事情。」

第六十一章

「老太爺，柳大人！」

祁府的小廝一下馬車，便止不住嘴角上揚的朝著後院跑去。

柳恩和祁國老坐在院子的小桌前飲茶，見小廝滿臉喜色的飛奔進來，兩人的神情皆是一鬆。

「鍾姑娘手裡拿著的，就是裝著少爺私庫鑰匙的荷包！」

「哼。」祁國老別過頭去，抿了口茶。

柳恩就直接多了，他朗聲笑道：「我就說這招能行吧。」

祁國老瞥了一眼手舞足蹈的柳恩，語氣淡淡的。「他這麼大的年紀了，還要我們兩把老骨頭幫他追求姑娘。」

「你不是不想讓祁珩娶高門女子嗎？小鍾能做飯，性格好，又有趣，家庭簡單乾淨，上一輩還是赤北軍將士，你上哪兒去找比她更合適的姑娘呢？」

憑著多年的交情，柳恩很清楚，祁國老雖然看起來一點也不滿意的樣子，但實際上，他對鍾菱定是有幾分喜歡的。

畢竟，他們回京城的途中，他就狀似無意的提過幾回要去小食肆吃飯了。

回來之後，看見祁珩失魂落魄的，在庫房裡一件一件的翻找著首飾頭面。問清楚事情的緣由後，兩位老人瞬間就明白了祁珩的意思，並且迅速替他想出一個辦法來。

祁珩酒量不錯，柳恩和祁國老是知道的。

小食肆的酒不烈，本就是供客人佐餐，最多只能喝到微醺，畢竟鍾菱不想每天都要處理醉酒的客人。

他們二人都喝過小食肆的酒，那酒想要讓祁珩喝到半醉半醒，怕是有點難度。於是在趕祁珩出門前，祁國老找來一罈陳釀，給祁珩倒了一盞，盯著他喝下。照他們二人的估算，這個量，剛好足夠祁珩敞開心扉，對鍾菱訴說心意。

府中的小廝自然不能太快去打擾他們二人。於是柳恩揮手叫小廝下去休息，過了一個時辰後，再去接祁珩。只是，這兩位曾經在朝堂上叱吒風雲的大人物，漏算了一件事。

祁珩是剛從貢院裡出來的，他經歷了高強度的閱卷工作，還沒來得及歇息，因此並沒有兩位老人家想像中的，那運籌帷幄、掌握局勢的場面。

祁珩的最後一點意識，隨著將荷包交給鍾菱後，徹底斷了。

他是真的在小食肆睡著了。

鍾菱在祁珩的腳邊塞了一小盆炭火，剛準備去後廚再吃上一陣時，鍾大柱已經端著擺滿烤肉的盤子走進店裡。

他將盤子遞到鍾菱面前。「懷舒留給妳的。」

看著這盤堆成小山丘的烤肉，這明目張膽的偏愛，讓鍾菱心下一暖。

送完烤肉後，鍾大柱也沒急著走。他打量了兩眼趴在桌上睡得正香的祁珩，壓低了幾分聲音道：「陛下說，想要見妳一面。」

「啊？」

次日一早，宮裡的馬車就停在小食肆的後門。

鍾菱哈欠連天，睡眼惺忪的爬上馬車，倚靠著車窗發呆。

昨天晚上眾人的興致很高，一直鬧到很晚。

祁府的馬車遲遲不來，就在鍾菱猶豫著要不要給祁珩騰一張床，讓他住下的時候，柳恩終於帶著人趕來了。

柳恩之前和鍾菱打過招呼，說要去一趟西北，沒想到這麼快就能回來。

他樂呵呵的和鍾菱聊了一會兒，便聞著味，加入後院裡的燒烤局了。

柳恩的名字，當年鍾大柱和懷舒也聽說過，他們倆簡單的和柳恩打了個招呼後，也沒有什麼交談。

倒是溫謹言，有些坐立不安，他就不遠不近的跟在柳恩身後，不敢上前，卻也捨不得離開。

送走祁府的馬車時，已經是深夜了。

等到鍾菱洗去一身的烤肉味，幾乎是沾到枕頭就睡著了。

好在蘇錦繡提前給鍾菱做了兩套春裝，鍾菱早起的時候特意看了一眼，發現鍾大柱穿了一身墨綠色的袍子，她便尋了件銀白色的對襟短衫，配上天青色的百褶裙。

因為腦子裡一直想著祁珩昨天晚上醉酒後問的話，鍾菱完全沒有多餘的心思打扮。她簡單綰了頭髮，插上一支素簪，最後描一下眉，抹了一點口脂。

鍾菱琢磨了一會兒，祁珩絕不是會突然問莫名其妙問題的人。

他突然提她的婚事，又提到皇帝，那肯定是知道了什麼消息才是。

自陳王這件事後，鍾菱也謹慎了許多。而且宮中魚龍混雜，雖說有鍾大柱一同前往，但還是低調些好。

風吹動輕飄的紗簾，窗外熱鬧的叫賣聲擠進馬車中。鍾菱撐著下巴，不自覺嘆了口氣。

也不知道皇帝是什麼意思……

鍾菱前世和皇帝倒是見過好幾次，只是那個時候她是陳王妃，皇帝就沒怎麼給過她好臉色。

而這一世，之前是以一個普通赤北軍將士的家眷身分，和皇帝見了一面。

但此刻，她搖身一變，成了赤北軍主將的女兒、京城自主創業優秀女性代表。

也不知道再見面，是個什麼場景。

對於這個親自下詔判決她死刑的人，鍾菱雖知道他是個明君，但久別重逢，心情還是有些複雜。

鍾菱的嘆氣聲，讓鍾大柱不禁側頭，朝她看去。「妳不用緊張，陛下只是想找妳問點事情。」

「嗯？」聽鍾大柱這意思，他似乎知道皇帝召他們入宮的意圖。

「有些事我不能替妳做決定，一會兒陛下問什麼，妳只管照實答便是了。想與不想，都在妳自己。」

鍾菱似是有些明白了鍾大柱的意思，她並沒有繼續追問，乖順的點頭應下了。

當馬車緩緩停下的時候，鍾菱長舒一口氣，再抬頭時，臉上是得體溫和的微笑。

做小食肆掌櫃散漫慣了，鍾菱差點忘了，她當年也是京城貴婦圈子中的一員。雖然是被排擠的那個，但到底也是見過大場面的人。

皇城還是那樣，紅磚青瓦，威嚴莊重。鍾菱環顧了一圈，便興致缺缺的收回了目光。

得了皇帝指令，特意趕出來接引他們父女二人的宦官，忍不住多看了鍾菱幾眼。

鍾大柱這幾日沒少進宮，皇帝身邊伺候的人都知道，這位傳說中的將軍沈默寡言，卻是實實在在見過大場面的人。

這個宦官出來前，他的師父特意叮囑了他。

這位鍾姑娘是小食肆的掌櫃，平日裡散漫隨意，今日初次進宮面聖，要他別大驚小怪，免得惹鍾將軍不悅。

但是如今一見，鍾姑娘的儀態氣韻，倒是一點也不比京城裡那些大戶人家的姑娘差。

宦官更是不敢怠慢了他們，一路上恭恭敬敬的，將他們父女引進殿中。

鍾菱還沒來得及看清楚殿中的景象，那龍涎香的香味，已經喚醒了她一些並不太美妙的回憶。宮宴上的譏諷、漆黑的牢裡的辱罵，還有那處死她的詔令。

許是有鍾大柱陪在身側，鍾菱雖恍了一瞬神，卻沒有失態，她收斂了目光，端正的朝著書案後站著的人行了禮。

「鍾將軍不必多禮。」皇帝快步走到他們面前，伸手扶住了鍾大柱。

「謝陛下。」

鍾大柱順勢直起身子，道了謝。

只是一個照面，鍾菱就大概明白了眼前的局勢。

皇帝的姿態放得很低，他是有求於鍾大柱的。而鍾大柱，應該還沒有鬆口，雖然態度客氣恭順，但實際上應該很難在他這裡找到突破口。

鍾菱瞬間就理解了自己的定位，估計皇帝是想要從她這裡撬個口子出來。

果不其然，在鍾菱跟著鍾大柱落坐後，她低頭抿了一口茶水，剛抬起頭，便猝不及防的和皇帝對上了目光。

眼前的皇帝，比鍾菱記憶裡的要年輕一些，也比起青月樓見面時，少了一些帝王的威嚴和銳氣。

皇帝本就生得端正俊朗，氣度沈穩，看向鍾菱的目光中只是打量和好奇，並無惡意，反而閃過一絲驚訝，倒像是一個鄰家兄長的樣子。

「是妳，原來妳就是鍾將軍的女兒。」

鍾菱愣了一瞬，忙收斂好亂飛的思緒。她朝著皇帝微微一笑，而後緩緩低斂下眼眸。

「真的是好久不見了。」

鍾菱忙放下茶盞，坐得端正。

「此事教妳受委屈了，但事情沒那麼快解決。朕今日叫妳來，是想要給妳些補償。」

看來皇帝是真的很重視鍾大柱了，他居然一點也沒有彎彎繞繞的說一些鍾菱這個年紀很可能聽不懂的話，一點也不像鍾菱記憶裡那個很會拿捏人心的皇帝。

鍾菱心下一驚，但面上依舊是帶著微微笑意，客氣的推辭了幾句。

「朕聽聞妳開了一家食肆，是為了賺錢給鍾將軍看病，這般孝心，實在是難能可貴。朕這後宮，尚且空盪，妳若是有意願……」

「民女不敢！」

鍾菱倏地站起身來，屈膝行禮，一副惶恐不安的樣子。配上她今日素雅的打扮，微冷的眉眼微微低垂，有格外清雅的韻味。

當年的事情，雖然和當今聖上沒有關係，但是畢竟是朝廷寒了赤北軍將士的心。如今若是能用後宮一個妃位，換來鍾大柱對朝廷的忠心，是一筆十分划算的買賣。

皇帝原本沒對鍾菱抱有什麼希望的，畢竟她只是一個食肆掌櫃，就算之前在唐家待了十年，也是沒辦法和京城高門的姑娘們比的。

可如今一見，鍾菱和傳聞中的散漫模樣非常不同，她風姿綽約，氣韻非凡，不僅生得好看，而且並不因為自己父親的身分而恃寵而驕，反而是儀態端正，禮節周到。

哪怕是皇帝，乍一看也沒挑出什麼不滿意的地方來。因此他開口的時候，是真的有幾分真情實意的。

就是這一句有幾分當真了的話，才讓鍾菱避之不及。

她算是知道了，祁珩為什麼醉酒之後要這樣問她了，原來是在這裡等著呢。

好在鍾菱在來的路上已經簡單構思過了，她將自己的姿態放得很低，好徹底堵上皇帝的所有想法。

鍾菱不過十六歲，皇帝當她是小孩子，不和她玩心術，那鍾菱自然也要表現出這個年紀應該有的惶恐和單純，不然很容易引起皇帝懷疑。

因此，她的語氣很急促，始終微斂著目光，不敢和皇帝對視。

「民女自知身分低微，不敢妄想。民女只想好好開一家小店，陪在家人身邊。還請陛下恕罪。」

「妳不用緊張，朕只是問一問妳的意思，沒有一定要妳應下。」皇帝笑著朝著鍾菱擺擺手，示意她免禮。他雖有一瞬被鍾菱驚豔到，但並沒有要將鍾菱占為己有的想法。

他不是沈迷於酒色的陳王，他是皇帝，而且是個腦子清醒，正值青年的皇帝。他的心裡裝著江山社稷。

「那妳的食肆，可有做大的想法？朕可以出資，讓妳這食肆，成為京城頭號的酒肆。」

皇帝是真的想要拉攏鍾菱，在被拒絕之後，還是給出了另一個足夠誠意的「補償」。

在意識到這一點後，鍾菱下意識看向了身邊的鍾大柱。

她不應，就是拂了皇帝的面子；可她若是應了，就是消費鍾大柱的人情了。

鍾菱不敢輕易答應。

在皇帝和鍾菱交流的時候，鍾大柱一直沒有說話，哪怕是鍾菱投來求助的目光，他依舊沒有開口。他看著鍾菱，目光平靜，而後輕輕點了點頭。

他們之間的細微動作交流，皇帝全都看在眼裡。在看見鍾大柱點頭的時候，皇帝悄然鬆了一口氣。

在他看來，鍾菱這個年紀的小姑娘，是不敢輕易做出決定的。如今鍾大柱點頭了，那這事，應當是成了。

但是鍾菱知道，鍾大柱只是在提醒她，之前他們在馬車裡已經說好了，鍾大柱不會替她做決定。想與不想，都在鍾菱自己。

窗外飛鳥振翅，在藍天之下響起清脆歡愉的鳴叫。初春的風微暖，捲著輕薄的淺粉色花瓣，悄悄落在窗頭。

屋內一片安靜，鍾菱沈默了許久，久到鍾大柱都覺得下一秒她就要點頭了。

自從暴露自己的身分後，鍾大柱和懷舒瞞著鍾菱，一同調查了小食肆的情況。在牢獄裡疏通打點花掉的那大把的錢，鍾大柱是知道的；而鍾菱一直想要擴建小食肆二樓的事情，他很早以前就聽鍾菱在念叨了。

若是皇帝出資，不管味道好不好，這食肆就在京城裡有了最硬的靠山，根本不用愁生意不好。

鍾菱是愛錢的，鍾大柱一直都很清楚。她以前在外面小歇一會兒都要抱著錢匣子，開店了之後每天都要對好幾遍帳。鍾菱應該很難拒絕這樣的「補償」吧。

但是出乎意料的是，在漫長的沈思後，鍾菱還是搖頭了。「承蒙陛下厚愛，民女覺得，小食肆這樣剛剛好。」

她的目光堅定，沒有一點猶豫和掙扎。

皇帝微微皺眉，事情有些超乎他的設想。本以為鍾菱年紀小，好拿捏些，只是沒想到，她居然也和鍾大柱一樣，開口便是一通拒絕，主打的就是一個無欲無求。

這就有些難辦了……

皇帝的猶豫，鍾大柱和鍾菱都看見了。

他們二人對視一眼，鍾大柱擔心鍾菱為此多慮，他剛想要開口扯開話題，就看見鍾菱站了起來。

在鍾大柱和皇帝驚訝的目光中，鍾菱嘴角微微揚起，羞怯的抬頭看向了皇帝。她輕聲開口道：「民女有個不情之請。」

「妳說。」

「民女不敢欺瞞陛下，先前之所以拒絕陛下，實在是因為民女已有意中人了。」

「嗯？」

鍾菱此言一出，不只是皇帝略帶好奇的睜大眼睛，鍾大柱也坐得更直了，微皺著眉看向鍾菱。

「民女斗膽，想要陛下為民女賜婚！」鍾菱語調微揚，像是鼓起勇氣似的，說完便臉頰通紅的別過臉去。勇敢，但又顯出幾分小女兒的嬌羞。

她這般嬌憨的模樣，倒是取悅了皇帝。

求個賜婚，對皇帝來說本就是一件不大的事情，但是對兩情相悅的小兒女來說，確實是一項至高無上的見證和殊榮。

皇帝哈哈大笑，他站起身來，取下架子上的狼毫筆。「這事好說，朕這就給妳寫賜婚的聖旨。」

殿內沒有留人伺候，鍾菱在意識到這一點之後，走到桌邊，挽起袖子，替皇帝研墨。

「妳那心上人，叫什麼名字？」

這個問題，把鍾菱問住了。

她猶豫了一瞬，縮了縮腦袋，怯怯的朝鍾大柱的方向看了一眼，小聲朝著皇帝解釋道：「民女和他還未敞開心扉談過此事，只是機會難得，能否先向陛下求取賜婚聖旨，等婚事敲定後，再向陛下討要？」

機會難得……

皇帝失笑。還真是個小姑娘啊。

啪——

鍾大柱一拍桌子，倏地站起身來。

他眉間溝壑極深，看向鍾菱的目光帶著怒氣。「還有沒有規矩！八字沒一撇的事情，還敢拿到陛下面前來提？沒有一點女兒家的樣子！」

站在皇帝身邊的鍾菱被嚇得一顫，她忙放下墨條，頭埋得很深，屈膝就要朝皇帝行禮。

「陛下恕罪！」

皇帝抬手，虛托了一下鍾菱的手腕示意她起來。

他朝著鍾大柱微微擺手，笑著緩和氣氛。「將軍言重了。小姑娘說聲心裡話罷了，私下裡不談規矩。」

鍾大柱依舊鐵青了臉，卻礙著皇帝的面子，沒有再說什麼。

皇帝看了一眼身邊縮得像隻兔子的鍾菱，心裡便起了幾分逗弄的心思。

「這聖旨，妳還要不要？」

第六十二章

鍾菱有些驚喜的抬頭，在確定皇帝並不是開玩笑之後，她揚起嘴角，用力點了點頭。

「要！」

皇帝也慣著她，除去那男方姓氏名字空著外，該蓋的章，一個也沒少。「拿著吧。」

看著鍾菱恭恭敬敬的用雙手接過，又施了一個大禮後，皇帝的心情就更好了。

他在心裡小小的反駁了一下鍾大柱剛剛的話，這怎麼算沒規矩呢，多有規矩啊！

但顯然鍾大柱並不這麼覺得。

眼看著他黑著臉，又要罵人的樣子，皇帝有心護著鍾菱，他忙出聲道：「朕有事和將軍商議，鍾姑娘去偏殿坐坐吧，嚐嚐御膳房的糕點。」

接下來要聊一些鍾菱不能聽的東西了。

鍾菱自然不會湊這個熱鬧，她再次行禮道謝，退了出去。

在門口候著的宦官引著鍾菱往偏殿走去，他的餘光往鍾菱手上金燦燦的聖旨上停了一瞬，態度更加恭順了。

偏殿裡已經準備好了糕點和茶水，大大小小的碗碟擺開來，種類繁多，樣式精美。

鍾菱不習慣教人伺候，便揮手叫宦官退下了。在門合上的一瞬間，她神態瞬間放鬆了下來，她將聖旨一放，開始研究起這各式各樣的糕點。
自知道皇帝對鍾大柱的態度之後，鍾菱心裡最後一根緊繃的弦，便徹底鬆開了。
哪怕皇帝不出手幫忙，只要他隱晦表達出自己的心是偏向鍾大柱這邊，而不是偏著陳王的，這就夠了。
畢竟，證據鍾菱準備好了，而徹底點燃陳王所做的骯髒勾當的柴火，也已經準備好了。
鍾菱四仰八叉的癱坐在椅子上，短暫放空自己。
她這一世不用看別人臉色過日子，可算是活出了自我。突然一下要戴上面具，還是在皇帝面前，屬實演得有些精神疲憊。
鍾菱的視線直愣愣落在窗欞上，目光聚焦在那一縷金燦燦的陽光上。
四下寂靜，時間彷彿在此靜止。
然而，在那一團落在窗框的陽光之中，突然出現了一隻胖乎乎的嫩白小手。
沒等鍾菱反應過來，毛茸茸的腦袋倏地探了出來。一雙滴溜溜的漆黑眼睛，好奇的看向了鍾菱。
這不是那天柳恩牽著來小食肆的小皇子嗎?!
小皇子只是看了眼鍾菱，隨後便像沒有看見她一樣，開始抬腿翻窗。看他熟練的動作，顯然不是第一次做了。
「殿下。」

「妳是那日糖畫攤子的那個姊姊？」小皇子扯了扯衣裳，抬頭看向鍾菱，語氣認真。「妳怎麼在這裡？」

鍾菱指了指正殿的方向，笑道：「陛下找我爹聊事情。」

「哦。」小皇子撇了撇嘴，他老成的開口。「那妳在這裡吃好喝好，別把我爬窗進來的事情說出去哦。」

他這個年紀的小孩，臉上還帶著嬰兒肥，講話卻已經像個大人了。

鍾菱記得，小皇子之前偷偷跟著皇帝的馬車跑出去，還挨了一頓罵，沒想到是個慣犯，這孩子也不像表面上看著聽話懂事。

但是鍾菱可沒有想耍和小皇子講大道理的意思，她應了一聲，隨手撚起一塊糕點。

這宮裡的桃酥，真的和外面賣的不一樣！

且不說香味濃郁，應該真材實料的用了不少核桃。關鍵是這一碰便掉，一抿就化的酥脆口感，細細咀嚼，是滿嘴的核桃香，卻又一點也不覺得油膩。

這種近乎極致的酥脆，教人不僅覺得膽戰心驚，彷彿踩在隨時會塌陷的脆石板上，下一秒就會跌進那濃郁的核桃香味之中。

鍾菱享受的瞇著眼睛，細細品味著桃酥的香味。

原本已經鑽到書架後的小皇子，有些好奇的走到鍾菱身邊。他歪著頭，仔細打量著鍾菱的神情，良久才問道：「有這麼好吃？」

「嗯。」鍾菱點了點頭，臉上掛著滿足的笑意。

小皇子臉上閃過一絲狐疑，他半信半疑的選了一塊桃酥，咬了一小口。

「有沒有一種，漫步在秋日核桃樹下的感覺？」

小皇子愣了愣，隨即問道：「核桃樹長什麼樣？」

鍾菱一時語塞，她忘了，這位小主子從小長在宮裡，沒見過核桃樹也正常。

「那你見過楓葉嗎？那滿天緋紅，在秋天的陽光下像是燒起來一樣的璀璨。」

隨著鍾菱的描述，小皇子閉上眼睛，微微咀嚼著，盡力將自己置身於鍾菱的話語之中。

「你踩過的每一步，都伴隨著楓葉清脆的聲響。山林裡清冷的空氣中飄來的，是溫暖、飽滿的糧食成熟豐收的味道。」

小皇子沒有聞過糧食成熟的味道，但是舌尖殘留的香味，似乎已經將他拉進了鍾菱描述的秋日之中。

他抿著嘴沈思了很久，才睜開眼，乾淨清澈的眼眸裡有些驚訝。「好像真的更好吃了！」

「是吧！」鍾菱笑彎了眼睛，她壓低了聲音，神神秘秘的道：「這可是我品鑑食物的秘密，現在告訴你了。」

小皇子低頭看了眼手裡剩下的桃酥，他有些沮喪的垂下眼眸。「可是我沒有去過山林。」

「那是你還小。」鍾菱笑著說道：「等你慢慢長大，會知道核桃樹是什麼樣的，也會知道糧食成熟的味道是什麼樣的。」

這小皇子，雖然看著小大人的樣子，但鍾菱能感覺到，他似乎是有點孤獨。沒有玩伴，有很多心思想法，卻無從訴說。

如果這是個普通小孩，鍾菱可能還挺願意陪他玩會兒的，但這是小皇子，鍾菱不敢。

小皇子捏著那半塊桃酥，坐到鍾菱身邊的椅子上，他仰起頭問道：「妳的店門口，還畫糖畫嗎？」

「暫時不畫了，天氣熱了，化得太快了。」

「哦。」小皇子垂下腦袋，那濃密得像毛毛蟲一樣的眉毛用力的皺在一起，滿臉失望。

鍾菱有些於心不忍，這孩子雖然是小皇子，但他也還是個小孩啊。

對這樣從小在深宮裡長大的孩子來說，那日偷偷跟著溜出來，雖然挨了罵，但是應該也相當難忘吧。這讓鍾菱忍不住想起被囚禁在陳王府時候的自己。

於是她微微湊上前去，壓低了聲音道：「但是如果你來，我可以給你特地畫一支糖畫。」

「真的？」小皇子猛地抬起頭來，眼中閃著光亮。

「真的。」鍾菱用力點了點頭。「但前提是，你不能自己偷偷溜出來，不能像上次那樣哦。」

「好，那妳可不准騙我。」

「一定不騙你。」

小皇子的心情肉眼可見的喜悅了起來，他將手裡剩下的半塊桃酥塞進嘴裡，小臉鼓鼓囊囊的，一蹦一跳，不知道在哪裡尋了兩塊帕子，遞給鍾菱一條。

從剛剛的「妳吃妳的別管我」，變成了現在的「我和妳天下第一好」。

鍾菱不禁懷疑自己有什麼招小孩喜歡的天賦在身上，清水街附近的小孩們，也都很喜歡黏著她。

小皇子也不去玩了，他坐在鍾菱身邊，詢問她一些好奇的事情。比如說魚湯為什麼會是奶白色的？板栗長在樹上是什麼樣子的？

好在都是些常識類的問題，也不敏感，鍾菱就一一給他解釋了。

兩人越聊越投機，一直到門口響起敲門聲時，才被打斷。

鍾菱只是抬頭朝著門口看了一眼，小皇子已經麻溜的躲到書架後面了，他還朝著鍾菱擠了擠眼睛，叫她不要出賣自己。

鍾菱失笑，打開了門，宦官陪著笑，恭敬的站在門口。

而鍾大柱鐵青著一張臉，站在廊上，只是遠遠看了鍾菱一眼。他一點也沒給鍾菱好臉色看，大步走在前面，沒有等鍾菱的意思。

鍾菱在後面追得費勁，一直到上馬車，兩人誰也沒說話。

上馬車前，鍾菱特意喊住了宦官，把她和小皇子的談話內容簡單說了一遍。在宦官表示自己馬上就會去和皇帝稟報後，她才安下心來，上了馬車。

馬車的簾子被拉上，緩緩駛出宮門。

鍾菱抱著聖旨，和鬆懈下來的鍾大柱對上目光，她沒忍住，笑出了聲。

她在皇帝面前的一顰一笑，都是演的。而鍾大柱開口責罵她的時候，鍾菱就知道了，她爹這是反應過來了，給她打配合呢。

她再三拒絕，容易惹皇帝不快，但是開口求些不痛不癢的東西，既滿足了皇帝想要給鍾菱塞賞賜的想法，也不至於讓鍾菱覺得太惶恐。

而她這突如其來求賜婚的請求，要怎麼定義，還得看皇帝是怎麼想的。

賜婚這事，可大可小，畢竟鍾菱拿著這聖旨，完全可以名正言順的出去強搶民男，奉旨成婚。

但是鍾大柱這一開口，先是把這件事定調成小孩子胡鬧，再者就是證明了鍾菱確實有心上人，打消皇帝最後的一絲顧慮。

他們二人並未商量，但完美的在皇帝面前演了一齣戲。

「陛下還挺喜歡妳的，特意叮囑我，回去不要苛責妳。」

鍾菱嘿嘿笑著。「您這一下板起來臉，也真的是嚇了我一跳。」

鍾大柱別過目光，輕哼了一聲，隨即正色道：「陛下說他關不住陳王太久的，我們手頭現在都沒有關鍵性的證據，所以凡事還是要小心一點，不要被暗算了。」

關鍵性的證據……

鍾菱下意識摸了一下衣袖，原本放著帳本的位置，空空盪盪的。

她猶豫了一下，輕聲道：「我有能扳倒陳王的關鍵性證據。」

鍾大柱目光一凜，沈聲追問道：「什麼證據？在哪兒？」

「我送出去了……」

「你說你，去表明心意，把自己喝成這個樣子。」

柳恩沒好氣的站在祁珩的房間裡，抱著手罵道：「頹廢成這樣，看你一會兒怎麼和陛下交代。」

祁珩剛起來的時候，腳步還有些踉蹌。

他昨夜回來後，小廝只是替他換下了外衫，並沒有動他的裡衣。

在柳恩嫌棄的催促聲中，祁珩站起身來，解開釦子。突然，有什麼東西從他懷裡滑落，掉在地上。

「這是什麼？」

柳恩瞇著眼睛，盯著地上的帳本，有些詫異的開口道：「你順走了小鍾家的帳本?!」

祁珩沒有說話，他彎腰撿起那薄薄的帳本。

他對這本子，隱約有些印象，好像是鍾菱交給他的，態度非常的鄭重並且認真。當時已經醉得快要沒有意識的祁珩也給予了極大程度的尊重，第一時間將這本子塞到了懷裡。

鍾菱為什麼要把帳本塞給他？她的店裡明明有會算帳的人，而且今年的分紅也已經給過了啊。

帶著滿腔的好奇，祁珩翻開了帳本。

這字一看就是鍾菱的，圓潤端正。他迅速的掃了一眼，臉上的笑意逐漸消失，取而代之的是凝重和沈思。

「怎麼了這是？」柳恩有些好奇，他探過頭，想要看一眼帳本上的內容。

誰知祁珩像是受了極大刺激似的，啪的一聲合上帳本，揣進了懷裡。

他隨手扯過衣裳，頭也不回的往外快步走去。「我去翰林院查點東西。」

「會試的榜單，叫做杏榜。」

祁珩坐在店裡，笑咪咪的看著鍾菱。

一大早，並不是店裡營業的時間，小食肆裡空空盪盪的，鍾菱和祁珩面對面坐著，桌上擺著兩盤糕點、一盤茶葉蛋和一盞龍井茶。

龍井茶是宮裡賞賜下來的明前龍井，價格高昂到鍾菱不忍心聽第二遍；茶葉蛋也是，用的是御賜的「龍鳳茶團」。

這般奢侈到令人髮指的烹飪食材，鍾菱根本不敢張揚，只是偷偷煮了，讓店裡的大家一起分享。正好碰上祁珩上門來吃早飯，鍾菱便給他也端了一份。

「因為放榜的時候，杏花剛好開？」鍾菱托著臉，目光卻一點也沒有在祁珩身上停駐，她一個勁兒往店外看去，企圖找到自己想要看見的人。

祁珩知道她心裡惦記什麼。他說：「不用擔心。」

鍾菱嗔道：「你明知道溫謹言考得如何，卻到現在都不肯告訴我。」

祁珩擺擺手，和顏悅色的拒絕了。「我要是說了，他怎麼能體會到放榜的樂趣？」

那種站在宮門前，在人聲鼎沸之中，視線聚焦在自己名字上的一瞬間，氣血上湧，衝得人頭皮發麻，那種熱血沸騰、輕飄飄好像馬上就要飄起來的感覺。

年少的所有期待，在這一瞬間，達到了巔峰。這種高漲到難言的情緒，這一輩子，好像就只能體驗那麼幾回。

鍾菱往前湊了湊，眨了眨眼睛看向祁珩。「那……他們都去看榜了，你偷偷告訴我？」

祁珩抿了口茶水，也沒賣關子，直截了當道：「會元。」

鍾菱倏地站起身來，聲音有些變了調，她顫抖著開口道：「第……第一？」

「嗯。」

即使沒有站在宮門外的榜前，即使沒有親眼看見那榜單上的名字，鍾菱依舊感覺到有一股熾熱滾燙的風呼嘯著撲面而來，眼前平地亮起一片璀璨奪目的金光。

熱血瞬間沸騰，眼前的畫面陡然開闊了起來，目光所及，不再是店內的桌椅，而是萬里河山，是江山社稷。

鍾菱怔在原地，一手捂著止不住上揚的嘴角，好半天都緩不過神來。雖然榜上所寫的，並不是她的名字，但是這份喜悅，同樣也落在了她的肩頭上。

她做到了，她成功護住了溫家。甚至，溫謹言走到這一步，比前世還早了三年。

祁珩沒有打擾她消化情緒，他端起茶壺，給自己斟了一杯茶。

會試放榜，放在京城裡，也是一件大事了。街上一陣熱鬧，來來往往的人腳步匆忙，或談論著會試榜單，或急著趕去皇城門口湊這個熱鬧。

「小鍾！」嘈雜熱鬧之中，混著一陣急切的腳步聲，直直奔進了小食肆裡。

鍾菱剛抬頭，林聽嵐便已經一頭扎進了她的懷裡，用力的環抱住了鍾菱的肩膀。因為激動，身軀止不住的顫抖著。

「恭喜。」

「我都不敢想，要是沒有遇見妳，事情會變成怎麼樣。」

這話，林聽嵐只是感慨，但鍾菱卻是真的經歷過的。還好，還好一切都改變了。

鍾菱環住林聽嵐的肩膀，用力回抱了一下她。就像她前世在陳王府做的那樣，輕輕環抱住，那個傷痕累累、虛弱的林聽嵐。

兩個被束縛的靈魂，在這一世終於自由相擁了。

「多謝鍾姑娘，多謝祁大人。二位的恩情，溫某不敢忘卻。」

溫謹言緊跟著林聽嵐進來，他帶著一身春風拂面的喜氣，朝著鍾菱和祁珩，極其鄭重的拱手道謝。

祁珩輕笑著站起身來。「這還只是開始，今年殿試的時間緊張，你得好好準備。」

以祁珩的身分，他這句話說出口，就絕不像表面聽起來那樣簡單。

事實上，溫謹言的卷子已經送到陛下的案桌上了。

祁珩親自送去的。

像溫謹言這樣，年輕有想法，知識淵博但不墨守成規的人，正是皇帝想要的人才。他的官途，從卷子被皇帝拿起來的那一刻，便已經注定了不平凡。

殿試前三甲最好的去處就是翰林院，祁珩已經和皇帝開口要了溫謹言。對於這個未來的同僚，祁珩的態度可謂是非常好。

畢竟，這是鍾菱精心保護下來的，用來「點火」的「柴」；再者，等這批舉人進了翰林院之後，祁珩總算是可以不再沒日沒夜的在翰林院處理公務了。

第六十三章

接下來的殿試相當重要，在祁珩的建議下，溫謹言決定只參加兩場同鄉的宴席，便閉關繼續溫書了。

就連小食肆內部，都還沒有來得及給他慶祝。在滿堂喜氣中，只有韓師傅時不時嘆息。

「這可是會元啊，怎麼能不擺上一桌呢？」

祁珩在後院裡幫著挑菜，笑著安慰道：「您別嘆氣，再等等說不定就是狀元宴了。」

這話，從祁珩嘴裡說出來，就有一股教人信服的力量。

韓師傅堅信不疑的，在院子裡兜了兩圈後，一掃之前的遺憾，興致勃勃的準備將菜品規格提高一個級別了。

「你怎麼能篤定是狀元，內定了？」鍾菱坐在祁珩對面，懷裡抱著長大許多的湯圓，手上動作輕柔的搓揉著小貓的腦袋。

「只是我的祝福罷了。」祁珩輕輕搖搖頭，小聲道：「他還是年輕了點，觀點和措辭也還不夠成熟老練，若是真的做狀元，恐不能服眾。」

「我怎麼記得……你出仕的時候，不就和他一般年紀？甚至比他還小些？」

祁珩當年，也是京城裡赫赫有名的狀元郎。

「那不一樣，當時參加會試的人沒那麼多，朝中缺人，我和陛下又師出同門，我自決定出仕那一刻起，就注定要伴君左右的。」

前三甲雖都賜予進士及第，但其中的彎彎繞繞實在是太多了。家世、朝政情況和政策，都是要考慮在其中，可能幾人才學相當，但究竟要怎麼排序，還得看皇帝的意思。

「其實我個人傾向，溫謹言不會是狀元。」

「為何？」

「他沒有顯赫家世，初到京城又碰到這檔事，實在是太惹眼了，他若是成了狀元，恐樹大招風，難以自保。」

和祁珩不一樣，溫謹言家世普通得不能再普通了。

祁珩的雙親遇難於朝堂動亂之中，背後有柳恩和祁國老，誰要動他，還得掂量掂量這二位的能力和這份舊情。

並且，皇帝如今雖然朝著鍾大柱和鍾菱示好，但他背地裡，一定把小食肆上下查了個透澈了。

宮裡的馬車在路過小食肆門口時，那趕車的宦官目光還往門口的溝渠裡瞥了一眼。溝渠裡，那支被鍾菱拒絕了的紅瑪瑙簪子，依舊躺在那裡，泛著清冷幽寂的光亮。

皇帝既然知道了這件事情，那此事大大小小的細節，根本不用鍾菱交代，他估計都已經知道了。

那些赤北軍將士們聞訊前來京城的事情，自然也瞞不住。他們不是因為皇帝的政策來的，而是跟著鍾大柱來的。意識到這一點的時候，即使坐在太陽底下，鍾菱依舊出了一身冷汗。有這樣的號召力，又是在私下會面，實在是很危險的一件事情。

好在這件事情，鍾大柱處理得很好，他只是招待了昔日戰友們，便把他們往陸青那裡領了。甚至他把自己都登記在冊，聽從同一調配，可謂是非常老實本分。

也因此，皇帝才這麼放心，想要把赤北軍重新交到鍾大柱手裡。

在鍾大柱沒有鬆口的情況下，皇宮的馬車每天都準時準點的停在小食肆的後門。哪怕是殿試這一日，鍾大柱還是一早就被宮裡來的馬車接走了。

鍾菱懷裡的小貓翻了個身，跳了下去。

她像是想起了什麼，隨口問道：「帳本你看了嗎？」

並不負責殿試相關事宜的祁珩一早就來小食肆了，他剛摘完這一盆菜，聽見鍾菱的話，擦手的動作一頓，盯著鍾菱看了好半天，才緩緩開口。「這些證據，妳是從哪裡弄來的？」

在得到這帳本之後，祁珩在翰林院裡待了幾日，勉強梳理好全部的證據。

前面是一些陳王私下受賄、賄賂之類的證據，到後面就越來越不對勁，陳王犯罪的證據已經精準到，屍體埋在哪裡、目擊證人叫什麼名字了。

在看到最後兩頁的時候，祁珩已經震驚得說不出話來了。

他的第一反應就是將這帳本揣進懷裡，絕不能讓第三個人看見裡面的內容，不然鍾菱絕對會有大麻煩。

而證實裡面內容最好的方法，就是挑一條去驗證。

祁珩私下帶了兩個侍衛，踩著夜色，摸去了帳本上記載的，陳王強掠農家女子後棄屍的地方。

在距離陳王京郊別院二里地的一片楓林裡，在枝幹最為粗壯的楓樹下，挖出了三具白骨。

其中一具白骨殘存的衣物上，有陳王府的令牌，雖已經腐蝕，但勉強還能辨別出上面的字樣。

月光清冷冷的照在白骨之上，土壤蓋不住的，是塵封了不知多久的冤屈，和呼之欲出的真相。

這帳本上所記的……都是真的。

精準的，好像寫下這些訊息的人，真的親自參與過這一起起事件一樣。

就算是祁珩，也久久不能回神。

他吩咐侍衛將現場還原，毫無聲息的回到府裡。

「妳是不是陷入什麼麻煩裡了，陳王是不是對妳做了什麼？」

祁珩繃著臉，語氣低沈急促。他的目光牢牢盯著鍾菱，好像只有這樣看著她，才能得到一些慰藉和安全感。

「我沒有惹到麻煩。」鍾菱攤開雙手，儘量讓自己表現得更真誠一點。「不管你信不信，那上面寫的，都是真的，我能保證，陳王府後……」

「別說了！」

祁珩聞言猛地皺眉，抬手就要去捂鍾菱的嘴。

雖然是在自己家後院，但是有些話一旦說出口，誰也不知道暗中是不是有耳朵在監聽。

「我不說。」鍾菱忙擺手表示自己知道了，她眨了眨眼睛，壓低了聲音道：「雖然很難解釋這些是從哪裡來的，但是請你相信我。」

她注視著祁珩的眼睛，開口道：「祁珩，我向你保證，這些都是真的。」

鍾菱的冷靜，讓祁珩有些莫名其妙的煩躁起來。「我知道這都是真的，但是……但是……」

他當然相信鍾菱，如果鍾菱真的不願開口，他也不會追問。

但是，這些……實在是太危險，讓他忍不住擔心起鍾菱的安危，忍不住去想，在他們誰也沒有調查出問題的過去，鍾菱到底經歷了什麼。

這是鍾菱第一次在祁珩身上，看到這樣慌亂，難以保持冷靜的情緒。

「祁珩，祁珩。」鍾菱小聲喊著他的名字。「是他們託夢給我的，我真的和陳王沒有別的交情了，我連陳王府都沒有踏進去過。」

她說著沒有踏進去過陳王府，但帳本上清清楚楚記載了，陳王府後院的哪塊假山石下，埋著黃金。

他們之間，一向坦誠，祁珩知道，這一次，鍾菱是真的沒辦法解釋緣由。這很可能，就是鍾菱選擇把帳本交給他的原因。

鍾大柱和懷舒也有能力處理這些事情，但是鍾菱不敢把帳本拿給他們看。他們兩人把鍾菱捧在手裡，要是知道鍾菱手裡拿捏著這麼多陳王的罪證，不刨根問出個底來，怕是會徹夜難眠。

而鍾菱是禁不起刨根問底的。

「妳哄小孩呢。」

祁珩滿眼無奈的看向鍾菱，他再一次問道：「妳真的和這些事情沒有關係對嗎？沒有和陳王府的人打過交道，也沒有進過陳王府，沒有和陳王有過除了我們知道的更多的接觸。」

鍾菱毫不猶豫的點頭。

祁珩嘆了口氣，沈聲道：「我信妳，但是沒有下一次。」

聽見他鬆口，鍾菱放鬆了下來。

這是她最大的秘密，也是她無論如何也說不清楚的事情，但是祁珩僅憑藉著她的一句保證，就這樣相信了她。

實際上，在來小食肆之前，在沒有和鍾菱交流的時候，在意識到帳本所記載的東西都是真實的時候，祁珩甚至沒來得及多想，就已經將所有的一切都處理好了。

裡面有幾條證據，實在是太過於嚴重，嚴重到，知道這件事情的人，可能會被拉去砍頭的程度。為了杜絕這種風險，祁珩將鍾菱徹底從這件事情裡摘了出來。

這些證據，往後只會由翰林院的祁珩遞出去，和小食肆的鍾菱，再沒任何關係。

做這些事情，完全違背了他從小到大所學的，但是祁珩心甘情願。

之前是他沒有護住鍾菱，才讓她平白在牢獄中吃苦。這一次，鍾菱既然朝他伸出手，他不可能拒絕。

何況，在扳倒陳王這件事情上，他們確實缺少了實質性的證據。

「此事結束之後，我有一樣東西要給你。」

「妳還記得我們之前商量好，春闈結束之後要一起出去玩？」

兩人同時開口，卻都因為對方的話，愣了一瞬。

還沒等他們二人反應過來，後院的門被緩緩推開。

一早就被宮裡馬車接走的鍾大柱踏進院子，在看見祁珩的一瞬間，他微微蹙眉。「懷舒剛進巷子。」

鍾菱明顯感覺到，在她身邊的祁珩渾身一僵。

「多謝鍾叔提醒，那我先回去了。」說罷，他扭頭就走，雖然脊背筆直、風骨依舊，但腳步卻匆忙得有幾分落荒而逃之意。

自從懷舒從鍾大柱那裡知道了祁珩和鍾菱關係不一般之後，他看祁珩的眼神，很明顯的帶上了挑剔和嫌棄。

甚至他還提出要和祁珩切磋，明裡暗裡都覺得祁珩身板不夠硬朗。

在翰林院一坐就是一整天的祁珩怎麼耐得住懷舒這樣的折騰，幾次見面後，祁珩便繞著懷舒走了。

鍾菱笑著看祁珩落荒而逃，她解開繫在腰上的圍裙，隨口問道：「您今日怎麼在宮裡待了這麼久？」

「陛下還是執意要我執掌赤北軍。」提起這個，鍾大柱揉了揉眉心，顯然是飽受困擾。

對於皇帝一再堅持，和鍾大柱的一再抗拒，鍾菱也感到了一些疑惑。「您為何不願意接手赤北軍呢？」

難道鍾大柱還停留在過去，或者因為自己的傷，而無法面對這些熟悉的名字和人？

但是鍾大柱的回答，出乎了鍾菱的意料。

「世人以為我死了的這些年裡，他們已經將鍾遠山這個名字徹底神話了。這個名字的影響力實在是太大了，我若是手握實權，功高震主，怕是不會有什麼好下場。」

他頓了頓，而後輕笑了一聲，看向鍾菱的目光軟了幾分。

「再說了，祁家小子的祖父是朝中國公，我若是再手握一支軍隊，一文一武，妳就算是拿著那聖旨，你們倆都很難在一起的。」

聽到鍾大柱如此直接的將她和祁珩的事情給拿到明面上，鍾菱的臉倏地就脹紅起來。

「不過這事妳不用擔心，皇帝能容忍曾經攝政的祁國老和柳恩，自然能容得下我。等這事過去，再看看祁家的意思。」

提起這些，鍾大柱完全脫離了那個威風凜凜的將軍身分，他像是一個普通的父親，將那些不知道在心裡琢磨過多少次的事情，細細說給鍾菱聽。

「妳畢竟還小，所以我想著讓你們再處一段時間，過兩年再談婚事。到時赤北軍重建得差不多，妳那些叔叔、伯伯們都站在妳身後，妳嫁過去，也多些底氣……鍾菱？」

鍾大柱說著說著，突然察覺到眼前的人明顯的不對勁。

她的頭垂得很深，肩膀一抽一抽的。

鍾大柱心下一慌，忙伸手按在鍾菱的肩膀上，察看她的情況。

「爹……」鍾菱紅著眼眶，哽咽著喊了一聲。

不知為何，在鍾大柱絮絮叨叨替她安排婚事的時候，前世的一件小事，突然冒了個頭，本應該忘卻在時間裡的事情，突然就清晰的出現在她的腦海之中。

她前世，以唐家養女的身分，嫁給了陳王。

那個時候，沒有人這樣替她考慮過，她的「娘家人」，全程都在和陳王攀關係，企圖得到更多的利益，她好像一件商品，簡單就被交易了出去。

在出嫁的那日一早，鍾菱收到一對金鐲子。

那個時候，她在唐府之外，根本沒有相熟的人，因此一直不知道這金鐲子，是誰送過來的。

現在，鍾菱幡然悔悟。

那是鍾大柱送給她的「嫁妝」啊！

他一個農夫，到底是怎麼掙出這樣一對沈甸甸的金鐲子啊！前世的鍾大柱，到底在她看不見的地方，給了她多少的愛？

鍾菱抹了把眼淚，她仰起頭看向鍾大柱，一字一句認真的開口。「可您真的放得下赤北軍嗎？」

京城裡近日發生了不少大事。

首先是赤北軍的重建工作，新的赤北軍紮營在京郊，戍衛京城，這無疑給京城百姓帶來了極大的安全感。

雖然曾經的赤北軍主將鍾遠山還活著，但他只是短暫的出現在宮門口，便再無任何消息。

一時間，京城中流言四起。

有人說鍾遠山對朝廷心有怨念，企圖刺殺皇帝被關押在天牢了。

也有人說皇帝認為鍾遠山功高震主，已經暗中將他賜死了。

總之，猜什麼的都有。

這些猜測，隨著殿試結束後的一道聖旨，全都銷聲匿跡，不見蹤影了。聖旨裡，皇帝首先對當年樊城那一場戰役做出了極高的肯定，充分讚揚了赤北軍戰士們驍勇善戰，保家衛國的精神。

從樊城回來之後，赤北軍老將們各自被封了官職，賞賜也隨之而來。其中皇帝最想要的練兵方法和武器裝備，將由赤北軍的老將們與兵部交接，進行統一收集編撰，之後保存於蘭臺之中，供後人翻閱借鑒。

赤北新軍按照舊制重建，其中大部分的士兵，是從禁軍中抽調出來的。事實上，原本規模龐大的禁軍，從建立之初，就是赤北新軍的預備隊。

赤北新軍的主將，並非還存活於世的鍾遠山，而是曾經的禁軍統領陸青。

鍾大柱獲封左武侯大將軍，在品級上高於陸青這個主將，雖實際上沒有一點實權，但已經充分表明了皇帝對鍾遠山的重視。

在這十年堆積起的榮耀和讚美之上，又添上了這一卷，肯定了鍾遠山功績的聖旨。

鍾遠山這個名字依舊閃著璀璨奪目的光，依舊在近乎傳奇的故事裡被生動傳唱。說書攤上、茶樓裡的素材，也非常迅速的從《王爺微服遇佳人》變成了《赤北軍勇守樊城》，並且非常受到民眾歡迎。

十年前的那個雨夜，年輕的將士們在漆黑中堅守到最後一刻的背影，終於被人看見了。

那些鎮守在後方，到死都沒有低頭的女眷們，也在史書上留下了濃墨重彩的一筆。

犧牲在城牆上，鍾遠山將軍的妻女被追封了誥命。

無數個像她們一樣的眷屬，以另一種方式抗爭到底的故事被寫成了話本，向世人展示了另一種堅韌的力量。

而最終下定決心，接受了這個大將軍官職的鍾遠山本人，依舊每天穿著粗麻短褂，穿梭在滿京城的讚美之中，劈柴擔水，沒有受到一點影響。

鍾菱不知道鍾大柱和皇帝達成了什麼樣的共識，但從結果來看，他選擇了做一個普通人。

他以鍾大柱的身分，站在了人群的最後方；卻用鍾遠山這個名字，為赤北軍立起了一面旗幟。

在赤北新軍裡出現新一代具有號召力的將軍之前，鍾遠山依舊是赤北軍的靈魂。

這一連串的詔令，讓京城熱鬧了許久。

畢竟，聖旨高高在上，但許多經歷過十年前動盪的百姓，依舊對赤北軍有著極其深刻的記憶。

這一系列政策，順應民心所向。

鍾菱的小食肆也受到了一定程度的影響。

她從來就沒有瞞著自己是赤北軍家眷的身分，街坊鄰居和熟客也都知道這件事。不少人慕名來店中消費，小食肆也算乘上了這股東風，小賺了一波。

賺錢的代價是鍾菱失去了偷懶的機會。

每天一睜眼就在洗菜挑菜，漱洗前還在安排明日的菜單。鍾菱甚至沒有時間研發新菜，隔壁的糕點鋪也很久沒有上新品了。

好在，聚焦在赤北軍身上的視線，隨著殿試結束，轉移到了新科狀元的身上。

和前世不一樣的是，溫謹言並沒有成為狀元。

就如同祁珩預料的那樣，狀元出身世家，是國子監的學生。

鍾菱在遊街的時候，遠遠的看過一眼，是一個看起來成熟穩重的男人，比溫瑾言年紀大些，渾身上下有一股溫潤的氣質。

榜眼是一個乾瘦的中年男子，他身上的喜悅，是三人之中最濃重的。沿街百姓慷慨的給予他歡呼，慶祝他終於得償所願。

而溫謹言是探花。

知道這個消息的時候，所有人都覺得合情合理。自古以來，探花都是前三甲中最俊朗的那個。

溫謹言是三人中最年輕的，他身材挺拔，五官出眾，往那兒一站，完全符合人們對讀書人的「刻板印象」。

遊街的時候，狀元笑得溫和，榜眼樂得看不見眼睛了，只有溫謹言，戴著紅綢緞，端坐在馬背上，薄唇微微緊繃，目光之中不見喜色。

在這種連吹過的風都喜氣洋洋的場合，作為當事人的溫謹言卻繃著一張臉。這副處變不驚的樣子，讓他看起來更加具有不悲不喜的風骨。

本朝民風本就開放，哪怕在放榜的時候，溫謹言已經和林聽嵐手牽手在街上兜轉了一大圈，可遊街的時候，還是有不少姑娘都朝著溫謹言擲了花。

正是春暖花開的季節，到處都是花團錦簇的鮮豔景象，隨便一抬手，便可摘得新鮮的嬌嫩花朵，劃過碧藍天空的各色鮮花和馬背上神色自若的俊朗探花。

這畫面，讓在場所有人都不禁揚起嘴角。

實際上，溫謹言不笑，並非是他真的不喜，也不是對這個排名不滿意。

他是已經開始緊張了。

鍾菱不惜犧牲自己救下了他們一家，而溫謹言能回報鍾菱的，只有這一場考試的結果。雖不是狀元，但探花也足夠了。

只要有面聖的機會……

第六十四章

當天晚上的杏林宴上，發生了一件極其轟動的意外。

探花溫謹言在飲下皇帝賜下的酒後，拒絕了皇帝所有的賞賜。他跪在大殿之中，聲淚俱下的控訴陳王誣衊他人，搶掠婦女的行徑。

皇帝並沒有當場表明自己的態度，宴席照常進行。

當日參加宴席的人很多，這件事情像是長了翅膀一樣，第二天一早就已經鬧得滿京城人盡皆知了。

作為當事人的溫謹言在宴席結束後，就被禁軍帶走了，一直到第二天一早才被放回來。

宮裡的馬車停在小食肆的後門，溫謹言有些疲憊的揉著太陽穴下了馬車。他抬手叩門，卻被巷子裡的一聲厲呵聲驚得一頓。

兩個人高馬大的壯漢披著晨光，朝著溫謹言走過來，他們的手裡拿著長棍，看向溫謹言的時候，眼裡泛著冷意。

「你回來了！」

聽著敲門聲來開門的鍾菱興沖沖的探出腦袋，臉上的笑意在看見那兩個壯漢時，瞬間消失不見。

她壓低了聲音問道：「誰啊？」

溫謹言輕輕搖頭。「不認識。」

這看著就是來找麻煩的……

鍾菱一手扶著門，一手想要拽溫謹言進院子。可那兩個壯漢好像看穿了鍾菱的想法一樣，手中的棍子高高揚起，揮出一陣風聲。

「溫謹言是吧，惹了不該惹的人還想走？」

鍾菱瞬間就反應過來了，溫謹言足不出戶的，能惹上誰？這兩人不是陳王派來的人，就是唐家叫來的。

今時不同往日，鍾菱一點也不慌，她反手一把推開小食肆的後門，後院裡的景象倏然開闊。

懷舒手裡提著小臂粗的長棍，隨意的抖了抖手腕，抬頭看過來。

他身後的鍾大柱提著斧頭，沈著一張臉。

那兩個壯漢猶豫了一下，沒等他們反應過來，懷舒已經朝他們舉起了棍子。

接下來的場面，鍾菱一點也沒有看見。

在棍子揚起的一瞬間，她便被環抱住了，有一雙溫熱的手蒙住她的眼睛，祁珩的聲音輕輕在她耳邊響起。「別看啊，省得作惡夢。」

耳邊是激烈的慘叫聲和棍棍砸在肉上的悶響聲，在這樣慘烈的情況下，鍾菱依偎在祁珩懷中，聽他和溫謹言說話。

「如何？」

「幸不辱命，這火算是點上了。」

眼前一片漆黑的鍾菱舉手問道：「那你這邊的證據呢？」

「我一會兒送去刑部。」

祁珩的聲音在鍾菱頭頂響起。「是時候收網了。」

那兩個來找碴的壯漢，在被懷舒教訓了一頓後，押去報官了。

他們只是京城裡的混混，挨了懷舒幾棍後，就什麼都交代了。是唐之玉叫他們來的，想要叫溫謹言挨頓打，不要再繼續上訴了。

這確實是唐之玉會做出來的事情，天真得近乎有些蠢了，也有幾分狗急跳牆的意思。

唐家急了，想來陳王那邊的情況也不怎麼好。

溫謹言呈送上去的證據，是辰安侯世子那日來小食肆抓人時，出示的那份偽造借條；也虧得他手下的人做事情並不仔細，這份借條在混亂之中，竟落在桌上。

在鍾菱的示意下，被宋昭昭收好了，剛好拿出來用。

字跡再怎麼偽造，也沒辦法在極短的時間內學到一模一樣，皇帝身邊自然有能夠判斷真偽的人。

在京城沸沸揚揚討論著探花郎狀告陳王一事的時候，作為案件的當事人，鍾菱陪著林聽嵐去了一趟刑部。

林聽嵐細聲細語的和處理此事的官員講述了事情的經過，她說著說著便掉下眼淚，像一朵被雨打濕的梨花，我見猶憐。

在走出刑部的時候，林聽嵐忍不住皺眉，輕聲詢問鍾菱。「這樣真的有用嗎？我們拿不出證據啊。」

鍾菱的目光在和她們擦身而過的年邁夫妻身上短暫停留了一下。

天空有些陰沈，早晨那和煦的陽光已經不見了蹤影。烏雲沈沈的壓下，像是醞釀著一場大雨。風揚起那對年邁夫妻鬢邊的白髮，帶著一股決絕的淒涼。

「關鍵性的證據，並不在我們這裡。」

她話音剛落，身後便傳來沈重的鼓聲，聲聲低沈，宛如啼哭一般。

有人在擊鼓鳴冤。

溫謹言狀告陳王，只是一個開始。

年邁的夫妻哭訴他們的女兒在一年前被陳王帶走後，便再也沒了消息。

這事本有些蹊蹺，畢竟老夫妻空口無憑，只說自己女兒被陳王帶走了，何況時間還是在一年前，教人根本無法動手查案。

可巧的是，就在官員想要將他們打發走的時候，又有兩個農夫前來報案。

他們想要從楓樹林裡挖兩棵樹回去種在院子裡，竟挖出了幾具白骨。受到驚嚇之後，他們第一時間就跑來報案了。

更巧的是，發現屍骨的位置，剛好就在陳王的近郊別院和老夫妻所住的村子中間。

既然發現了屍骨，這件事情的性質便完全不同了。

這是一起凶案。

等仵作提著工具箱到達楓樹林的時候，周圍已經圍了不少人。

挖出的幾具白骨都是女性，其中身上戴著下製長命鎖的，正是那對老夫妻的女兒。其他的幾具屍骨上，戴著陳王府的牌子，是陳王府中侍女。

根據仵作查驗，這幾具屍體並不是同一時間埋下的，這片楓樹林，很可能是陳王京郊別院的棄屍地。

在意識到這一點後，負責此事的官員立刻下令，將這片楓樹林全部翻找一遍。

就在京郊的調查展開的時候，京城裡，同樣因為陳王鬧得沸沸揚揚。

一向和陳王交好的辰安侯正頂著呼嘯的風，縱馬朝著皇城趕去。

辰安侯一早收到了一封丟在他院子裡的匿名信。

他這些年之所以堅定的站在陳王身後，是因為他的夫人患病時，是陳王替他從各地尋來名醫，送上昂貴的藥材。雖然最後他的夫人依舊離世，但是陳王在危急時刻的出手相助，讓辰安侯對陳王是死心塌地的信任。

但是匿名信上寫著，他的夫人本可以再活一段時間，是陳王在她藥中添了一味慢性毒藥，藥效剛好與辰安侯夫人所服用的補品相沖，因此加速了她生命的消逝。

辰安侯唯一的軟肋，便是他的夫人。

辰安侯確實懷疑過這是有心人在挑撥，但是他越回想，越覺得不對勁。

信上所說的事，不會是空穴來風。他在府裡翻出了多年以前的藥方，縱馬直闖太醫院，隨手抓了一個鬚髮花白的老太醫，雙目通紅的詢問那補品的藥效。

不一會兒，辰安侯便跪在皇帝面前，聲淚俱下的控訴道：「臣想要替她討個公道啊。」

陳王背著人所做的一切，自溫謹言的狀告開始，像一連串被點燃的炮仗，接二連三的炸開，讓那些陰暗的、見不得人的東西，陡然間暴露在陽光之下。

陳王作惡多端，害人性命的事情，就這麼在京城裡傳開來了。

這些，都是祝子琛專程來小食肆匯報給祁珩的。

平日裡一直忙得腳不沾地的祁珩，這段時間難得清閒下來。他每天都來小食肆，哪怕是頂著懷舒的凝視，都堅持坐在後院裡。

能多個人手幫忙，總是好事。

就是懷舒打年糕的時候，偶爾動靜會比較大，一棍一棍砸下去，像是在宣洩滿腔不悅。

祁珩對外聲稱是為了防止陳王在這最後時刻，狗急跳牆，對鍾菱下手。實際上，他想要多陪陪鍾菱，也和一直對他非常排斥的懷舒搞好關係。

對此，懷舒表示十分抗拒，且拒絕祁珩的示好。

兩人像是氣場不合一樣，總是離得遠遠的。

但是今日不一樣。

祝子琛在和祁珩匯報的時候，懷舒和鍾大柱都站在背後聽著。期間，鍾大柱的目光一直落在鍾菱的髮旋上，最後又意味深長的，看向了祁珩。

這些事情，能在這麼短的時間裡被全部捅出來，本就很不對勁。

不用想都知道，這是有預謀的。

陳王這些年樹敵雖然不少，但近期招惹的人，似乎只有鍾菱了。

以鍾大柱對鍾菱的瞭解，她雖然看起來隨意，但一直是個有自己一套原則的人。她有恩必報，現在看來，有仇也是必報的。

這一連串的事情，和鍾菱一定脫不開關係。

仔細想想，在鍾大柱一天天忙著處理赤北軍事務的時候，鍾菱和祁珩應該也沒閒著。

以鍾菱的一己之力，顯然沒有辦法將這件事情處理得這麼縝密，祁珩在背後，應該也做了不少事情。

鍾大柱的心裡，有些複雜。

這些所有的準備工作，鍾菱全程都瞞著他和懷舒。當這一串炮仗炸開在眼前，鍾大柱突然意識到，鍾菱長大了。

這種既驕傲，又有些空落落的情緒，讓鍾大柱有些回不了神。

但是站在他身邊的懷舒，顯然還沒有感受到這一點。

他眉頭一擰，眼裡是一點也容不下祁珩和鍾菱親密接觸，他抬起手就想要上去把他們倆拉遠些。

鍾大柱眼疾手快，一把扯住懷舒，不由分說的就拉著懷舒往門外走去。

聽見動靜的鍾菱和祁珩齊齊回頭。

鍾大柱語氣平靜的招呼道：「要下大雨了，你們進屋聊吧。」

鍾菱抬頭看了一眼天上沈沈的烏雲，忙催促著祁珩和祝子琛去後廚。

鍾大柱一直將懷舒拽到了門外，兩人面對面站在巷子裡，相對無言。

懷舒有些摸不著頭腦，他疑惑的問道：「怎麼了？」

「差不多，可以了。」鍾大柱倚靠著牆，嘆了一口氣。「她是真心喜歡小祁的。」

「可是！」懷舒繃直脊背，有些不甘的道：「她還那麼小……」

鍾大柱擺擺手，打斷了懷舒的話。

「她是年紀小，但不傻。而且咱姑娘也不像表面上看起來那樣單純，有祁珩給她兜著，倒是教人放心一點。我們就別插手小輩的事情了，她看人啊，可比我們準多了。」

涉及到陳王的這一連串的案件，進展得格外迅速。

主要還是因為辰安侯一再堅持，要求徹查陳王府，誓死要把匿名信上寫著的藥找出來。

這個「謀害侯爺家眷」的罪名，陳王不願意擔，也擔不起。在所有罪證都指向陳王的時候，他迫於壓力，最終同意了辰安侯的要求。

那一味藥，是鍾菱前世無意中發現的。

她起初並沒有把這件事情放在心上，直到有一天晚上，陳王醉酒後，當著鍾菱的面，吹噓了一番自己毒害了別人的夫人，那人還對他感恩戴德的事情。

前世的陳王或許是意識到鍾菱逃不出他的手心，對她也是真的坦誠，不少秘密，都是陳王以一副高高在上的姿態，告訴鍾菱的。

對陳王來說，多年前的事，早已滅證，根本查不出什麼來，這是他有恃無恐的原因。

鍾菱要利用的，就是他的輕視和傲慢。

至於辰安侯，祁珩和鍾菱費盡心思的把他扯進這件事情，也不是真的要替辰安侯求個公道。

辰安侯世子當初囂張的上門來押走鍾菱的這件事情，祁珩還一直耿耿於懷呢。

他們想要的，只是讓陳王打開王府的大門。

僅靠尋常案件想要搜查陳王府，顯然有點難度。對付權貴，就要用特權階級自己的手段才行。

這一點上，辰安侯一點也沒讓他們失望；甚至，在這場初春的大雨還沒降下來之前，他已經完成了他的「使命」了。

被派去陳王府搜查的，是新上任的赤北新軍主將，陸青。

那一場滂沱到近乎要將京城淹沒的大雨，在陸青帶著人站在陳王府門口的時候，剛剛開始落下。分明是白天，但天空陰沈得彷彿已經入夜。

陳王府的管事還是一如既往的傲慢，哪怕是面對剛剛升職的陸青，他的目光中也依舊帶著些許輕視。「府中的花園剛修繕過，還請各位小心，不要亂走。」

陸青任禁軍統領的時候，見識過形形色色的人，他沒有和管事多扯什麼。

春日的雨，還帶著一些寒涼，只是一眨眼的工夫，便已經傾盆而下，急促的雨水串聯在一起，模糊了視線。

陸青和他的手下雖帶著雨具，但也擋不住這樣洶湧的大雨。毫不意外的，管事拒絕讓他們進屋躲雨。

管事說他們一路踩著泥濘過來，此時進屋會弄髒地面。

禁軍的士兵一直受人敬重，什麼時候被這樣對待過，他們憤憤不平，卻被陸青攔住了。隔著雨簾，陸青和站在屋簷下的管事對上目光。刀光劍影掃過雨幕，誰也沒有退讓的意思。

花園確實剛剛修繕過，晴空之下還盡顯花團錦簇的院子，被雨一澆，便徹底現出原形。那些嬌貴植株只是簡單的插在鬆軟的泥土之中，根本沒來得及扎下根。此時已經被雨水打得斜斜歪歪的，躺在泥濘之中。

鮮嫩的花瓣難以承受雨水的重量，不見先前的明媚嬌豔，被雨水打得近乎透明，蕭條又狼狽。

泥土鬆軟，在傾盆的大雨之下，積成一灘泥水，而後匯聚成蜿蜒曲折的泥漿，朝著地勢更低的地方流去。

雨大，風也呼嘯。

雨水落下的軌跡被風吹得七零八落，即使是蓑笠，也擋不住這洶湧的雨水。

年輕的士兵們像一桿桿槍，筆直扎在雨中，他們鬢邊的頭髮早已被打濕，冰涼的雨水順著臉頰流進了衣裳中。衣袖濕透，有幾個士兵甚至忍不住哆嗦了一下。

為首的陸青依舊站得筆直，完全沒有受到一點影響。

他的耳邊是雨滴落在地面上的清脆聲響，節奏緊密，急促得好像在催促著他快點行動。

陸青的目光，落在假山石下的一叢杜鵑上。

絳紫色的杜鵑花躺在泥濘中，在根枝旁的泥濘中，隱約現出了一個匣子的一角輪廓。

這場傾盆的大雨，沖刷掉了黑暗之上最後的那一層遮羞布，真相隨著雨後晴朗的空氣和天邊的日光，重現於世。

陳王府的花園裡，埋藏了大量的黃金。

陸青在發現花園中的異常之時，並未打草驚蛇，而是第一時間差遣手下，調動人馬。

等到管事反應過來的時候，陳王府已經被圍得水洩不通了。

原本陳王府只是配合調查，但在隨著大量黃金被發現後，便徹底處於被動地位了。

管事被押在一旁，奮力掙扎，卻只能眼睜睜的看著陸青輕鬆又精準的打開陳王書房裡的暗門。

在那書架後的房間裡，除了兵器，最讓人矚目的，是掛在牆上的一件龍袍。

事情發展至此，已經徹底超乎了所有人的設想，即使是提供了這個情報的鍾菱也沒有想到，陳王居然有這樣的野心。

她雖然知道陳王的書房有一間密室，也知道裡面肯定裝了些見不得人的東西，但並沒有踏入過其中。

陳王府被查了個底朝天的時候，陳王正在宮中和皇帝喝茶。

他剛剛還在和皇帝來回推諉著綁架鍾菱的事情，下一秒便滿臉迷茫的被陸青和他的手下摁倒在皇帝面前。

那句「放肆」還沒說出口，他的目光便落在陸青手中的那一抹明黃上，臉色瞬間大變。

這件私藏在他密室之中的龍袍明晃晃的出現在眾人的目光中，徹底教陳王閉上了嘴。

這件龍袍屬於先帝，在十年前的那場動盪中，消失不見。

若說之前皇帝還狠不下心，對這個有血緣關係的叔父下狠手，但在看見陳王私藏的這件龍袍後，皇帝便徹底斷絕了心中最後的一絲猶豫和心軟。

這是帝王的底線，任何人都觸碰不得。

前世，是鍾菱被關押在天牢之中，等來了問斬的詔令。

這一次，在天牢中等待著死亡的人，變成了陳王。

陳王一時半刻還不會被處死，他還得在天牢裡待一段時間，因為還有一批懸案未了。

祁珩手裡的帳本化身催命的生死簿，曾經被欺壓卻被權勢堵住嘴的百姓紛紛出來鳴冤。原本難以動搖的陳王府，隨著陳王被關押，瓦解潰散，很快就有人主動開口交代了。

金榜還張貼在宮門，上面的名字已經馬不停蹄的被分配到各自的崗位。祁珩自然也沒辦法每天賴在小食肆裡，他得回到翰林院處理政務了。

陳王已經被關押，唐家如今作主的唐之玉很快被查到，和陳王有大量非法利益往來，她很快便在獄中和唐之毅團聚了。

京城裡，能對鍾菱造成的威脅已經消失，前世最大的苦痛也即將被抹去。

皇帝還是給陳王留了一點面子，並沒有將他拉到刑場上，只在天牢中賜了他一盞鴆酒。曾經在京城裡橫行的藩王，帶著滿腔的不甘和怨恨，在天牢之中，結束了生命。

陳王已死的這個消息，是祁珩帶過來的。

他正大口嚼著薺菜年糕，雖百般不情願，卻還是應了鍾菱的要求，描述了陳王死前的不甘和迷茫。

陳王到死都不明白，他做過的那些見不得人的事情，是怎麼突然之間就被人掀了個底朝天。

鍾菱抱著膝蓋，認認真真的聽祁珩講述。

她曾無數次幻想過，大仇得報的這一天，會是什麼樣的場景。但真的到了這一刻，沒有想像中的涕泗橫流的激動，也沒有熱血上湧的欣喜。

只是像卸下了很重的擔子一樣，教人長舒了一口氣，輕飄飄的。她下意識的摸了一下自己的脖頸，那當眾被砍頭的恐懼和寒涼，似乎也已經模糊了。

鍾菱突然意識到，她好像很久很久都沒有想起前世的那些痛苦了。

後廚裡，阿旭正在往宋昭昭的行李中添置著吃食，昭昭馬上就要去書院讀書了。阿旭嘴上不說，但這幾日一直黏著她，連帶著溫書語也湊了過來，黏黏糊糊的表達自己的不捨。

韓師傅和周蕓在灶臺前商量新菜品，面前的案板上，有三朵用白蘿蔔雕成的山茶花，看起來水靈靈的。

溫謹言在和韓姨商量擴建二樓的事情，林聽嵐拿著帳本，在一旁撥弄著算盤，計算著費用，來串門子的蘇錦繡積極提出了自己的建議。

後院裡，陽光明媚。

鍾大柱依舊坐在柴堆前，不緊不慢的劈著柴，蒸蛋趴在他腳邊打哈欠。

懷舒在練棍，祝子琛和汪琮並肩坐著看，目不轉睛，滿眼崇拜。

吹來的風中帶著絲絲暖意，鍾菱眯著眼睛，心裡是前所未有的平和。

祁珩的聲音和暖風一起，落在了耳邊。「那，我們之前說好的，去什麼地方玩呢？」

鍾菱眨了眨眼睛，她其實還有一件心事未了，她還有一段恩情，沒有還上。

「我想去樊城，給兩位娘親和姊姊上炷香。」

在危機解除之後，懷舒拒絕了鍾大柱提出的，要鍾菱改回姓「紀」的建議。他甚至提過要重新回到寺廟裡，說自己偶爾下山來看看鍾菱就滿足了。

這個念頭，最終在鍾菱的死纏爛打之下，從「偶爾下山」變成了「偶爾回寺廟」。

她擁有了兩個爹爹，除了自己的生母，也多了一位已經離世的母親，和略長她一點的姊姊。

「還有那個夜裡，拿命來護住我的哥哥、姊姊們，我想去樊城，給他們上炷香。」

雖然皇帝已經下旨，收殮所有樊城裡的屍骨，並修建了陵園將他們安葬。但是鍾菱想在官府差人去收殮之前，親自去夢裡的那小巷和院子祭拜一次。

想要親口和他們道一聲謝。

這個行程和祁珩一開始設想的賞花或登高遠眺一點也不一樣，但他對此並無任何意見，甚至生出幾分迫不及待來。

若是沒有赤北軍誓死守住樊城，拖住時間，根本不可能有如今的海晏河清。

祁珩起身就要去和鍾大柱商討如何安排去樊城的路線。

鍾菱跟著站起身來，喊住了他。「等一下，我有一樣東西要給你。」

她腳步輕快的走到柴堆旁，蹲下身來摸索了一會兒後，捧著一個長條的匣子，遞到祁珩面前。「給你。」

祁珩打開了匣子，陽光之下，聖旨躺在匣中，閃著金燦燦的光。

鍾菱帶著笑意的聲音在他的耳邊響起。「去樊城之前，我們再去找一次陛下吧！」

第六十五章

陽春三月，京外的古道上，新抽的柳葉綴在枝頭，隨著微風輕輕搖動，連成一片霧濛濛的嫩綠色。

桃花開得燦爛，嬌嫩的花瓣片片相接，好似晴朗天空飄下的雲霞，掛在枝頭。迎面吹來的風都格外溫和，帶著絲絲清甜草木香氣。

行走在古道之上的行人，不由得放慢了腳步，感受著春日的勃勃生機。

一個少年站在古道盡頭的亭子前，他身形挺拔，五官雖清冷，卻也帶著少年人獨有的鮮活和朝氣。

即使是嬌嫩鮮豔的桃枝柳葉，也絲毫沒有軟化少年身上不怒自威的冷意。來來往往的行人從他身邊路過時，忍不住停駐幾分目光，想多看幾眼這畫一般賞心悅目的畫面，卻又不敢驚擾他。

只有風毫不在意且大膽直接，輕輕環抱他，離別時又帶著絲絲纏綿和不捨，撩起他的衣角，又戀戀不捨的拂過他的髮尾。

伴著一陣嫩葉碰撞的窸窸窣窣聲，風帶來一陣清脆的鈴鐺聲響，緊跟著是車輪駛過青石板的聲音。

少年抬起目光，在看見那緩緩駛來的馬車時，眼中泛起了一絲光亮。

馬車在他面前緩緩停下，一雙纖細玉白的手指從車內探出，掀起簾子。明眸皓齒的少女提起裙襬，動作俐落的跳下馬車，迫不及待的朝著那少年奔去。

「阿旭！」

阿旭剛抬手想要扶她一把，但宋昭昭已經在他面前站定了。

他笑著喊道：「昭昭姊。」

「長高不少嘛！」宋昭昭踮起腳，伸手在阿旭的頭頂比劃了一下。

在意識到沒辦法輕鬆的揉搓阿旭的頭頂時，宋昭昭用力拍了拍阿旭的肩膀，像他們小時候那樣。

這個動作，一下子驅散了許久不見的生疏。

「林伯伯，麻煩您把東西先送去小食肆吧。」宋昭昭指了指阿旭，笑著和車伕說道：「好久沒回來了，我和弟弟走回去，看看京城的樣子。」

曾經在京城鬧得沸沸揚揚的陳王一案，已經過去四年了。

在此事結束之後，祁珩和鍾菱一同去了樊城。

知道他們兩人的打算後，懷舒當機立斷的把宋昭昭和阿旭也塞進他們出行的隊伍裡。

為了安全起見，董叔的兒子也跟隨他們前往，他身手好，有他在，鍾大柱和懷舒都放心許多。

還有忙了好久總算結束了一筆大訂單的蘇錦繡聞風而動，以考察西邊市場布料的名義加入他們。

她還拽上了汪琮，在鍾菱出事的時候，汪琮被他爹關在家裡，一直到事情結束才將他放出來。汪家在朝中並沒有站隊，而且以汪琮那性格，衝動起來說不定會直接上門砸陳王府了。

雖然鍾菱表示理解，但汪琮自己還是彆扭了好一段時間。這次拽上他去樊城，也是為了讓他放下心裡的負擔。

汪琮不好意思，又硬是拉上了祝子琛。

結果，這一趟原本只有兩個人的瀟灑出行，人數增加不說，還嘰嘰喳喳的吵了一路。對沒有出過遠門的宋昭昭來說，這段行程幾乎每一刻都是快樂的。

從樊城回來之後，宋昭昭便按照早安排好的計劃，去了學堂。她的功課其實學得一般，唯有在繪畫上，格外有興趣，展現出非凡的天賦。

在這個柳恩推薦的書院學習了三年後，先生便將她推薦到著名畫師楊華那裡。

在先帝還是太子的時候，楊華便在畫院中被當時的皇帝所賞識。他完成那幅至今還被珍藏在宮中的「雪落南山圖」時，年僅十六歲。

在他名頭最盛的時候，先帝即位了。因為不喜楊華瀟灑恣意的作風，君臣二人相處得並不愉快，楊華很快便出走江南，也因禍得福的躲過了那場動盪。

楊華已經不似十幾歲時的散漫張揚了，他很少作畫，也很久沒有收弟子了。能得到這樣難得的機會，自然是再好不過。從未獨自出過遠門的宋昭昭就這樣在江南待了一年多，就連過年也沒有回來。

此次歸來，是因為鍾菱和祁珩的婚期將近。信送到江南的時候，桃枝還光禿禿的立在寒風之中，他們二人還在納采的階段，但等到宋昭昭啟程回到京城的時候，馬上就要到迎親的日子了。

「咦，蕓姨的糕點鋪子怎麼開到這裡了？」

宋昭昭背著手，腳步輕快，髮簪垂下的流蘇隨著她的腳步悠揚的晃動著。一年多沒有回京城，感覺沒有什麼變化，但感覺又和記憶中有很多不一樣。比如說，在踏燕街上的「鍾記糕點鋪」。

「阿姊不是說不開分店嗎？這不會是掛著招牌騙人的吧！」她說著就捋起袖子，抬腿就要往那圍滿人的店裡衝去。

阿旭這些年也不是白練的，他忙抬手攔住宋昭昭，低聲解釋道：「她只說了食肆不開分店，但是蕓姨的糕點鋪這一年在京城裡開了三家分店。」

也不知道宋昭昭在江南都吃些什麼，阿旭剛剛碰到她手臂的時候，那流暢結實的肌肉，讓阿旭懷疑了一瞬。不是都說江南出溫潤美人嗎？怎麼給宋昭昭練出一身肌肉來了。

「原來如此！」

周蕓的親爹、韓師傅的師父在陳王一事結束之後，也來了京城。老人家年紀雖大，但精力異常好，悉心教導了鍾菱。之後，他的其他幾個弟子也投奔了過來。

幾人一商議，索性多開幾家糕點鋪。

這幾年小食肆和糕點鋪的生意一直很好，鍾菱爽快的買下兩間店面，每家鋪子收一成的利潤，舒舒服服的就實現了財富自由。

鋪子是這一年新開的，但是師傅們早幾年就來京城了，他們自然也認識宋昭昭，此時再見到這張漂亮乖巧的小臉，師傅們頓時放下手裡的活，圍著宋昭昭噓寒問暖。

沒有擠進買糕點隊伍的阿旭只好站在門口，等了好一會兒，才等到連蹦帶跳，帶著一身甜香，抱著一手吃食出來的宋昭昭。

「給。」宋昭昭大方的將懷裡的東西都遞給阿旭，自己挑了一個小魚形狀的糕餅，小口咬著。

兩人腳步悠閒的穿過踏燕街。

這是鍾菱一開始白手起家擺攤的地方，許多鋪子的掌櫃、小廝都認識鍾菱的這一雙弟妹，熱情的和他們打招呼。

那些原本赤北軍老將的家眷們，大多選擇在京城謀一份活來幹。

錦繡坊和其他一些店鋪接納了她們，也有一部分人選擇從鍾菱手裡接過她的煎餅攤、飯糰攤，生意都相當不錯。

兩人有一搭沒一搭的聊著。

阿旭覺得宋昭昭好像變了很多，變得獨立有主見了，但又好像什麼都沒變，她的言語動作，還是和之前一模一樣。

宋昭昭也覺得阿旭變了許多，一年多的時間，和他講話已經要抬頭才行了。

他寡言又安靜，很少主動說些什麼，但是只要宋昭昭開口問，他一定會第一時間接上。

宋昭昭不禁想起，鍾菱曾和她說過，第一次看見阿旭的時候，就覺得他像一隻小狼崽。

如今，宋昭昭真切的感覺到了，這小狼好像已經長大了。

就在兩人準備拐個彎，繞進清水街的時候，一陣急促的噠噠馬蹄聲破風而來，伴隨著馬兒的嘶鳴聲，有兩道陰影急促的停在他們二人的面前。

「裴大人！」青年翻身下馬，朝著阿旭一拱手。

宋昭昭愣了一下，她叫慣了阿旭，差點忘記了阿旭姓裴的這件事情。

「祁大人請您去刑部一趟！」

阿旭神色一凜，下意識的就想要伸手接過韁繩，卻突然反應過來，側頭看向宋昭昭，開口吩咐道：「留下一匹馬，送我姊姊回……」

他話還沒說完，就被宋昭昭打斷了。

「留下兩匹！」

「別胡鬧！」

阿旭皺著眉，輕呵道：「那是刑部，不是畫院！」

他黑著臉壓低嗓音的樣子，隱約教宋昭昭看見了鍾大柱的影子。

雖然宋昭昭對鍾大柱還是十分敬畏，但是對阿旭她知道要如何拿捏。「我沒胡鬧，我就是太久沒見到祁……大人了，我和他見一面就走，不會打擾你辦事情的！」

阿旭從小沒有辦法拒絕的兩件事情，一是他師父的命令，二就是兩位姊姊眨著眼睛看他的時候。

當宋昭昭翻身上馬的時候，阿旭無奈的嘆一口氣。她一定是和鍾菱學的！

宋昭昭一直對騎馬表現出抗拒，也不知道在江南經歷了什麼，不知道楊華是怎麼把她心結給解開的。

阿旭一路繞著道的往刑部趕，宋昭昭居然也跟上了，並且神色自若，一副遊刃有餘的樣子。

「裴副將！」

「裴大人！」

早有人在門口等著阿旭。

當年那個蜷縮在牆角的小男孩，如今已經是赤北新軍的副將了。

只是這職位，雖然聽起來很體面，但鍾大柱一直覺得他太稚嫩，不讓陸青放權給他。所以他雖然是個副將，但實際上一直在給陸青打著下手，做些瑣事。

宋昭昭跟在阿旭身後往裡走去，她好奇的東張西望。

阿旭如今也是京城裡一塊香餑餑，他雖然年紀小了點，但容貌和體態都是絕佳，加上赤北新軍副將和鍾遠山親傳弟子的身分，使得他已經被不少人家盯上了。

這是阿旭第一次當眾帶了姑娘在身邊，周圍的官員都忍不住朝他們看去。

阿旭也意識到這一點，他微微皺眉，有些刻意的提高了一些音量。「姊。」

「怎麼了？」

「祁大人在那裡，妳先過去找他，我去拿卷宗。」

宋昭昭應下，快步走向那立在院中，正和別人交談的青年。

瞧見她走來，和祁珩說話的人便拱手道別了。

「祁大人。」宋昭昭笑彎了眼睛，朝著祁珩恭恭敬敬的施了一禮。

再抬頭時，恰好撞見祁珩笑盈盈的目光。

祁珩一點也沒變，還是宋昭昭印象裡的樣子。

只是他實在是笑得太過於慈祥了，讓宋昭昭恍惚了一瞬，彷彿看見了她師父看自己兒子時的樣子。

宋昭昭往前走了兩步，抬起頭，稍稍壓低了聲音，但語調依舊歡快的上揚。「姊夫！」

這般甜脆的聲音，這樣真摯的語氣，還有這怎麼聽怎麼悅耳的稱呼，這教祁珩根本沒有拒絕的可能，他毫不猶豫的應了一聲。

隨即感慨道：「還是妳懂事啊，不像阿旭那小子……」

宋昭昭笑道：「那是阿旭守規矩。」

提到規矩，祁珩忍不住嘆了口氣。「太守規矩也不好。」

他說的，自然不是阿旭改口的事情。

自從欽天監算過了他與鍾菱兩人的八字和吉時後，祁國老便將老早就備好的聘禮給鍾家送過去了。

在祁國老和鍾大柱一同簽署了婚書之後，懷舒便把鍾菱盯得死死的，說什麼也不讓祁珩有上門和她見面的機會。

自從溫謹言進入翰林院後，很大程度的分擔了祁珩肩膀上的擔子。他開始有更多的時間往小食肆跑，幾乎每天都能吃上小食肆的特供晚膳。

突然有這麼長一段時間見不著鍾菱的面，祁珩非常不適應。每天一到吃飯的點，就湧起無限的思念。

好在祁珩雖有滿腔心酸，但理智尚存，他關切的看向宋昭昭，問道：「妳這一路顛簸，怎麼不回家，先來這兒了？」

宋昭昭指了指門外，道：「阿旭臨時被叫過來，我也跟來了。」

許是和鍾菱相處久了，鍾菱那套「孩子喜歡什麼就讓他幹什麼」、「男孩能幹的女孩也能幹」的觀點，順利植入了祁珩本就思想開放的腦海中。

他見宋昭昭有些興趣的樣子，邊領她往裡走去，邊介紹情況。

「京城裡有三戶人家被滅門了，事情鬧得挺大的，已經傳到陛下耳朵裡了。」

祁珩如今身為尚書僕射，早已進入了中央最高決策機構之中。他既然站了出來，那這個案子，必定不是什麼小案。

「急著叫阿旭來，是剛得知有個目擊者看見過那凶手的樣子。畫師在畫通緝令了，一會兒就可以叫阿旭帶人張貼出去。」

穿過一條長廊，祁珩和守在門口的侍衛打過招呼，領著宋昭昭往最裡邊的屋子走去。

「不是這樣的，他不長這樣！」

半掩的房門裡，傳來急促焦急的聲音。

宋昭昭挑了挑眉，跟在祁珩身後進到屋內。

在這刑部之中，她的藕粉色長裙顯得有些惹眼，但是站在祁珩身邊倒是不顯得突兀。

在所有人的目光都聚集在祁珩身上並行禮時，宋昭昭悄悄的站到一旁，沒有引起注意。

屋內的幾個官員圍著一方小桌，愁眉不展。

小桌邊上，坐著一個衣著樸素的中年男人。他放在桌上的手粗糙寬厚，微微彎曲，表現出極強的不安和抗拒。

一個文人模樣的削瘦男子舉著一張畫紙，有些不耐煩的質問道：「這就是按照你說的樣子畫的，有哪裡不像？」

那目擊證人不過是一個普通的農人，什麼時候見過這架勢。他越緊張，就越語無倫次，說出來的話就越發沒有邏輯。

「不是這樣的臉……臉頰不是的，不是。」

那執筆的畫師越發不耐煩，他皺著眉，明晃晃的輕蔑和不屑寫在臉上。

就在宋昭昭以為他馬上就要開始罵人的時候，祁珩往前走了兩步，微微壓低聲音，用一種溫和可靠的語氣，打斷了有幾分沈重的氛圍。

「可以把那天看到的再重複一遍嗎？」

雖然不知道祁珩的身分，祁珩身上的沈穩和眼中透露出來的鼓勵，讓那目擊者莫名的感到安心。

「那天我夜裡想起，背簍放在外面忘了取，就開門去拿。有個人從隔壁的方向跑出來，腳步匆忙，我們就對視了一眼。」

「那人的樣貌呢？」

「眉毛很淡，眼睛……眼白多，嘴唇很薄，臉頰很瘦，瘦凹進去了。」

祁珩若有所思的點了點頭，他低頭看著畫師的畫紙，沒有說話。

他的沈默讓那憨厚老實的目擊證人慌了神，他猛地抬起頭，焦急的自證。「大人，我真的把知道的都說了啊！我真的……」

祁珩微微一笑，安撫著他的情緒。「我知道你沒有騙人，我只是在想，究竟是漏掉了什麼……」

「燈籠。」

一直站在角落裡沒有說話的宋昭昭突然開口。「你家門口掛燈籠了嗎？」

目擊的農人雖然不知道為什麼這裡會出現一個姑娘，但是很明顯這間屋子裡的人，他一個也惹不起，於是他顫抖著回答道：「掛……掛著。」

宋昭昭點了點頭，嘴角微微勾起。

看見她臉上了然的神情，祁珩的眼中閃過一絲笑意。

而屋內其他人則茫然了一瞬。

「祁大人……這位姑娘是……」

沒等祁珩回答，那個畫師已經急不可耐的站了起來，他一拍桌子，指著宋昭昭就罵。

「這是什麼地方，是妳一個娘兒們該進來的地方嗎？識相點就不要打擾辦案，出了問題妳擔得起責任嗎？」

這話說得難聽極了，宋昭昭是跟在祁珩身後進來的，就算是看在祁珩的面子上也不該說這般直接的話。其他幾個官員皺著眉，小心翼翼的打量著祁珩的臉色。

祁珩倒是神態自若，他的眼中帶著笑意，看著宋昭昭掏出半截炭筆，在紙上畫了兩筆。

「什麼時代了，還有這般迂腐的思想。我只知道，你再畫不出來，這案子你可就擔不起了。」宋昭昭看了一眼暴跳如雷的畫師，舉起了手中的紙。

「您看看，他是長這樣嗎？」
炭筆隨意的在紙上勾勒出幾筆形狀，一個三白眼的男人赫然現於紙上。
「啊！」那農人驚聲道：「是這樣，就是他！」
在所有人驚訝的目光中，宋昭昭得意的朝著畫師挑了挑眉。
畫師還沒平緩驚訝，被宋昭昭氣得差點一口氣上不來，他破口大罵道：「妳！妳是什麼人，妳是不是和這凶手有勾結！」
「我剛從江南回來，踏進城門不過半個時辰，上哪兒勾結凶手啊？」宋昭昭抬手歸攏了垂下來的一縷碎髮，和和氣氣的開口道：「胡言亂語久了也不好，早點去抓副藥治治吧。」
這畫師想來地位不一般，一直被人恭維，不曾被這樣諷刺過。他被宋昭昭氣得直喘粗氣，半天也沒說出話來。
在他們二人爭執的工夫，祁珩已經低聲詢問了目擊者這畫像中人具體的情況。
他朝著那兩個官員道：「請裴副將拿去臨摹張貼。」
畫師一聽，猛地扭頭看向沈默著看戲的官員，怒道：「這名不見經傳的女人畫出的畫像，你們都敢用？」
祁珩怎麼說也是中樞機構說得上話的人，這畫師實在是有些不知好歹了。
祁珩皺眉，剛想出聲呵斥，就聽見宋昭昭有些好奇的聲音。
「敢問你是師承何處？」

宋昭昭的語氣實在是真誠，像是真心討教一般，硬是讓那畫師生出了幾分的優越感。

他清了清嗓子，朗聲道：「鄙人不才，師從楊華大師的嫡親大弟子。」

祁珩沒忍住，笑出了聲。

「哦……」宋昭昭誇張的點了點頭。「是楊華大師的徒孫啊。」

「正是。」

「你這師父不行啊，到底教沒教過你東西啊，為什麼你連光影都搞不明白？」

畫師愣了一瞬，沒等他反應過來，一旁一直沒說話的官員突然開口問道：「光影？」

「正是。」宋昭昭點頭。「夜深漆黑，一盞燈籠的光線會對人的五官產生很大的影響，尤其是繪出來後，會更加難以還原，所以這位大哥才會覺得畫像不像。」

宋昭昭的師父楊華在江南的時候，曾和貿易商隊裡的外國人打過交道。外國人之中也有幾個隨商隊采風的畫師，楊華便從他們那裡學來了一手炭筆畫，並且如數傳給了宋昭昭。

宋昭昭已經猜到了祁珩今天帶她來的目的了，眼看著事情已經結束了，她朝著另外兩位官員一拱手，跟在祁珩身後就往外走。

「妳……妳是什麼人？」畫師抬起一雙通紅的眼睛，喊住了宋昭昭。

「我？」

宋昭昭指了指自己，笑了笑。「如果你真的是楊華的徒孫的話，你大概要喊我一聲，小師叔。」

阿旭領到畫像後，第一時間帶著手下的人去各處張貼了。

祁珩牽著馬，和宋昭昭一起走回小食肆。

「刑部早就受夠這個畫師了，他仗著自己的師承非常傲慢不說，要是碰到姑娘或婦人來報官，一定還要羞辱幾分。」

「難怪……」

要打壓那個畫師，宋昭昭是最合適的了。

「城門口早已戒備，有這畫像，應該不難破案了。」祁珩眉目舒緩，感嘆道：「這下可以回去安心準備成親的事情了。」

理論上祁珩和鍾菱兩人成婚之後，要住在祁府。

鍾家也有自己的宅院，是皇帝賜給鍾大柱的，不大，但是雅致。

自從韓師傅的師兄弟來了之後，鍾大柱便領著宋昭昭和阿旭搬去了新家，將小食肆後院的住宅和院子留給他們。

鍾大柱本人偶爾也會回到鍾府小住幾日，大多是在懷舒回到寺廟的時候。

尤其是這一年來，鍾菱動不動就和祁珩跑去哪兒玩，宋昭昭去江南拜師學藝，阿旭也開始忙了。府中冷清，鍾大柱便會和懷舒一起去京郊的赤北新軍的營地待上幾日。

祁府也是一樣的情況。

祁珩忙的時候整夜都在宮裡商議政務，不忙的時候就去找鍾菱了。祁國老獨自一人在家，實在無事可幹，便隔三差五的找柳恩出去遊山玩水。

兩家人都不在意這小倆口婚後去哪裡居住，但是儀式還是要周全，在成婚那日，他們二人得住在祁府的新房裡。

「那我就送妳到這裡了，再往前走要被紀叔看見了。」這才剛到清水街，祁珩便停下了腳步。

宋昭昭仰頭看著祁珩，沒有動。她總感覺，祁珩還有話要說。

「感覺馬上妳就要真的變成我妹妹了。」

哪怕如今已經成為副相，在提起婚事時，他的臉上還是會浮現出幾分少年人的羞澀。

「大家都找到了自己的方向，昭昭，這次回京城，只管去做妳想做的事情，我們都站在妳後面呢。」

算起來，祁珩和宋昭昭認識的時間，比宋昭昭和鍾菱認識的時間還要久。

認識祁珩的時候，她還身處苦難之中，覺得等自己年紀大些了，就去做工，等年紀到了就嫁人，然後平淡無奇的過完自己的一生。

他們之間的相遇，埋下了一顆種子，而在認識鍾菱之後，她的人生，就徹底改變了。

「我會的，謝謝你，姊夫。」

第六十六章

宋昭昭回京城的這些天，一直沒有歇下來過。

光是鍾菱的「姊妹局」，三天就能開兩場。宋昭昭甚至覺得，她每天在盧玥名下的清月樓的時間，都比在小食肆的時間要長。

在祁珩和鍾菱大婚的前一日，宋昭昭捧著盧玥硬塞給她的梅子酒，呆呆愣愣的看著一旁往桌子上丟麻將牌的幾個人。

比她更呆愣的是阿旭，宋昭昭起碼跟著師父在江南小酌過幾杯，但赤北軍的將士們都還當阿旭是孩子，加上有鍾遠山親傳弟子的身分在，誰也不敢硬灌他酒。

兩口青梅酒下肚，阿旭已經臉頰泛紅，反應慢上半拍了。

宋昭昭有些擔心，給阿旭倒了一杯熱茶。

清月樓的一樓、二樓依舊是聽戲和說書的地方，三樓留了一層，在盧玥的邀請下，各家首飾鋪子、脂粉鋪和錦繡坊入駐其中，再往上便是包廂了。

宋昭昭毫不懷疑，若不是他們這間包廂裡坐著的是盧玥，一定會被侍從提醒安靜一點。

盧玥、蘇錦繡、祝子琛還有鍾笙四個人坐了一桌，把牌搓得很響。汪琮還有其他幾個赤北軍老將的孩子們，在一旁玩著積木遊戲。

這場聚會的主角鍾菱，倒是一點也沒參與其中。她坐在窗邊，任由風纏綿的繞過她的髮絲。

宋昭昭一直有一種感覺，在他們所有人都往前走的時候，只有鍾菱一直站在原地。她一直以一種旁觀者的態度，笑盈盈的看著時間流逝，看著人世間的悲歡離合。

「姊，妳真的不早點回去準備嗎？」宋昭昭給鍾菱也端了一杯茶水，坐到了她身邊。

「沒什麼好準備的啊，衣裳和首飾不都準備好了嗎？其他流程也都說好一切從簡了。」

鍾菱支著下巴，眼眸中帶著笑意，目光悠閒的看向窗外。

宋昭昭有些不解。「這可是成親的大日子！」

「大概……」鍾菱眉尾微挑，笑道：「我們都想要將這樣鄭重的日子，當作平常的某一天，將之後平常的每一天，都當作鄭重的大日子來過。」

這般言論，實在是教宋昭昭感受到了一絲震撼。

提起婚事，鍾菱那清冷眼眸中止不住的笑意，她的目光看向了正在興頭上的眾人，輕聲問宋昭昭。「妳覺得，下一個成親的，會是誰啊？」

宋昭昭思考了一會兒，發現自己得不出答案來。

他們這一群人，能玩到一起是有原因的。

像盧玥，已經是京城赫赫有名的女商人了。她早已將盧家最一開始交到她手裡的產業翻倍了，並且很擅長處理和官府之間的關係。

要防止有人惦記盧家的家產，又要找一個真心對她的人，盧玥的婚事一時半刻是定不下來的。

而蘇錦繡，之前其實和汪琮走得非常近。他們之間性格相似，本應非常聊得來，但是他們之間又有一個巨大區別。

蘇錦繡是和血親決裂後，一手建立起錦繡坊的。她是在掙扎之後，打破一切走上自己的道路。

汪琮雖然有些紈袴，但他本質上一直在走家族安排的路，很難掙脫開來自家族的責任。他沒有，也不必經歷那破後而立，浴火重生的過程。

浴火重生的蘇錦繡，不可能願意被這張網所束縛。

之前皇帝曾提過，要鍾菱進宮做女官，鍾菱思來想去後拒絕了。

蘇錦繡同樣不只一次收到過來自宮裡的邀請，請她去宮裡的繡房任職。對蘇錦繡來說，條條框框的約束是致命的。

在意識到這一點後，他們二人都稍稍拉開了一點距離。

只是蘇錦繡最近和董叔的兒子走得很近。董叔的兒子曾經是個遊走四方的俠客，現在子承父業，應召入伍了。

鍾菱還滿看好他們的。

董叔的兒子行走江湖，什麼沒見過？因此不會像汪家一樣，在蘇錦繡和汪琮走得近點的時候，便出來指指點點她的事業，企圖叫她安心在家相夫教子。

這是傳統階級和新思想的碰撞，不可避免，也無法迴避。

她和祁珩的婚事，何嘗不是一種碰撞呢？

鍾菱撐著下巴看向窗外。其實她應該算是傳統階級的那一撥人才是，她爹這個官職和爵位，和祁珩也稱得上一句門當戶對了。

祁珩，好像是上天放在她重生起點的一件禮物。

在她做出那個改變一切的、最初的決定之後，祁珩便出現在她的人生軌跡之中，並且在往後的人生中，他們緊密相連，再也無法分開。

宋昭昭等了好半天也沒等到答案，她疑惑的看向鍾菱，卻見鍾菱一直探頭看向窗外。順著鍾菱垂下的目光看去，在清月樓對面的小巷口，頎長的身影筆直的立在那裡。

祁珩仰著頭，嘴角帶著笑意，滿眼溫情的看向倚靠在窗口的鍾菱。

兩人的目光在碧藍的天空之下，在穿行的車馬之上，在和煦的春風中交織。

前一天玩得太盡興的後果，是第二天天還沒亮就從床上被叫起來的鍾菱，怎麼也睜不開眼睛。

她垂著眼皮，被按在梳妝檯前梳妝打扮。期間，懷舒和鍾大柱還來給她送了桂圓紅棗茶。

懷舒在看見鍾菱的時候，便忍不住的熱淚盈眶。

鍾菱正在盤頭髮，懷舒便舀起一勺紅棗茶，朝著鍾菱遞過去。

鍾菱被按著腦袋，動彈不得。她費勁的抬起眼皮，看清面前的人是懷舒後，含糊的喊了一聲「爹」，便順從的張嘴喝下了茶。

對懷舒來說，這動作，熟悉又陌生。

手中的茶水變成了米糊，眼前妝容精緻的鍾菱好像變成了牙牙學語的稚童，眼前的畫面逐漸模糊。

他好像看見了妻子抱著粉妝玉琢的孩子，輕聲細語的說著話。她懷裡肉嘟嘟的小姑娘低垂著腦袋，睏得不省人事。

待懷舒再抬頭時，妻子的面容和孩子的容貌逐漸重疊。這一瞬間，喜悅和思念交織在一起，複雜的情緒瞬間將他吞沒。

一旁滿臉慈祥看著這和睦場面的鍾大柱手上突然被塞了一只碗，他疑惑的看向懷舒腳步匆忙離去的方向。

「怎麼了？」

鍾大柱微微皺眉，隨後接手懷舒的工作，將碗放在梳妝檯上，舀起已去好核的桂圓，遞到鍾菱嘴邊。「沒事，他就是太激動了。」

提到這個，鍾菱嘆了一口氣。

「我成婚，沒能讓你們出席，實在是……」
實在是太不孝了。
懷舒是個和尚，加上他紀川澤的這個身分一直沒有公之於眾，因此他並不適合作為鍾菱的父親出現在婚禮上。
而鍾大柱的身分多少也有點特殊，他見懷舒不肯，便不願意占這個名頭。
祁珩的爹娘也不在人世，祁國老便拍案作主，省去了這一流程。反正私下裡敬過茶，改過稱謂就好。
「胡說什麼呢。」鍾大柱輕呵道：「我們倆能瞧見妳出嫁，已經是心滿意足了。」
他拾起桌上的帕子，替鍾菱擦了擦嘴角。「我去看看妳爹啊。」
鍾菱迷迷糊糊的應了一聲，隨後又打起了瞌睡。
她實在是睏得緊，哪怕是即將要結婚，也一點也沒有受到影響。
林聽嵐從早上就開始抹眼淚了，直呼時光飛逝。就是沈穩如蘇錦繡、盧玥，在看見鍾菱鳳冠霞帔站在那兒的樣子，也忍不住動容。
比起四年前，鍾菱長高了一些，眉眼也徹底長開了。在京城最好的妝娘的精心修飾下，緋紅遮掩了她眉眼間的冷意，更顯得端莊大氣。
那由蘇錦繡親自操刀，盯了整整三個月的嫁衣，端莊的大紅色和無數金絲銀線繡成的紋飾，襯得鍾菱皮膚白得幾乎發光。

她像是站在一團火焰中一般，任誰看了都會屏氣凝神一瞬，而後發出連綿不絕的讚嘆。

唯一不完美的地方，就是新娘好像沒什麼精神的樣子，好像下一秒就要睡著了。

哪怕是阿旭揹著她踏出了家門，祁珩拉著她拜堂的時候，鍾菱依舊是半睡半醒的狀態。

以至於宋昭昭將她牽進婚房的時候，還有些擔憂，期間還跑去宴席上，詢問前來參加婚宴的梁神醫一番。

鍾菱半個月前還去過梁神醫的醫館，自然是沒什麼大問題。

梁神醫隔著蓋頭給昏睡在桌前的鍾菱把了脈，沒得出任何結論。他寬慰了宋昭昭幾句，便腳步匆匆的回席上，急著去吃周蕓師傅特地做的宴席小蛋糕了。

這一場婚宴的後廚，被韓師傅的師兄弟包辦了。

宴席的菜品品質極高，眾人甚至為了守著新上的菜，暫時顧不上去給身為新郎官的祁珩灌酒。

鍾記糕點鋪甚至還發放免費的糕點，讓這對新人得到京城百姓前所未有的熱烈祝福。

既然梁神醫都說沒什麼，宋昭昭只好先替她卸了精緻繁雜的頭飾，將她安置在榻上，讓她好好休息。

鍾菱在成親的前夜，作了一個夢。

她夢見自己獨自走在一條小徑上，看見了年少時的紀川澤和鍾遠山。

她緩慢的邁著步子，看他們長大，習武，最終成為了赤北軍的主、副將。

她看見了紀川澤環抱著一個貌美的少女，看見並未殘缺手臂的鍾遠山和一個笑容燦爛的女子縱馬狂奔。

在夢裡，沒有樊城的意外，也沒有來自朝廷的背叛，不曾發生過任何的生離死別。

鍾菱貪婪的旁觀著這一切。

看著兩家人是多麼的幸福，看小小的自己和鍾遠山的女兒一起手牽手長大。

鍾菱一直以為自己是一個遙遠的旁觀者。

直到，鍾遠山的夫人喊住了她，笑著招呼道：「站了這麼久了，進來坐坐吧。」

鍾菱被兩位娘親簇擁著，講述了自己的故事。可能是在夢裡，她們並未提出一點質疑，只是憐惜的撫摸她的臉頰。

「一定吃了很多苦吧？」

紀夫人抱住她，眼眶止不住的泛紅。

鍾夫人拉住鍾菱的手，哽咽道：「這些年辛苦妳了。」

從小到大，在鍾菱的成長過程中，她的身邊從未有過女性長輩。在這一場夢裡，鍾菱人生裡缺失的最後一份愛，被填滿了。

她們說了很多很多的話，鍾菱被押上刑場時的恐懼、重活一世的惶恐，這些從不對人說出口，只屬於她一個人的秘密，終於可以傾訴，有地方可以安放了。

一直到夕陽斜斜落在鍾府的瓦片上，鍾菱的故事也說到了尾聲。

她看著兩位夫人，眼眸之中泛著淚光。

鍾夫人站起身來，溫柔的拍了拍鍾菱的肩膀。「不早了，妳該回去了。」

「可是……可是……」鍾菱握住鍾夫人的手，她抬起臉來，神色之中，有幾分慌亂。

紀夫人捧住她的臉，滿含笑意的道：「菱菱，我們終究能再相見的。」

「只是，現在還有人在等妳呢，可別讓他等急了哦。」

鍾菱緊緊握住鍾夫人的手指，微微鬆了鬆，而後脫力一般的滑落了下來，無力的垂在身側。

這終究只是一場夢……

縱然有萬般的不捨，鍾菱還是在兩位夫人的陪伴下走到了門口。她戀戀不捨的回頭，在飽含鼓勵和慈愛的目光中，邁出步子。

鍾菱緩緩睜開眼睛，還沒來得及看清楚眼前的畫面，兩行清淚便已經流淌而下。

溫和熟悉的聲音在耳邊響起。「怎麼了，作噩夢了嗎？」

鍾菱眨眨眼睛，沒等她開口說話，祁珩已經替她擦去了臉上的淚痕，將溫熱的茶水遞到了鍾菱唇邊。

「我夢到阿娘了。」

鍾菱伸手攬住了祁珩的脖子，將下巴放在他的肩膀上。

「阿娘說什麼了嗎？」

「她說，有人在等我，催促我回去。」

祁珩輕笑了一聲，將鍾菱抱得更緊了些。

在整個人陷在祁珩懷裡的時候，鍾菱才意識到，祁珩可能喝了不少酒，雖然並沒有什麼酒氣，但他的身子很燙。

鍾菱身上的嫁衣早已被宋昭昭幫著脫下了，此時她的身上僅剩一件大紅色的薄衫。兩人的身軀緊密相貼，鍾菱能感覺到祁珩隨著呼吸起伏的胸膛，聽見他心臟跳動的聲音。

祁珩身上的滾燙融解了兩人之間最後的距離，將鍾菱心中最後的空隙填補得滿滿當當。滿當得，幾乎要滿溢出來了。

鍾菱環抱住祁珩，她能感覺到，緊貼著的那顆心臟逐漸亂了節奏，那落在她髮絲間的呼吸逐漸變得沈重。

「祁珩……」

「嗯。」

祁珩悶悶的應了一聲，環抱鍾菱的手微微抬了一下，拿下鍾菱髮髻間最後一支金簪。墨色的長髮如瀑般灑落在身後，鍾菱輕哼了一聲，任由祁珩將她輕輕的放在柔軟的床榻上。

祁珩直起腰桿，伸手要去滅掉床邊的蠟燭。

看著面前那精瘦的腰身和胸膛肌肉的輪廓，睡了幾乎一天的鍾菱終於尋回自己的理智。

她下意識的舔了舔嘴角，心下一陣慌亂。她伸手想去攔祁珩，可一抬手卻直接觸碰到了那輪廓分明的滾燙肌肉，鍾菱像是被灼傷一般，一下就縮回了手。

再抬頭時，恰好撞進祁珩滿懷笑意的眼眸中。

在酒精的作用下，他的目光隱隱有幾分的迷離，卻帶著滿腔的愛意，盡數落在鍾菱的身上。「夫人……原來這麼著急啊。」

「我……」

鍾菱下意識的想要開口否認。

但是祁珩手上動作迅速，滅掉了床邊燃著的蠟燭。屋內僅剩花燭燃燒著，曖昧的光瞬間盈滿屋內。

看著眼前那幾乎明示著接下來要發生什麼的光線，鍾菱的心臟怦怦撞擊著胸膛，幾乎要蹦出喉嚨了。

她本能的往牆的方向挪動，企圖多躲上一分一秒。

但不幸的是，祁珩已經看穿了她的心思。

一雙寬厚熱燙的手掌攬住鍾菱的腰身，她下意識的輕哼一聲，隨即被溫熱和柔軟所吞沒。那無盡的愛意化作滾燙的熾熱焰火，將鍾菱緊緊包裹住。

當熱烈消退，歸於夜色濃稠。鍾菱枕著祁珩的胸膛，感受著逐漸步調一致的呼吸起伏，不知為何，她雖已力竭，神智卻是前所未有的清明，莫名有種想要流淚的衝動。

曾經，那些刻苦銘心的死亡和遺憾，是尖銳鋒利的冰柱，橫在她前行的路上，將她徹底困在原地。

好在，她終究還是彌補了前世死後，所有的遺憾。

思緒至此，眼淚終是奪眶而出，滴落在祁珩赤裸堅實的胸膛之上。感受到懷中人情緒的變化，祁珩迷迷糊糊的睜眼，微微側身，將鍾菱攬進懷裡。

他像一條大狗似的，蹭了蹭鍾菱的額頭，用力的親了一口後，又緊緊的將她環抱住。

枕著祁珩的手臂，鍾菱止不住的揚起嘴角，她閉上眼睛，準備睡一個好覺。

那些曾經刻苦銘心的往事終究漸漸模糊了。如今，四面八方的愛正朝著她湧來。

番外一 死囚（上）

鍾大柱是從里正那裡知道陳王妃今日被處死的消息。

他剛從樊城回來，去給妻女上香。這一來一回就是一個多月，他還沒來得及去京城歸還租賃來的馬匹，前腳剛踏進赤北村的小院，便從里正那裡聽到了這個消息。

鍾大柱用了一些時間才反應過來，陳王妃是誰。

隨後，他神色一凝，毫不猶豫的轉身衝進屋內，胡亂的從床底下掏出一個木盒子。裡面裝著的，是零碎的銀子和銅板。鍾大柱看也沒看，將它們盡數倒進了一個小袋裡，往懷裡一揣，完全不顧里正怪異的目光，便轉身奔了出去。

「大柱，大柱！出什麼事情了啊！」

里正扯著嗓子，對著那馬蹄揚起的飛塵喊了半天，最後無奈的嘆了口氣。

鍾大柱伏在馬背之上，耳邊灌滿了呼嘯的風聲。周遭的景物帶著殘影從視線裡掠過，但鍾大柱卻渾然不覺此時的速度有多快，一個勁兒的勒緊韁繩，催促著馬兒跑得再快點。

再快點，再快點……

樊城裡一片廢墟的畫面還在眼前，曾經被鮮血浸染的那個雨夜，一幕一幕的腦海中翻騰，分明是晴空萬里，卻有看不見的烏雲覆蓋在鍾大柱的心頭。

樊城的風呼嘯著穿過時間，又吹到了他的面前。不管過去了多少年，當年的那一幕重新浮現在眼前時，鍾大柱就還是那個做出錯誤部署的鍾遠山。

他滿心惶恐，膽顫心驚。

京城城門就在眼前，鍾大柱彷彿看見了那離開他多年的小姑娘。他的女兒就站在城門之上，髮絲散亂在風中，張嘴朝著他喊著什麼。

風吹得眼眸發疼，鍾大柱用力的閉了閉眼睛。

不能再錯過了！

但是一切，都事與願違。

人群已經散去，刑場上空空盪盪，只餘下那一灘暴露在陽光之下，發黑的血跡。

鍾大柱怔怔的看著那灘血跡，渾身的血液在這一瞬間失去了流動的能力，冰冷的朝著腳底沈去。

他不知道自己是怎麼靠著最後一絲理智，尋到停屍房的位置。鍾大柱扔下身上所有的錢財，帶走了關節已經僵硬的小姑娘，將她埋葬在後山之上。

鐵鍬翻起的每一把土，都壓在鍾大柱的心頭上，沈悶得教他喘不上氣。濃厚的悲傷從厚實的土層中蔓延，侵占了他的全部理智。

他跪坐在新壘起的墳前，呼嘯的風驚起禽鳥的鳴叫，在空盪的山嶺間顯得格外孤寂。

鍾大柱緩緩抬頭，有一瞬間，他感覺自己還站在樊城門外，看著那個被他捧在手心裡的小姑娘站在城牆上，害怕得瑟瑟發抖，但眼神依舊毅然而決絕。

她的脖頸間抵著一把利刃，即使隔著這麼遠的距離，鍾大柱依舊清晰的看到，泛著森冷光亮的利刃上，淬上了一層鮮紅色。

即使過去了那麼多年，當時的畫面依舊清晰。清晰到，他一閉上眼睛，就能看見女兒眉眼間的無措和恐懼，那悲憤至極的無力感侵蝕了他的理智。

十多年前，他沒來得及埋葬他的親生女兒。如今，他親手埋葬了摯友留在世間的血脈。

夜色悄然而至。

鍾大柱顫抖著沾滿泥沙的手，輕輕撫摸上那簡陋的墓碑。

他從未與這個孩子有過這般親密的接觸。鍾菱從最開始見到他的時候，眼中便流露著排斥，鍾大柱知道這一點，也被深深困在自己的夢魘裡。

哪怕事情過去了十餘年，他依舊在愧疚著，自己錯誤的決定，造成樊城的悲劇。

因此，在看見鍾菱的時候，他退縮了。

他現在沒有能力照顧好一個錦衣玉食長大的孩子，也害怕將厄運重新帶到她的身上。所以，鍾大柱尊重了鍾菱的一切選擇，只是隔三差五的去唐府探問她的消息。

在鍾菱成親後，便很少踏出陳王府，鍾大柱逐漸就失去了她的消息。

沒想到，再見面時，他們之間已經隔著生死了，命運終究還是沒有眷顧她。

沒關係的，我會替妳報仇的。等這個仇報了，就可以再相見了。

鍾大柱顫顫巍巍的站起身，月光清冷的灑落，照亮了來時的小徑。

小徑上，散落著丟棄的盔甲；泥土裡，扎著還殘留殷紅血液的刀槍劍戟。鍾大柱邁過了無主的盔甲，穿過了斜斜的一桿長槍。

他走得很慢，似是要用那並不挺拔的脊背，揹負起這人間所有的苦難。

院子裡沒有點燈，月光灑在地面。鍾大柱的手裡握著一把大刀，面前放著一塊磨刀石。他的動作很慢，每一下動作，都像是下了偌大的決心。

今日在刑場，鍾大柱雖渾渾噩噩，卻還是清晰的聽到許多議論鍾菱的聲音。

比如說，唐家是如何絕情的完全和她撇清關係；陳王又是如何苛待這個王妃，以至於她善妒到，要殺害狀元的親人。

他們一個勁兒的指責鍾菱，卻忘了，將溫謹言妻子強擄到府裡的陳王，才是一切的禍首。

磨刀的聲音沈沈的在月光下盪開，鍾大柱怔怔的盯著那泛出冷光的刀刃。

他一直以為，鍾菱留在唐家，留在陳王府是享福的。這個驕縱的小姑娘，在被關進天牢的時候，在刑場之上被所有人指責的時候，該是多麼的無助啊。

就像……就像城牆上，他的女兒一樣。而這一切，本可以避免。

他們敢將鍾菱這樣子推出去，無非是因為鍾菱沒有背景。

他應該把鍾菱帶走的，應該一開始就把她帶走的，若是他主動多加打聽京城裡的流言，早日察覺鍾菱過得不好，事情又怎麼會變成這樣呢？

鍾大柱提起了他精心打磨了許久的刀，上下打量了一番，露出滿意的神情。他的目光中已經沒了生機，生硬冷漠，一片荒蕪。

月光之下，這一份冷意逐漸發酵，狠戾到近乎癲狂。既然都要報仇了，那僅僅一把刀，自然是不夠，鍾大柱從枕頭下尋出那把他一直帶在身邊的匕首。

他的佩劍丟在樊城了，但這把他父親留給他的匕首，因為一直揣在懷裡，沒有丟失。

鍾大柱舉著匕首，對著那堆積了不知道多少銅鏽和灰塵的鏡子沈默了一會兒，他看著鏡子裡有些陌生的自己，抬手削掉遮住下頜的濃密鬍鬚。

鏡子裡的中年男人，頂著青色的鬍渣，雖浮腫得厲害，但是眉眼間的狠戾，隱約有幾分當年那個將軍的影子了。

鍾大柱面無表情的和鏡中的自己對視了一會兒，又轉身去櫃子裡尋了一根漆黑的布條，將自己的頭髮重新束起後，他提起刀，往外走去。

就在月光搭在他肩頭的時候，一陣急促的馬蹄聲打破了沈寂。馬兒停在院子外，有兩個人矯健的翻身下馬，朝著鍾大柱走來。

走在前面的青年容貌俊朗，氣度非凡，他身後的中年男子消瘦挺拔，不太起眼的樣子。

鍾大柱將匕首轉了個方向，緊緊握在手心，而後緩步走到院子裡。

他的冷靜有些出乎這兩個男子的意料。為首的青年微微蹙眉，朝著鍾大柱一拱手，客客氣氣的道：「您就是鍾菱的父親嗎？」

鍾大柱冷冷的上下打量了兩遍這個青年，沒有應答。

「鍾菱一案有蹊蹺，我們追過來就是想要告訴您……」

「我不想知道。」鍾大柱沈聲打斷了他的話。

這般極力抗拒的態度，讓青年微微皺了下眉，隨後又柔和了語調，誠懇道：「我是尚書令祁珩。此案的判決有問題，我們能還鍾菱一個公道。」

鍾大柱抬頭看向他，冷笑一聲。「她已經死了。」

他的語調平緩，像是在極力克制隱忍著什麼。

祁珩的目光頓在鍾大柱手中的匕首上，他緩緩開口，企圖穩住鍾大柱的情緒。「她需要一個真相，也需要一個公道。」

月光冷清，院子裡只有風拂動葉片的沙沙聲。

這些年的時間，終究是磨去了鍾大柱的稜角。他也不敢相信，自己會這樣冷靜的和一個朝廷的高官，這樣心平氣和的說話。

他已經沒有了當年的張揚和傲慢。在極致的悲傷之下，他甚至扯動了一下嘴角，露出一個極其難看的笑。

鍾大柱看著祁珩，輕聲道：「很久以前，我相信了朝廷，然後我的兄弟和家人都死在了樊城裡。這位……大人，你要我怎麼再去相信你？」

他話音剛落，風聲陡然淩厲。

呼嘯著攪動著眼前的空氣，祁珩恍惚間，透過眼前這個落寞的男人，看見了當年的場景。

一直站在祁珩身後的中年男人突然上前一步，朝著鍾大柱一拱手，朗聲問道：「敢問您是赤北軍哪路的戰士？」

瘦高的中年男人站得筆直，像一桿槍一樣，扎在地上。

「你是……」鍾大柱仔細端詳著他的容貌，企圖找到一絲故人的痕跡。

「赤北軍中軍將士，孫六。」

若不是此時被濃厚的悲傷包圍，鍾大柱定是會感覺到欣慰。那個中軍帳中，稚嫩的少年，原來也走出了樊城的那一場大雨。

所有牽扯到過去的回憶，都在鍾大柱的胸膛裡，埋下了一根針。隨著每一次的呼吸，而驟然扎進血肉之中。

他輕輕笑了兩聲，喃喃道：「你也長大了……」

那綿延不絕的絲絲疼痛，無窮無盡的侵蝕著鍾大柱的心臟。再抬頭時，他的眼眶微微發紅，眼眸之中，有淚光閃爍。

許是鍾大柱此時的神情太過落寞，孫六望著那有幾分熟悉的眉眼，猛地皺眉，張了張嘴想要問什麼，卻始終沒有發出聲音。

「我是……」

鍾大柱深吸一口氣，像是鼓足勇氣似的，重新撿起了那被他丟棄了很久很久的名字。

「赤北軍主將……鍾遠山。」

他的聲音很輕，帶著一些猶豫，幾乎是剛說出口，就被吹散在風裡。但卻如同平地驚雷一般，在祁珩和孫六耳邊炸響。

孫六難以置信的看著眼前缺了一條手臂的落魄男人，在月光勾勒出的輪廓下，眼前這個高大浮腫的中年男人，終於和記憶裡意氣風發的將軍逐漸重疊。

孫六緩緩屈膝，跪倒在地上。他的脊背彎曲，從指縫之間，透露出壓抑隱忍至極的哭泣聲，又很快被風吹散在夜色中。

祁珩滿眼震驚，他強迫自己回過神來，抓住了最大的一個疑問。

「可是鍾將軍的女兒……鍾菱她……」

「她是川澤的女兒。」

鍾遠山走到孫六面前，彎下腰，輕輕抬起了他的肩膀，將他從地上攙扶起來。

面對這突如其來的真相，祁珩不再說話。

祁珩可以在朝堂上舌戰群儒，也可以在朝政上做到運籌帷幄，但是在這位失去了一切的將軍面前，所有的謀略和手段，都顯得蒼白無力。

僅是代入一下，便能感受到那近乎窒息的疼痛感。

而且祁珩打聽到的，鍾菱的屍體是鍾遠山去收的。

那鮮血會不會讓這位昔日的將軍，想起往日的悲劇？命運對他，實在是太過於殘忍了。

「將軍……」

「你知曉了我的身分，就更不該攔著我了。」鍾遠山提著匕首，平靜的看向祁珩。

面對鍾遠山眼眸裡的決絕和狠戾，祁珩失神了一瞬，隨後顫抖著伸出手，用前所未有的語氣懇求道：「求您，不要衝動好嗎？起碼再給我一點時間，我一定……一定讓凶手付出代價。」

他顫抖的聲音，並沒有動搖鍾遠山絲毫。

鍾遠山承載了太多的悲傷，此時他好像完全沒有了情緒似的，他就站在那裡，人世間所有的悲喜，都彷彿從他身邊掠過。

「將軍，您沒必要為了這樣的人，搭上自己啊！」祁珩哽咽著，背過了身。

在鍾遠山帶著將士們廝殺的時候，他的爹娘死在同一時間發生在皇城的政變裡。這一份苦痛，祁珩能品到其中分毫的滋味。

他抹了一把滿臉的淚水，朝著鍾遠山屈下了膝蓋。

青年的真誠，終究還是攔住了鍾遠山決然的腳步。

祁珩無比珍惜這個機會，他朝著鍾遠山做出保證，第一時間縱馬趕回京城，而孫六則留了下來。

祁珩走後，鍾遠山坐回到樹下，不知疲倦似的，一下一下磨著那把刀。

短短的半個時辰裡，他彷彿邁過了十餘年的時光。這份衝擊和鍾菱死訊所帶來的悲傷，讓他久久回不了神。

孫六怔怔的望著他，怯怯的開口道：「將軍……祁珩他，真的是個好官。」

鍾遠山手上動作一頓，卻沒有應他。

「右路軍有一個斥候，他的女兒一直被叔父苛待。祁珩將那姑娘救了出來，還將她安排到京城的繡坊裡做活。」

孫六嚥了口口水，在鍾遠山面前，他好像還是那個剛剛入伍的，青澀的少年。「您……信一回他好嗎？」

空氣中飄散著草木清冷的淺淡香氣，鍾遠山放下了那把刀，仰頭看了一眼天邊的彎月。

他其實，不怎麼記得起鍾菱的模樣了。但是只要一想起這個名字，這個冠了他的姓氏的名字，那份自責和愧疚，就足以讓他喘不過氣。

不管怎麼樣，是他沒有護好鍾菱。

就像樊城的悲劇一樣，也是他沒有帶著弟兄和家眷們，殺出重圍。鍾遠山從未逃避過這份愧疚和責任。

這些情緒日復一日的侵蝕著他的意志，他早已千瘡百孔了。

若是不親手替鍾菱報了這仇恨，他怕是到了地下，都無顏面對紀川澤和他的夫人。

鍾遠山緩緩閉上眼睛，沙啞著開口。「附近……可有寺廟？」

從前幾十年的歲月裡，鍾大柱從未信奉過神明，他向來堅持人定勝天，因而不信神佛。但是事到如今，當現實交織著錯亂的回憶，盡數落在鍾遠山的身上時，他感受到了一種前所未有的無力和疲倦感。

伴隨著胸腔裡傳來的刺痛，每一次呼吸，都變成了煎熬。他根本等不到祁珩查出真相，這份壓力，只要稍微鬆懈，下一秒就能將他徹底壓垮。

離赤北村最近的寺廟在隔壁村，雖破舊，但是一直有一個和尚守在那裡。

鍾遠山提著刀，走向通往隔壁村的小徑。

他不需要神明給他答案，也不需要佛祖庇護他什麼，他只需要一個安靜的地方，能容納他的傾訴，接受他所有的懺悔，然後他便能坦然的走向死亡。

孫六提出陪同，但是被鍾遠山拒絕了。

他站在村口，目送著鍾遠山披著月色，逐漸遠去。

鍾遠山那高大的身軀在月光下顯得格外單薄，他的影子被月光拉得很長，孤零零的跟在他的身後，顯得蕭條又落寞。

不知何時，鍾遠山的身邊似乎出現了一道虛幻的影子。

緊接著，眼前的小徑變得熱鬧起來，那些活在孫六記憶裡熟悉的身影，接二連三的出現在鍾遠山的身邊。他們勾肩搭背，嘻嘻哈哈的陪著將軍往前走去。

腳步堅定，一如當初。

鍾遠山到達隔壁村的時候，夜色已經深沈，村中已經沒有幾戶人家亮著燈。天地之間，只有天上的星子閃爍明亮依舊。

鍾遠山沒有驚擾任何人，照著里正的描述，他獨自摸索著朝著山上走去。

枝葉間偶爾傳來清脆的鳥鳴聲，像是鳥雀夢中的囈語。

枝葉的影子張牙舞爪的在長滿苔蘚的小路上盤據，穿過這一片小樹林後，眼前的景象驟然開闊起來，月光肆意的灑落在規整的青石板上，替爬著青苔的古寺染上一層淺淡的光亮。

鍾遠山帶著一身潮濕的露氣，輕叩了兩下那漆面斑駁的厚重大門。有些沈重的叩門聲在空寂的山林間盪開，很快就又消散不見了。

鍾遠山在原地站了許久，久到四下沈寂，古老的寺院似乎重新沈沈睡去的時候，沈重悠長的開門聲才緩緩響起。

燭光透過門縫，落在鍾遠山的肩頭。

一個高大的和尚手舉著燭臺，肩披僧袍，出現在鍾遠山的視線中。燭光搖曳，橙黃的燭光驅散了清冷，將二人籠罩在其中。

僧袍之下，一身淺灰色的無袖短褂，流暢飽滿的肌肉在月光下閃著盈盈光亮。

一道猙獰的長疤從他耳後的脖頸，一直延伸到二頭肌，如同蜈蚣盤踞，猙獰可怖。而他裸露在外的半邊手臂上，還有大大小小的疤痕十數餘道，刺冃扎眼。

他的目光卻包容溫和，並沒有因為半夜被驚擾而產生絲毫的煩躁和不滿。

鍾遠山抬起目光，四目相對的一瞬間，時間彷彿停滯了。

在收到鍾菱死訊的時候，鍾遠山曾迷茫過一瞬，為何命運要這樣苛待他。同樣的遺憾和悔恨，為何在十餘年後，又要重蹈覆轍，讓他重新體會一遭。

現在，他突然意識到，一切原來還能更糟糕。

手中的刀掉落在青石板上，驚擾了這一片寂靜。刀身撞在青石板上，發出悲哀的低鳴聲，他的後腦勺像是被狠狠的敲了一棍子，疼得幾乎無力思考。

時隔多年再看見這記憶裡熟悉的面容，一陣刺骨的寒意攀上了他的脊背。

痠脹酥麻的感覺迅速席捲他的身體，整個人像是被束縛在這暖橙色的燭光之下，任由命運玩弄。

鍾遠山顫抖著張開了嘴，卻沒有發出一點聲音，巨大的情緒衝擊得他幾乎難以維持住站立的姿態。

「遠山？遠山！」紀川澤溫和的眼眸裡綻放光亮，他情緒激動的握住鍾遠山的肩膀。

耳邊是紀川澤溫潤的聲音，可鍾遠山什麼都沒聽見。他怔怔的望著眼前的人，眼淚不受控制的奪眶而出。

比生死更讓人難以接受的，是這僅一步之遙的遺憾。

「川澤……」鍾遠山緩緩開口，淚水模糊了他的視線。

他抬手握拳，狠狠的砸向紀川澤的肩膀。「你只要早一天，只要早一天出現就好了啊！」淚水肆意流過鍾遠山黝黑粗糙的臉龐，這個獨自揹負著自責和悲哀十數年的男人，此時終於再也難以抑制胸中洶湧的悲涼。

他在白天親手將鍾菱埋葬，卻在夜間見到了原以為已死去的戰友。這寺廟離京城不過幾里路，怎麼就……怎麼就陰陽兩隔，再也不得相見了啊！

在紀川澤驚訝的目光中，鍾遠山脫力一般，跪倒在青石板上。像是有一雙無形的手，扼住了他的咽喉，悲哀和絕望，呼嘯而來，將鍾遠山徹底吞沒。

紀川澤放下燭臺，將鍾遠山拖進院子裡。

他點亮了院子裡的燈，給鍾遠山端上熱茶，尋來新的僧袍給他披上。紀川澤沒有說話，只是捧著茶盞，看鍾遠山失魂落魄的低垂著頭，眼眶通紅。

即使十餘年不曾相見，他們之間，依舊有著不用開口便能知曉的默契。

風吹動著院中的桂樹沙沙作響。

「菱菱死了。」他說。

紀川澤沒有說話，只是靜靜的看著他。

「菱菱是你的女兒。」

番外二　死囚（下）

對紀川澤來說，這是他一生中，最漫長的一個夜晚。

他從桂花樹下，挖出一罈老住持留下的酒。每一口酒，都混雜著眼淚。

當天邊的第一縷晨光落在寺廟之中，紀川澤站起身來，領著鍾遠山走進殿中。雖然徹夜未眠，但他們二人的眼中依舊清明，卻不再有生氣。

偏殿之中，擺得整整齊齊的牌位像是小山一般，肅穆莊重。香爐裡，香早已燃盡，只餘下香灰堆積其中。空氣中殘留了一些餘香，更顯得空盪清冷。

鍾遠山接過紀川澤遞來的香，近乎虔誠的彎下了腰。此生太多坎坷，希望了卻最後的心事，方可坦然奔赴黃泉，與故人重逢。

在給老住持上了最後一炷香後，紀川澤拿出了一把長劍。這把屬於鍾遠山的佩劍，終究是物歸原主了。

當寺廟厚重的大門緩緩合上的時候，鍾遠山扭頭看了紀川澤一眼。

清晨的陽光透亮，在鍾遠山的眼眸中，紀川澤清晰的看到了自己的樣子。他輕聲道：「走吧。」

他們二人披著晨光，踏著露水，緩緩走下山。

十幾年未見，只過了一個晚上，他們又並肩走上了赴死的道路。

紀川澤抱著長棍，靠著牆。他戴著一頂寬簷的草帽，遮住那過於顯眼的光頭。「你真的不等等那個孩子嗎？」

「等不及了。」鍾遠山低頭撫摸著那和他分別得太久了的佩劍，低聲道：「總是等等，才變成現在的樣子。」

「也是。」紀川澤仰頭看向碧藍天空，自言自語道：「也不知道菱菱會不會怪我。」

他話音剛落，遠遠的傳來一陣馬蹄聲。

兩人齊齊一震，幾乎是瞬間就繃緊了脊背，探頭朝著街道的方向看去。

這是他們特意挑選過的位置，是陳王回府的必經之路，巷道之間錯綜複雜，這個時間點，鮮少有人經過。

馬蹄聲和車輪駛過石板的聲音越來越清晰，紀川澤牢牢盯著眼前的景象。

當陳王的馬車出現在他的視線中時，他握緊手中的長棍，兩步就衝到馬車前。

沒等所有人反應過來，長棍掄起了一個帶著殘影的半弧，呼嘯帶風，逼得馬車邊的侍衛退了半步。馬兒也受到了驚嚇，慌亂的踏著步子。

在這一片混亂之中，一道冷光從不起眼的角落裡乍現，直直的朝著陳王的馬車刺去。

這是他們從小就慣用的一套配合手法。

長棍會掃掉障礙，長劍緊跟而上，直取敵人的要害。這年少時候屢試不爽的一招，在這個關鍵時候卻沒有發揮出效用。

劍身之上，並未沾染任何血跡，馬車裡傳來了陳王中氣十足的咒罵聲。

失敗了……

鍾遠山臉色一變，他扭頭看向紀川澤。「走！」

兩人默契的配合，一前一後抵擋著陳王侍衛的攻勢，就在即將踏入小巷之時，一聲輕笑在原地響起。

陳王站在馬車旁，冷眼看向他們。「你以為你們走得掉嗎？」

紀川澤下意識的回頭，在他們身後的小巷裡，陳王府的侍衛正手持長劍，步步朝著他們逼近。他扭頭狠狠的瞪著陳王，雙目通紅，目光狠戾，恨不得生生將他活剮。

這就是……將鍾菱送上斷頭臺的罪魁禍首。

陳王歪著頭打量著他們二人，隨後輕蔑的扯了扯嘴角。也不知道到底是已經知曉了他們的身分，還是根本就對他們沒有興趣。

陳王一言不發，只是抬起了手，侍衛的攻勢突然猛烈許多。

紀川澤在廟裡，好歹是天天提著長棍揮舞的，但是鍾遠山已經很久很久沒有握過劍了，即使是巔峰時期的主、副將，也很難抵擋這麼多人的攻擊。

更何況，他們已經不再年輕了。

鍾遠山死死的握著劍柄，每一個動作都帶著前所未有的狠戾和決絕。僅僅一會兒，他便感覺到肌肉叫囂了起來。他已經不再年輕了，面對來勢洶洶的攻勢，無力招架。

隨著長劍破空的聲音，眼前炸開一團血色，傷口迸濺出滾燙的血液，飛濺在鍾遠山的臉頰之上。

有絲絲絕望在心底湧起。他可能……沒有辦法替鍾菱報仇了。

「遠山！」

紀川澤咬著牙，反手揮出一棍，替鍾遠山擋下迎面朝他刺來的一劍。

紀川澤抬頭看向鍾遠山。

同樣的刀光劍影，同樣深陷在失去親人的悲痛中，同樣決絕的已經做好了赴死的準備。

這一切，像是樊城悲劇的縮寫。

這彷彿是一個無解的死局，是一張困在他們頭上的無形的網。

而死亡，在這輪迴一般的悲劇中，倒成了最真實的，觸手可及的存在。鍾遠山和紀川澤被逼進了巷子，他們的身後已經沒有退路了。

他想，死亡是一種解脫。

真的到了要面對這一刻的時候，鍾遠山的心裡反而是前所未有的坦然。甚至，有一點難以言喻的輕鬆。

奪命的鎖鏈即將捆縛住他們二人時，一聲厲呵，驟然叫停了一切。

「住手！」

天牢。

「將軍不是答應過我，要再等一等的嗎？」隔著欄杆，祁珩將剛沏好的茶水，端給鍾遠山。

鍾遠山抿了口茶水，沒有說話。

「還好孫六發現不對，差點就來不及了。」

孫六在赤北村等了一夜，在察覺到不對後，立刻叫村裡的年輕人阿寶去找祁珩，自己則去了一趟隔壁村的寺院。

在看見緊閉的寺院大門時，他便已經明白了鍾遠山的打算。好在祁珩動作迅速，第一時間調動禁軍，從陳王手中將紀川澤和鍾遠山救了下來。

雖然二人此時被關押在牢房裡，但是祁珩已經事先做好了準備，單人牢房之中，什麼都有，甚至連門都沒有上鎖，只需要輕輕一推，就可以出來蹓躂了。

紀川澤就在鍾遠山隔壁坐著，他沒有接過祁珩遞來的茶水，只是抱著手臂，冷眼看著祁珩。

他還沒從女兒的死訊中走出來，此時稍稍冷靜下來後，抗拒著所有關於朝廷和權貴的人和事。

很快的，祁珩的手下帶著兩個男人走了進來。

其中一個是其貌不揚的中年男人，除去臉上籠罩著難以化開的陰鬱外，並無特別之處。

「這是陳王府的廚子，韓師傅。他與鍾姑娘關係不錯。」

韓師傅面無表情的朝著牢中的鍾遠山和紀川澤點了點頭，安靜的坐在一旁。

祁珩看著另一位容貌俊朗的高大青年，猶豫了一瞬，才介紹道：「這位是……溫謹言。」

不用他多介紹，所有人都知道。

溫謹言，新科狀元，皇帝眼前的大紅人。以極其強硬的手段，逼迫陳王府對他妻子與弟弟死亡的案件給出解釋的人。

鍾遠山倏地站起身來，他死死的盯著溫謹言，毫不掩飾眼中的恨意。

「此事……我很抱歉。」溫謹言微微低頭，沈聲道：「我之前並不知曉鍾姑娘是赤北軍的家眷。」

他的態度誠懇，但是紀川澤和鍾遠山臉上的冷意卻更深了一層。

紀川澤輕笑了一聲，淡淡的道：「但是你明明知道，謀害你妻子和弟弟的事情根本不是她做的。你為了發洩自己的情緒，默認了陳王對外的說法，是菱菱善妒，害死了你的妻子。」

提及此事，紀川澤雙目通紅，他攥住木欄杆，脖頸間青筋空起。他惡狠狠的質問道：「現在她死了，你心裡好受一點了嗎？」

牢獄中沈默了一瞬。

溫謹言低著頭，良久才輕聲開口道：「抱歉。」

砰——

紀川澤攥緊拳頭，狠狠砸在欄杆上，這一聲巨響，震得燭火都顫了幾分。

紀川澤猛地轉頭，朝著溫謹言嘶吼道：「那我的女兒呢?!她就活該揹下這個罪名，被人唾罵，死在刑場上？」

他的聲音帶著沙啞的哭腔，又混著幾分歇斯底里的癲狂。在狂怒之後，細碎的嗚咽聲飄蕩在牢獄之中，壓得每個人的心頭，都沈甸甸的。

「她……」一直坐在角落的韓師傅抬起目光，輕聲打破了沈默。「她和那位過世的夫人關係很不錯。」

聞言，溫謹言瞳孔一縮，難以置信的看向韓師傅。

韓師傅就像一塊歷經了風霜的石頭那樣，坐在那裡，不急不緩的說著。「她給那位夫人送過粥，她在做飯上還挺有天賦的，從我這兒學走了大半的手藝。粥她能自己熬，但是她沒有藥，那位夫人傷得很重。所以她託我帶了藥進府，我當時還勸她別多管閒事。

「她一直不是一個開心的人，第一次見她，她就坐在井邊……往裡頭探。她曾和那位夫人約好了，要一起逃出去。早知道她的一生會就這樣倉促的結束，我應該……」

韓師傅的聲音止不住的顫抖，他低頭掩面，痛苦道：「我應該多照顧她些的。」

想辦法打聽到了韓師傅和鍾菱的關係，又把韓師傅從陳王府裡弄出來，花了祁珩一些工夫。

陳王妃不受寵的事情，京城中的權貴都心知肚明。鍾菱她根本沒有能力，也不可能會因為妒忌，而殺害狀元之妻林聽嵐。只要稍加思考，便知道這事不可能是鍾菱做的。

但是沒有人站出來指出這件事，因為溫謹言受到皇帝的重視，因為他急切的要陳王府給出一個交代，他們便將沒有背景的陳王妃推出來，企圖平息溫謹言的怒火。

權勢能壓倒一切。

這是官場給溫謹言上的第一課。

如今，鍾菱的兩位父親，直接將遮羞布挑開，把真相擺在溫謹言面前，逼迫他直視。

溫謹言曾經在權勢的壓迫下，無力拯救髮妻與幼弟，但他在高中狀元後，卻從受害者家屬，變成了一個幫凶。

溫謹言看向韓師傅，顫抖著聲音輕聲道：「你為何……不早說啊……」

韓師傅冷笑了一聲。「我只是一個廚子，滿京城都在聲討小鍾，我站出來說話，有人會聽嗎？」

若是陳王站在這裡，面對這樣的質問，他定不會覺得有任何的羞愧，甚至還會得意的大笑幾聲。

但是面對這一切的是溫謹言，從寒門裡走出來，苦讀十餘年，心中裝著仁義禮智和天下蒼生的溫謹言。

牢房裡，沈默了好一會兒。

牆上的火燭發出噼啪燃燒的聲響，飛蛾義無反顧的撲向光亮，翅膀染上燭火，發出撲簌簌的聲響。

「我……」溫謹言緩緩轉過身子，看向紀川澤。

他已經盡全力平復自己的心情，卻依舊難以控制聲音中的顫抖。

「鍾姑娘對內子的幫助，溫某無力償還。唐家那邊，我一定會替鍾姑娘討一個公道，你們二位若是願意再等等等，我和祁大人一定讓陳王付出代價。」

「不等了。」

鍾遠山生硬的打斷了溫謹言，他語氣平淡。「我們這一把年紀，早已沒有什麼勁了。早點了卻心事，也好早點下去陪著家人和兄弟。」

牢房裡的空氣似乎在他話音剛落的這一瞬間被抽乾，沒有人說話。

良久，祁珩用力的閉上眼睛，而後像是下定決心了才緩緩睜開。

他看向鍾遠山和紀川澤，張了張嘴，好半天才找回自己的聲音，極為艱難的開口道：

「七日後，端午節，陳王會在望江閣上宴請賓客。屆時，天牢會起一場大火。」

這個方案，是皇帝交給祁珩的，最壞的打算。

若是可以，皇帝當然希望能夠讓赤北軍的主、副將為他所用，只是朝廷已經傷透了赤北軍的心了，在樊城的事情過去多年之後，又朝主、副將的心頭狠狠捅了一刀。

對於赤北軍，皇帝終是心中有愧。

鍾遠山和紀川澤需要在牢中待到端午那日。

這是皇帝特批下來的一間牢房，只關押了他們二人。祁珩已經派人布置了必要的家具，牢門只是象徵性的掛了鎖。

來給他們送飯的，是一個年輕小姑娘。她怯生生的自我介紹道：「我叫宋昭昭，我爹爹是右軍的斥候。」

她手裡沈甸甸的食盒，都是韓師傅燒的菜。

被祁珩解救出陳王府後，韓師傅主動提出給鍾遠山和紀川澤做飯。韓師傅對鍾菱，終究還是心存愧疚，他想讓鍾菱的這兩位爹爹，嚐一嚐鍾菱喜歡的菜。

而且，鍾菱從他這裡學走了七成的手藝，也算是讓他們嚐一嚐鍾菱的手藝。

宋昭昭頭兩天來，都是怯生生的模樣，後來才慢慢大膽了一些。她告訴紀川澤，她雖然在繡房做事，實際上並不擅長女紅，但是蘇姊姊待她極好，從不責罵她。

次日，一個少年被扭送進紀川澤的隔壁。

少年明顯受了刑，臉色蒼白但眼中的倔強和狠戾一點也沒少。紀川澤一問，才知道，這個少年也是因為刺殺陳王被關進來的。

這個叫裴旭的少年和祖母住在一間酒樓後的巷子裡，而酒樓的主人陳王，帶著權貴們在樓中燒炭燒烤，引起了火災。裴旭的祖母，死在這場大火裡。

鍾遠山和紀川澤聯手都沒有達成的事情，他一個十來歲的孩子，自然做不到；更慘的是，裴旭沒有那麼硬的後臺，他是挨了板子之後才被關進來的。

鍾遠山隱約猜到祁珩將裴旭送進來的意圖，但他什麼也沒有說，只是叫孫六帶藥進來，給裴旭上藥。

裴旭身上，隱約有鍾遠山年少時的影子。

而宋昭昭，讓他們好像看到了另一個鍾菱。

只是，他們誰也沒能留住去意已決的鍾遠山和紀川澤。

端午前夜，是祁珩來送的飯。

大塊扣肉光澤油亮，肥瘦相間，看起來美味極了，但是誰也沒動筷子。

紀川澤盯著那肉沈默了一會兒，輕聲開口道：「我想嚐嚐菱菱吃的最後一頓飯。」

身後沒有關係的死囚，哪怕是斷頭飯，都吃不上一口好的。一碗稀薄到幾乎可以倒映出人像的白粥，一個粗糙冷硬的窩窩頭。

紀川澤和鍾遠山吃得乾乾淨淨，然後飲下祁珩遞來的一杯烈酒。

當夜，一封文書被送到皇帝的案前，天牢起火，原因未明，其中關押的犯人三人，無一生還。

端午這天，晴空萬里，白雲悠悠的漂在江面上。江面倒映著樓閣的飛簷，那屋簷下的紅綢緞隨風肆意搖擺。

望江閣的頂層，陳王撐著雕花木欄杆，憑眺遠方。京城的整體輪廓盡收眼底，樓下的歡笑聲隨著風被吹了上來。

陳王心情頗好的勾起嘴角，他朝著身邊的侍從招招手。侍從恭敬的應了一聲，彎著腰退出了屏風外。

不一會兒，一個高大的小二端著茶水，低著頭走了進來。

就在他剛將點心放下的時候，那繡著一雙展翅仙鶴屏風外，傳來了一陣騷動。

「有刺客！有刺客！」

陳王一驚，他身邊的侍從立刻朝著屏風外探頭看去，只見一個獨臂男子正揮舞長劍，滿臉恨意的衝了上來。

「王爺，是那日的殘廢！他沒死！」

陳王面色一凝，冷哼了一聲。昨日裡天牢的那場火，不是應該將他燒死了？

陳王敏銳的察覺到了有些不對，但望江閣的這一層樓都是他自己的人，往下兩層也都是權貴所訂下的，此時還空著，這種條件下，單槍匹馬的闖進來刺殺，實在是自尋死路。

對環境的自信蓋過了陳王心中的狐疑，他微微瞇了瞇眼，吩咐道：「殺了他。」

「是！」

耳邊響起一陣混亂的打鬥聲，陳王有些煩躁的倚靠著欄杆，思緒飄忽了一瞬。早知道鍾菱還有這一層身分，他就推其他人出去頂罪了。

他不過是想要乘機把不聽話的鍾菱解決掉，沒想到惹出這麼多麻煩。

陳王輕哼了一聲。

鍾菱有兩個爹的這件事，唐家居然沒有跟他說。

兩個……

陳王猛地意識到了是哪裡不對勁。

那殘廢沒事，那和尚十有八九也安然無恙。來刺殺的，不只殘廢一個人！

他回頭，恰好撞見了在角落裡站著的那個小二。

紀川澤摘掉頭上的八角帽，露出了光禿的腦袋。許是在廟中修行多年的緣故，他的氣場非常溫和，若是刻意隱藏，還真教人察覺不到什麼存在感。

「你……」

陳王身邊僅留下的一個侍衛剛衝上來，紀川澤眼疾手快的抄起藏在椅背後的短棍，狠狠朝著他的腦袋砸去，那侍衛帶著滿腦袋的鮮血癱倒在地。

紀川澤手裡的並不是他慣用的長棍，拚盡全力的砸了一下後，便有開裂的跡象。

他隨手將沾著血的棍子拋在身後，抬腿擋住了陳王企圖往外走的腳步。

陳王臉色一沈，果斷的朝著紀川澤揮出一拳。

他並沒有被酒肉侵蝕了身體，反而平日裡都有鍛鍊，此時和紀川澤交手，雖有些吃力，被逼得節節後退，但也勉強招架住了。

「沒用的，我的人，很快就會趕來的。」陳王背後抵著欄杆，他抹了一把嘴角的血沫，喘著粗氣，惡狠狠的盯著紀川澤。

紀川澤面無表情的一步步靠近陳王，像是下了審判一般，緩緩開口道：「來不及了。」

他的語氣平靜，卻像是驚雷一般炸響在陳王耳邊。

本能快過反應，搶先察覺到危險，在腦海中瘋狂的叫囂了起來。陳王握著欄杆的手有些冒汗，他警覺的盯著紀川澤，防止他從任何角度偷襲。

可下一瞬，紀川澤如同一隻獵豹，原地彈了起來，他的身影幾乎快出了殘影。

陳王下意識的伸手格擋，但是出乎他意料的疼痛並沒有到來，反而是眼前的畫面突然天旋地轉。

紀川澤用盡全力的箍住陳王的脖頸，翻過雕花欄杆，朝下跳去。

哪怕是跌入江面的時候，他依舊死死抱住了陳王，和他一起沈向江底，斷絕他最後一絲生還的可能。

兩個高大的男人，墜進江河時濺起了巨大的水花，幾乎是轉瞬便又被翻騰的浪花吞沒，彷彿什麼都沒有發生過。

當驚恐的尖叫聲傳到守在樓下一層的祁珩耳裡時，他第一時間帶著禁軍衝了上來。入目是滿地狼藉，除去祁珩安插在其中的禁軍士兵，陳王的人基本都已經躺在地上。所有人的目光都聚焦在站在欄杆前的鍾遠山身上，他渾身被鮮血浸透，握著劍的手垂在一旁。在碧藍晴朗的天空下，他看起來像是從煉獄中爬出來一樣，周身的戾氣，讓人不敢靠近。

「將軍……」

祁珩下意識的頓住了腳步，不知為何，眼前的一幕讓他的眼底不由得開始發燙。

鍾遠山聞言扭頭看向祁珩，僅僅轉頭的動作，他卻像是站不住一樣，脊背微微顫了顫。

在看見祁珩的時候，鍾遠山才像是回過神一般。他面色蒼白，朝著祁珩扯了扯嘴角。沒等所有人反應過來，他抬手握住欄杆，朝著藍天的方向躍去。

在跌入江裡的一瞬間，冰冷和刺骨瞬間包裹住了鍾遠山，也洗刷掉了他渾身滾燙得幾乎要燃燒起來的血跡。

陽光落入水中，漾起波光粼粼的光。

鍾遠山努力睜著眼睛，任由身體被江水沖著往前漂去。

對他來說，死亡並不是可怕的事情，反而是一種解脫。在失去妻女和無數戰友之後，他甚至隱隱期待著這一天的到來，期待著和他們重逢的時刻。

只是，唯一覺得虧欠的，還是鍾菱。

若是在得知她的存在後，若是能多分出一分注意力，便能察覺到鍾菱的不自在。或許，今日的悲劇都不會發生。

是他對不起那個小姑娘。

他們之間並無血緣關係，但鍾遠山總覺得，他們之間還有一段父女緣分未盡。

許是執念過深，恍惚之間，鍾遠山竟好像看見了很多年前與鍾菱重逢的畫面。那是在唐家的廳堂裡，鍾菱回頭和他對視。

他聽見她喊了一聲。「爹！」

鍾遠山揚起了嘴角，緩緩的閉上了眼睛。

——全書完

2024年3月出版

千金好本事

文創風 1241～1243

沒有白吃的瓜，當然也沒有白占的便宜。
想欺負人，總不能什麼代價都不付，
她敲鑼搞事剛好而已，戲要熱鬧才好看嘛！

鑼聲一響，好戲開場／青杏

說到濛北縣的雨神祭慶典，蟬聯七屆的雨神娘娘沈晞可是大人物，
能踩穩三丈高的木樁，甩袖跳起豐收舞，誰不誇她一句好本事啊！
這全得感謝去世的師父，偷偷收了穿越的她為徒，調教成武功高手，
她才能藉著武藝自創舞步登場表演，賺賺銀子照顧疼愛她的養父母。
慶典結束隔日，她偷閒去河邊釣魚，竟撈了個美人……不，是美男上岸。
她一時善心大發，帶全身濕透的他回家換衣裳，卻遇歹人襲擊，
看似弱不禁風的美男立時替她解圍，好身手又讓她驚豔了一把，
原來他是大梁顏值最高的紈袴王爺趙懷淵，因離京遊玩而意外落水，
為報答她的救命之恩，他乾脆幫到底，孰料審問歹人時挖出天大的八卦——
她的身世不簡單，並非普通的鄉野村姑，居然是侍郎府的正牌千金？!

若無相欠，怎會相見／茶樹

2024年4月出版

沖喜是門大絕活

看著書冊上筆畫複雜的字體，他確定自己一個字都認不得，
雖說他有心識這古代文字，可翻開書本才看幾眼他就覺得頭暈眼花，
他從不是個會委屈自己的，既不知該如何解釋秀才成了文盲，
那麼最好的方法就是趕緊棄文從商，先改善家裡的條件，
畢竟一個吃隻雞都要靠老人掏棺材本的農戶，賺錢才是當務之急吧？

文創風 1246 1

因為站錯隊，姜家在新皇登基後慘遭清算，一家子被流放北地，
流放路上，為了替生病的母親籌措診金，姜婉寧以三兩銀子將自己賣了，
她一個堂堂大學士家千嬌百寵的千金小姐，突然間成了替人沖喜的妻子，
夫君陸尚出身農家，年紀輕輕就中了秀才，若非病弱，或許早成了狀元，
除了身子不好，他還有一點不好，就是太過孤僻冷漠，對誰都少有好話，
想當然，她這個買來的沖喜妻更得不到他善待，每天只有無止盡的辱罵，
於是她忍不住想著，他怎麼還沒死？可當他真死了，她的處境卻沒改善，
相反地，因為沒了沖喜作用，她時時面臨著被陸家人賣去窯子裡的威脅！

文創風 1247 2

詐屍了！死去的夫君陸尚詐屍了！
夜深人靜，姜婉寧獨自在四面透風的草堂裡為病死的夫君守靈之際，
夫君他居然推開棺材蓋，從棺材裡爬出來了！
若是可以，她想頭也不回地逃出去，跑得越遠越好，最好一輩子不回來，
無奈她雙腿早跪麻了，只能邊哭邊四肢並用地往外爬著，
正當這時，身後一聲「救救我」讓她停下了逃跑的動作，
她擦乾眼淚，戰戰兢兢地上前查看，這才發現陸尚他居然復活了！
所以說，她這個沖喜妻莫名其妙發揮絕活，真把人沖喜成功了……吧？

文創風 1248 3

不對勁，真的很不對勁！陸尚自從活過來後，就像變了個人似的
他不再是以前那個自私涼薄的人，不僅對奶奶好，對她這個妻子也好，
最令她不解的是，鄰人求他給孫子啟蒙，他嘴上應下，轉身卻丟給她教，
她學富五車，給孩子啟蒙實在是小事一樁，甚至教出個舉人都不是問題，
問題出在夫君身上啊，因為他復活後突然說要棄文從商，成立陸氏物流！
要知道，一旦入了商籍，之前的秀才身就不作數，且家中三代不准科考，
可他卻說，飯都快吃不起了，還想那麼多往後做甚？
……好吧，既然他這個真正有損的秀才都不著急，她急啥？要改便改吧！

文創風 1249 4 完

「我不識字了，妳能教我認認字嗎？」做生意得簽契約，文盲這事不能瞞。
姜婉寧錯愕地看著陸尚，每個字她都聽得懂，但合在一起她卻無法理解，
什麼叫不識字了？他不是唸過好多年書，還考上了秀才，怎會不識字呢？
他說，自打他重新活過來後，腦子就一直混混沌沌的，
隨著身子一天好過一天，之前的學問卻是越來越差了，
最後發現，他開始不認得字了，就連自己的名字都不會寫了！
因為怕說出來惹她嫌棄、不高興，所以他便一直瞞著不敢說，
看他低著頭一副小媳婦模樣，她不禁自責沒能早些發現，實在太不應該！

文創風
1254

炊出好運道 3 完

國家圖書館出版品預行編目資料

炊出好運道 / 商季之著. --
初版. -- 臺北市 : 狗屋出版社有限公司, 2024.04
冊 ; 公分. --（文創風 ; 1252-1254）
ISBN 978-986-509-517-8（第3冊 : 平裝）. --

857.7　　113002394

著作者　商季之
編輯　黃暄尹
校對　沈毓萍
發行所　狗屋出版社有限公司
地址　台北市104中山區龍江路71巷15號1樓
電話　02-2776-5889～0
發行字號　局版台業字845號
法律顧問　蕭雄淋律師
總經銷　知遠文化事業有限公司
電話　02-2664-8800
初版　2024年4月
國際書碼　ISBN-13　978-986-509-517-8

本著作物由北京晉江原創網絡科技有限公司授權出版

定價290元
狗屋劃撥帳號：19001626
網址：love.doghouse.com.tw　E-mail：love@doghouse.com.tw